U0098836

108 課綱、劍橋領思英語檢測 A1-B1 適用

Linguaskill
領思高頻字彙

睿言商英編輯團隊　編著
Chris Jordan　審閱

第一本　獨家收錄劍橋領思英語檢測常考字彙與情境例句

用這本　輕鬆準備劍橋領思實用英語、職場英語測驗

遞進學習　精選高頻字彙並按 CEFR 三等級編排 **70** 回內容

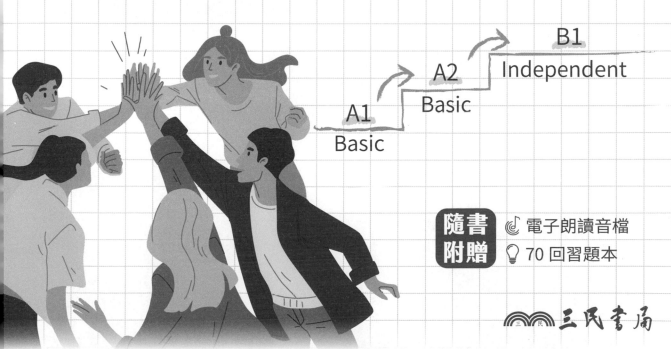

B1
Independent

A2
Basic

A1
Basic

隨書附贈　♫ 電子朗讀音檔
💡 70 回習題本

三民書局

推薦序

　　《Linguaskill 領思高頻字彙》為國內學習者準備劍橋領思英語檢測的必備書籍。本書收錄 CEFR A1、A2、B1 程度中常使用的單字、片語，同時有對應到大學入學考試中心公布的 「高中英文參考詞彙表 （111 學年度起適用）」，每個單元皆以 25 個主單字排列，並提供單字的美式、英式發音、中文解釋以及如何使用該單字的英文例句及例句中譯，對學習者而言是非常實用且可以節省查找字典時間的學習教材。

　　此外，每個單元在習題本附冊皆可搭配練習題，讓學習者用單字的英文定義去選填單字。運用英文定義作為單字練習的模式在一般類似的書籍中並不常見，這樣的單字學習方式可以幫助非以英文為母語的學習者，跳脫依靠單字的翻譯來認識字彙。因為單純用單字的翻譯來記憶單字，對於單字的理解有時會被翻譯侷限，無法真正了解該單字在其他狀況下的用法。實際上我們在閱讀或使用這些詞彙的時候，以更接近用英文理解的方式來學習英文單字會更加有效；學習者可藉由此習題本檢視自己是否已真正了解所學的單字用法。

　　本單字書是準備劍橋領思英語檢測同時也是準備升學考試不可或缺的重要書籍！期盼這本書能幫助讀者在學習單字的路上如魚得水、如虎添翼。

義守大學　國際傳媒與娛樂事業管理學系助理教授
應用英語學系助理教授
田靜誼　博士

推薦序

　　學習語言的目的在於溝通，有足夠的單字量才能讓溝通更為順暢、更有效率，然而英語的單字數量多如恆河沙數，不可勝數，即便窮究一生，也難以知其浩瀚。哈佛大學研究員曾統計英語的單字約有 100 多萬字，然而根據第二版牛津字典，扣除過時老舊的字彙，統計出仍在使用的單字約有 171,476 字，而 testyourvocab.com 估計大多數成年英語母語人士的單字量平均約有 20,000 到 35,000 個字。這樣的數據聽起來很可觀，即便每天背一個字，也要近 96 年才能背完所有的單字。然而專家也提到詞彙量只要達到 1,500 字就能聽懂 75% 的日常生活溝通，也就是說掌握核心單字，就能達成溝通目的。

　　這本由劍橋領思和三民書局合作的領思備考單字書，就收錄了至少 1,750 字。或許你會說 1,750 字夠用嗎？筆者在閱讀完整本書後，深入了解編輯理念，覺得這些字選得很有道理，有憑有據，對於日常溝通或考試都很有幫助。以下是筆者所歸納的本書優點：

一、字彙分級，由易入難

　　本書首開國內單字書之先河，依據歐洲共同語言參考標準 (CEFR) 的分類，精選 A1 單字約 250 個、A2 單字約 750 個、B1 單字約 750 個，由基礎至進階呈現至少 1,750 字。再者，本書單字有超過 80% 是出自「大學入學考試中心公告的高中英文參考詞彙表（111 學年度起適用）」，對於高中生來說，閱讀本書既可準備領思測驗，亦可同時準備國內大考，一舉兩得。

二、高頻選字，實用至上

　　劍橋領思英語檢測分為實用英語和職場英語兩類，本書所選的單字以應付實用英語考試為主，且收錄的單字都是高頻率單字，沒有過於冷僻的單字，閱讀本單字書便足以應付領思測驗。

三、精編例句，呈現用法

　　學習單字最忌缺乏情境，囫圇吞棗，死記硬背。本書依據單字的難度，精編例句，A1 程度單字最簡單，相對地，例句也較簡單，隨著難度提升，到了 B1 程度，句子結構和情境也相對複雜些。學習者只要按部就班，就能順利學會 CEFR Level A1 到 B1 單字的用法。

四、美英口音，訓練耳朵

　　本書提供美式、英式兩種不同發音，讓讀者熟悉不同的發音。熟悉兩種口音不僅對於考試有幫助，對於在生活中實際使用英語交流時也有助益，較不會在遇到不同口音時就感到慌亂。

五、章節練習，深化素養

　　本書的習題本附冊附有每單元的練習題，有別於其他書籍，本書採用單字的英語定義配對題型，刺激學生用英語思考，畢竟學生若能學會用英語解釋英語，便能提升換句話說的能力，大幅提升表達能力，深化英語素養，和生活接軌。

　　劍橋領思英語檢測的內容多取材於日常生活、工作場域，貼合真實情境，若考生能熟記本書單字，細讀仿真例句，學習字詞用法，便得以縱橫考場，無往而不利。筆者在高中任教，深知劍橋領思英語檢測和國內 108 課綱強調素養導向的理念不謀而合，相較於其他英檢更適合高中生檢視自己的英語能力，欣聞本書即將出版，特臚列本書優點以饗讀者，讀者若能認真閱讀本書，必能獲益匪淺。

國立員林高級家事商業職業學校　應用英語科主任

楊智民

給讀者的話

　　對一個英文學習者來說，小時候總聽過某個人是拿著一本英文字典，並把裡面的字背起來，英文就學會了。

　　傳統背誦艱澀字典的模式對於現今著重實際應用的素養教學中早已是過時無效率的方式。然而，取而代之的是藉由認識符合生活情境的單字，搭配能夠與自身生活結合的情境例句，這樣緊密相關的結合才能有效率的認識字彙並真正在日常生活中學以致用。

　　本單字書經由英國劍橋大學語言測評考試院 (Cambridge English Language Assessment) 授權之臺灣認證測驗中心——睿言商英顧問股份有限公司之編輯團隊整理歸納，並與三民書局獨家合作推出。書中精選 CEFR（歐洲共同語言參考標準）A1 到 B1 程度，且高比例符合「高中英文參考詞彙表」，合計超過 1750 個單字集結成冊。針對劍橋領思英語檢測並結合生活中常見的重要字彙，再搭配符合測驗中「實用性情境」來撰寫例句，且每個單字都精心錄製美式與英式發音的音檔。一本單字書就能帶領讀者在對應的程度中認識並學習單字，同時亦可了解該單字的讀音，與在生活情境中該如何運用，可謂一箭雙雕、事半功倍。

　　隨書附贈的習題本更是本書的另一大特色，練習題著重讓讀者透過配對單字的定義 (definition) 深入理解該單字的釋義，進而精熟字彙。

　　本書設計讓測驗準備不只是考取想要的理想成績，更重要的事是可以從傳統記誦式的背下字彙轉換成真正認識字彙並瞭解該如何實際應用。

　　希望此書能為領思考生在準備檢測的道路上，有一份強而有力的協助。

1

每個領思高頻單字皆附上①音標、②詞性、③中譯、④英文例句、⑤例句中譯，提供學習者最完整、最直覺的學習模式

例句呈現以符合真實生活情境為主要方向，學習不受制式限制。

每回音檔對應音軌標示於每回最前方，
提供美式與英式發音，輕鬆跨越國際不卡關

Unit 1 🎧 A1 Unit 1

① 1. **about**　　　② *adverb* 大約；大概
[ə`baʊt]　　　　③
　　　　　　　　④ ◆ We need **about** three hours for the training.
　　　　　　　　⑤ 　我們需要大約三小時的訓練。
　　　　　　　　preposition 跟…有關；關於
　　　　　　　　◆ The workshop will be **about** customer service.
　　　　　　　　　這場研討會是跟客戶服務有關。

CEFR-A1

本書收錄字彙搭配國際 CEFR 標準 A1 ～ B1，
階層學習有效率

2

Ⓐ於主字彙例句下方適時列入補充用法，學以致用才是學習的終極目的

15. **express**　　　*verb* 表達
[ɪk`sprɛs]　　◆ We would like to **express** our thanks for all your
　　　　　　　　wonderful hospitality.
　　　　　　　　我們想對你的盛情款待表達我們的感謝。
　　　　Ⓐ 補 **express an opinion** 發表意見
　　　　　　Please remember to be respectful when someone is **expressing**
　　　　　　their opinions. 當有人發表他們的意見時，請記得尊重他人。

Ⓑ **express delivery**　　*noun* 快遞
[ɪk`sprɛs dɪ`lɪvərɪ]　◆ If we send it by **express delivery**, it can be there
　　　　　　　　　tomorrow. 如果我們用快遞寄送，它明天就可以到了。

Ⓑ收錄與主字彙相近的單字或片語至該字彙旁，延伸學習沒問題

3

每單元搭配習題本內的定義練習題，更能精熟字彙，檢視學習成效

" Unit 1 "

Score

配對題：請依據題目定義，將下方相對應字彙填入。(每題 5 分)

again	bad	ask	best	bag
always	also	age	about	better
because	away	back	almost	already
baseball	bank	begin	address	basketball

_____ 1. every time; at any time

_____ 2. the most satisfactory, suitable, or of the highest quality

_____ 3. together with; in addition to

_____ 4. nearly but not exactly

_____ 5. to start

電子朗讀音檔下載方式

方法 1

請先輸入網址或掃描 QR code 進入「三民‧東大音檔網」。
https://elearning.sanmin.com.tw/Voice/

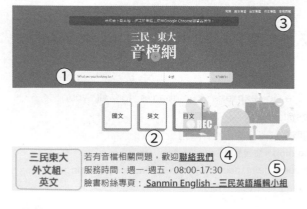

① 輸入本書書名即可找到音檔。請再依提示下載音檔。

② 也可點擊「英文」進入英文專區查找音檔後下載。

③ 若無法順利下載音檔，可至「常見問題」查看相關問題。

④ 若有音檔相關問題，請點擊「聯絡我們」，將盡快為你處理。

⑤ 更多英文新知都在臉書粉絲專頁。

三民東大 外文組-英文
若有音檔相關問題，歡迎**聯絡我們** ④
服務時間：週一-週五，08:00-17:30 ⑤
臉書粉絲專頁：**Sanmin English - 三民英語編輯小組**

方法 2

1. 前往「https://reurl.cc/zryK4e」下載電子朗讀音檔。

2. 將檔案解壓縮，密碼為 CEFR-B1 Unit7 第二個單字 (p.164)。
（請留意英文大小寫、標點符號是否輸入正確。）

3. 待解壓縮完成後，即可使用。

CONTENTS

CEFR-B1-Independent

All pictures in this publication are authorized for use by Shutterstock.

Unit 1

🎧 A1 Unit 1

1. about
[ə`baʊt]

adverb 大約;大概

◆ We need **about** three hours for the training.

我們需要大約三小時的訓練。

preposition 跟…有關;關於

◆ The workshop will be **about** customer service.

這場研討會是跟客戶服務有關。

2. address
[ə`drɛs]

noun 住址;地址

◆ My email **address** is ann2394@gmail.com.

我的電子郵件的地址是 ann2394@gmail.com。

3. after
[`æftɚ]

preposition 在…之後

◆ We will have dinner together **after** work.

工作結束後我們將會一起吃晚餐。

4. again
[ə`gɛn]

adverb 再次

◆ I called him **again**, but there was still no answer.

我又打給他一次,但仍然沒人接聽。

5. age
[edʒ]

noun 年齡;年紀

◆ I think he's quite young, but I didn't ask his **age**.

我認為他很年輕,但是我沒有問他的年齡。

6. almost
[`ɔl,most]

adverb 幾乎;差不多

◆ Our new apartment is **almost** ready.

我們的新公寓幾乎快完工了。

7. already
[ɔl`rɛdɪ]

adverb 已經;早已

◆ The company has **already** paid for the flight.

公司已經付了航程的錢。

8. also
[`ɔlso]

adverb 也;還有

◆ I speak English and Japanese, and **also** a little Korean.

我會說英文和日文,也會一點韓文。

9. **always**

[ˋɔlwez]

adverb 總是；經常

◆ I **always** check my email before I go to work.

我總是在去上班前檢查電子郵件。

---

10. **as**

[æz]

preposition 作為；以…的身分

◆ He works **as** a receptionist. 他的工作是接待員。

---

11. **as well**

phrase 也；同樣地

◆ The company gave me a laptop and a phone **as well**.

公司提供我一臺筆電還有手機。

---

12. **ask**

[æsk]

verb 要求；請求

◆ Can you **ask** him for his phone number?

你可以跟他要電話號碼嗎？

---

13. **away**

[əˋwe]

adverb 離開

◆ You can take it **away** with you if you want.

假如你願意你可以把它拿走。

---

14. **back**

[bæk]

adverb 回原處

◆ I need to go **back** home soon. 我必須盡快回家。

---

15. **bad**

[bæd]

adjective 壞的；不好的

◆ We got some **bad** news yesterday.

我們昨天得知了一些壞消息。

---

16. **bag**

[bæg]

noun 袋子；提袋

◆ You can put the books in a **bag** and give them to me tomorrow. 你可以把書本放進袋子裡然後明天再給我。

---

17. **bank**

[bæŋk]

noun 銀行

◆ I want to get a job in a **bank** after I graduate.

畢業以後我想要在銀行工作。

---

18. **baseball**

[ˋbesˌbɔl]

noun 棒球（運動）

◆ My sister plays **baseball** every Saturday afternoon.

我姊姊每個星期六下午都打棒球。

19. **basketball**
[`bæskɪtˌbɔl]

noun 籃球；籃球運動
◆ Do you want to play **basketball** with us after school?
你想放學後和我們一起打籃球嗎？

20. **because**
[bɪ`kɔz]

conjunction 因為
◆ I moved to this house **because** it's closer to my school.
我搬到這間房子是因為它離我的學校較近。

21. **before**
[bɪ`for]

preposition 在…之前
◆ I need your report **before** 5:00 pm.
我需要你在下午五點以前回報。
conjunction 在…之前
◆ I studied in Korea **before** I came to Taiwan.
來臺灣之前我在韓國讀書。

22. **begin**
[bɪ`gɪn]

verb 開始；開始進行
◆ The presentation will **begin** at 9:30 in the morning.
報告將於早上九點半開始。

23. **best**
[bɛst]

adjective 最好的；最適當的
◆ The Tristar Hotel has the **best** service.
Tristar 旅館有最好的服務。

24. **better**
[`bɛtɚ]

adjective 更好的；較好的
◆ Business wasn't very well last month, but this month it is **better**. 上個月的生意不是非常好，但是這個月就好多了。

25. **between**
[bɪ`twin]

preposition 介於…之間
◆ The bank is **between** our office and the train station.
銀行就在我們的辦公室跟火車站中間。

3

Unit 2 🎧 A1 Unit 2

1. **big**
   [bɪg]

   adjective 大的；巨大的
   ◆ I live in a **big** city.　我住在一個大城市裡。

2. **boring**
   [`borɪŋ]

   adjective 無趣的；乏味的
   ◆ My job is **boring**, but the salary is good.
   　我的工作很無聊，但是薪資很好。

3. **boss**
   [bɔs]

   noun 老闆；上司
   ◆ My **boss** is very young, but I think she is good at her job.
   　我的老闆很年輕，但是我認為她足以勝任她的工作。

4. **box**
   [bɑks]

   noun 箱；盒
   ◆ My business cards are in that white **box** on the desk.
   　我的名片就在桌上的那個白色盒子裡。

5. **bring**
   [brɪŋ]

   verb 帶來；拿來
   ◆ Please remember to **bring** your laptop on Friday.
   　請記得在星期五帶你的筆電過來。

6. **building**
   [`bɪldɪŋ]

   noun 建築物；房屋
   ◆ That big **building** there is the city library.
   　那邊那棟大建築物就是市立圖書館。

7. **business**
   [`bɪznɪs]

   noun 生意；交易
   ◆ It's not easy to do **business** in this country.
   　在這個國家做生意不是很容易。

8. **busy**
   [`bɪzɪ]

   adjective 忙碌的；繁忙的
   ◆ I have three kids, so I am very **busy** every day.
   　我有三個孩子，所以我每天都很忙碌。

9. **buy**
   [baɪ]

   verb 購買
   ◆ We will **buy** new computers next month.
   　我們將在下個月買新電腦。

10. **call**

[kɔl]

verb 打電話

◆ He's not at home now, but you can **call** him on his cell phone.　他現在不在家，但你可以打他的手機找他。

11. **can**

[kæn]

modal verb （表示能力、許可、可能性）能；會；可以

◆ I **can** speak English, Chinese, and Korean.
我會說英文、中文和韓文。

◆ You **can** use my computer if you want.
如果你想要的話你可以用我的電腦。

◆ We **can** change our money at the airport.
我們能夠在機場兌換錢。

12. **carry**

[ˋkærɪ]

verb 攜帶

◆ I'll **carry** your bags to the car.　我會把你的包包帶上車。

13. **cash**

[kæʃ]

noun 現金

◆ I don't have my credit card, so I'll pay in **cash**.
我沒有帶我的信用卡，所以我會付現。

14. **CEO**

[ˌsi i ˋo]

noun 執行長

◆ The **CEO** will come to our office next month.
執行長下個月會來我們的辦公室。

15. **change**

[tʃendʒ]

verb 更換；改變

◆ I want to **change** jobs as soon as possible.
我想盡快換工作。

16. **chat**

[tʃæt]

verb 閒談；聊天

◆ I like to **chat** with my classmates at lunchtime.
我喜歡在午餐時間跟我的同學閒聊。

17. **cheap**

[tʃip]

adjective 便宜的

◆ Fruit is **cheap** here, but other things are expensive.
在這裡水果是便宜的，但其他東西都是貴的。

18. **check**
[tʃɛk]

verb 確認

◆ I think the flight is four hours, but I need to **check**.
我想這次的航程是四個小時，但我需要確認一下。

19. **choose**
[tʃuz]

verb 挑選

◆ We need to **choose** some good pictures for the website.
我們必須幫這網站挑選些好的照片。

20. **clean**
[klin]

adjective 乾淨的

◆ The hotel room was small, but at least it was **clean**.
這個旅館的房間雖然小，但至少很乾淨。

verb 把⋯清乾淨

◆ Please **clean** the coffee maker after you use it.
使用完咖啡機後請清理乾淨。

21. **click**
[klɪk]

verb （滑鼠）點擊

◆ Please **click** on the link below.　請點擊下方的連結。

22. **close**
[kloz]

verb 關閉；蓋上

◆ Just **close** the window when you have finished using the internet.　當你使用完網路，請把電腦視窗關掉。

adjective 近的；接近的

◆ I live quite **close** to my work, so it's very convenient.
我住的地方離我上班的地點很近，所以很方便。

23. **color**
[ˋkʌlɚ]

noun 顏色

◆ What **color** is the tie?　這個領帶是什麼顏色？

24. **come**
[kʌm]

verb 來；過來

◆ Do you want to **come** with us?　你要跟我們來嗎？

25. **comfortable**
[ˋkʌmfɚtəbl̩]

adjective 使人舒服的；舒適的

◆ My company gave me a **comfortable** apartment and a car.　我的公司給我一間舒適的公寓和一輛車。

Unit 3 🎧 A1 Unit 3

1. **company**
   [`kʌmpənɪ]
   noun 公司
   ◆ I work for a **company** that makes laptop computers.
   我在一家製造筆記型電腦的公司工作。

2. **computer**
   [kəm`pjutɚ]
   noun 電腦
   ◆ I do all my homework on my **computer**.
   我用電腦來做所有的功課。

3. **contact**
   [`kɑntækt]
   verb 聯絡；聯繫
   ◆ Please **contact** us for more information.
   如想要取得更多資訊請與我們聯絡。

4. **convenient**
   [kən`vinjənt]
   adjective 便利的；方便的
   ◆ It's a busy city, but it's also very **convenient**.
   這是一個繁忙的城市，卻也非常便利。

5. **conversation**
   [ˌkɑnvɚ`seʃən]
   noun 交談；對話
   ◆ We had an interesting **conversation** after the meeting.
   在會議之後我們進行了一個有趣的對話。

6. **cost**
   [kɔst]
   verb 價錢為；需花費
   ◆ The shirt **costs** US$55.　這件襯衫要價五十五美元。

7. **could**
   [kʊd]
   modal verb 能；可以
   ◆ **Could** you help me with my suitcase, please?
   可以請你幫我拿行李箱嗎？

8. **country**
   [`kʌntrɪ]
   noun 國家
   ◆ Last year, I went to eight different **countries**.
   去年，我去了八個不同的國家。

9. **of course**
   adverb 當然
   ◆ Can I come with you? **Of course**!
   我可以跟你一起去嗎？當然！

10. **credit card**
[ˋkrɛdɪ ͵kɑrd]

noun 信用卡
◆ You can pay by your **credit card** online.
你可以使用你的信用卡在線上付款。

---

11. **customer**
[ˋkʌstəmɚ]

noun 顧客；買主
◆ Every **customer** is important to us.
每個顧客對我們來說都是重要的。

---

12. **date**
[det]

noun 日期；日子
◆ What's the **date** today?　今天日期是幾號？

---

13. **day**
[de]

noun 日；天
◆ We need one more **day** to finish the job.
我們需要多一天來完成這件工作。

---

14. **dear**
[dɪr]

adjective （用於信件開頭作問候語）親愛的；尊敬的
◆ **Dear** Ms. Tseng, thank you for your reply.
親愛的曾小姐，謝謝妳的回覆。

---

15. **different**
[ˋdɪfərənt]

adjective 不同的
◆ **Different** products have **different** prices.
不同的產品有不同的價錢。

---

16. **difficult**
[ˋdɪfə͵kəlt]

adjective 困難的
◆ It is **difficult** to remember everyone's name.
要記住每個人的名字是困難的。

---

17. **do**
[du]

auxiliary verb （當助動詞與另一動詞連用構成句子）
◆ Where **do** you live?　你住在哪裡？
verb 做
◆ What will you **do** after work?　下班之後你要做什麼？

---

18. **dollar**
[ˋdɑlɚ]

noun 元
◆ The train ticket to Manilla will cost me fifty **dollars**.
這張到馬尼拉的火車票將會花費我五十元。

19. **down**
[daʊn]

adverb 向下；朝下

◆ You need to go **down** to the first floor.
你需要下去到一樓。

20. **dream**
[drim]

noun 願望；理想

◆ It's my **dream** to start my own company.
我的願望是成立一家我自己的公司。

21. **each**
[itʃ]

determiner 各自；每一個

◆ Give one brochure and one catalog to **each** person.
給每個人一本手冊及一本型錄。

22. **early**
[`ɝlɪ]

adverb 早；提早

◆ I get to the office **early**, so I can leave **early**.
我會早點到辦公室，所以我會早點離開。

23. **easy**
[`izɪ]

adjective 容易的；不費力的

◆ The software is **easy** to use.   這個軟體容易使用。

24. **eat**
[it]

verb 吃

◆ Do you **eat** pork?   你吃豬肉嗎？

25. **email**
[`imel]

noun 電子郵件

◆ We will send you an **email** with the price.
我們會寄含有價格資訊的電子郵件給你。

Unit 4   🎧 A1 Unit 4

1. **end**
[ɛnd]

noun 底部；末端

◆ We will pay you at the **end** of the month.
我們會在月底時付錢給你。

2. **enjoy**
[ɪn`dʒɔɪ]

verb 享受

◆ I **enjoy** doing exercise in my free time.
我享受在空閒時間做運動。

3. **enough**
[əˋnʌf]

adjective 足夠的；充足的
◆ Don't worry. We have **enough** time to finish it.
別擔心。我們有足夠的時間完成它。

4. **evening**
[ˋivnɪŋ]

noun 晚上
◆ I take a language class in the **evening**.
晚上我有上一門語言課程。

5. **example**
[ɪgˋzæmp̩]

noun 例子
◆ My job is quite difficult. For **example**, I have to visit a lot of customers every week.
我的工作相當困難。例如，我每星期都要拜訪很多客戶。

6. **exciting**
[ɪkˋsaɪtɪŋ]

adjective 令人興奮的
◆ Some people thinks being a flight attendant is an **exciting** job.　有些人覺得當空服員是一個令人興奮的工作。

7. **excuse me**

phrase 不好意思
◆ **Excuse me**, could you please tell me where the station is?　不好意思，請問你可以告訴我車站在哪裡嗎？

8. **expensive**
[ɪkˋspɛnsɪv]

adjective 昂貴的
◆ Living in London is very **expensive**.
居住在倫敦是非常昂貴的。

9. **factory**
[ˋfæktərɪ]

noun 工廠
◆ In our **factory**, we make batteries for cell phones.
在我們的工廠裡，我們生產手機電池。

10. **far**
[fɑr]

adverb 遠地
◆ The airport is quite **far** from the city center.
機場離市中心是相當遠地。

11. **fast**
[fæst]

adjective 速度快的
◆ If we take the **fast** train, we will be there before lunchtime.
如果我們搭快車，我們將在午餐時間以前抵達那裡。

12. **favorite**
['fevərɪt]

adjective 最喜歡的

◆ Kyoto is my **favorite** city.　京都是我最喜歡的城市。

13. **feel**
[fil]

verb 感到

◆ I **feel** happy living in this area.
住在這個區域我感到很快樂。

14. **find**
[faɪnd]

verb 找到

◆ I hope you **find** a good job.　我希望你找到一份好工作。

15. **fine**
[faɪn]

adjective 好的

◆ A: Can you stay longer?　A：你可以待久一點嗎？
　 B: Yes, that's **fine**.　B：好的，沒問題。

16. **finish**
['fɪnɪʃ]

verb 結束

◆ I usually **finish** work at 6:30 pm.
我通常在下午六點半下班。

17. **flower**
['flauɚ]

noun 花卉

◆ I always give my mother **flowers** on her birthday.
媽媽生日的時候我總是送她花。

18. **fly**
[flaɪ]

verb 飛往…

◆ I'll **fly** from Singapore to Sydney on next Monday.
我將在下星期一從新加坡飛往雪梨。

19. **free**
[fri]

adjective 免費的

◆ The software is **free**, but you need to leave your name
and email address.
這軟體是免費的，但是你需要留下你的名字和電子郵件地址。

20. **friendly**
['frɛndlɪ]

adjective 親切的

◆ Our staff is **friendly** and helpful.
我們的員工親切且樂於助人。

21. **front**
[frʌnt]

adjective 前面的

◆ You can sit in the **front** seat, next to the driver.
你可以坐在前面，駕駛座旁的位子。

in front of   *phrase* 在某人或某物前面
◆ I'll meet you **in front of** your hotel.
我將在你住宿的飯店前面與你會合。

---

22. **fun**   *noun* 愉快；樂趣
[fʌn]
◆ I hope you have **fun** in Japan.   我希望你在日本玩得愉快。

---

23. **funny**   *adjective* 有趣的
[ˋfʌnɪ]
◆ My workmates are really **funny**, so we often laugh a lot in the office.
我的同事真的很有趣，所以我們常常在辦公室裡笑得很開心。

---

24. **get**   *verb* 獲得
[gɛt]
◆ Can I **get** a room for two nights?
我可以訂一間房間兩個晚上嗎？

---

25. **give**   *verb* 給
[gɪv]
◆ I'll **give** you an answer tomorrow.   我會在明天給你答覆。

Unit 5   🎧 A1 Unit 5

1. **glass**   *noun* 一杯；玻璃
[glæs]
◆ Can I get you a **glass** of juice?   你要喝一杯果汁嗎？
◆ They used a lot of **glass** when they built this building.
他們在建造這建築物時用了很多玻璃。

---

2. **glasses**   *noun* 眼鏡
[ˋglæsɪz]
◆ Wait. I need to put on my **glasses**.
等等。我需要先戴上眼鏡。

---

3. **good**   *adjective* 好的
[gʊd]
◆ It's cheap, but it's still a very **good** camera.
雖然它便宜，但仍然是個好的相機。

4. **group**

[grup]

noun 類

◆ We'll put them into two **groups**. So, please put the new ones here and the old ones there.　我們會把它們分成兩類。所以，請把新的放在這裡，舊的放在那裡。

5. **guess**

[gɛs]

verb 推測；猜測

◆ We don't know how many people will come. We need to **guess**.　我們不知道會有多少人來。我們必須推測一下。

6. **guy**

[gaɪ]

noun （男）人

◆ Who is that **guy** over there?　在那裡的人是誰？

7. **half**

[hæf]

noun 一半

◆ We waited for **half** an hour.　我們等了半個小時。

8. **happy**

[`hæpɪ]

adjective 開心

◆ We think it is important that our staff are **happy**.　我們認為我們的員工開心是重要的。

9. **hard**

[hɑrd]

adjective 困難的

◆ It's **hard** to remember all my passwords.　要記住我所有的密碼是件困難的事情。

10. **have**

[hæv]

verb 有；吃

◆ We **have** wireless internet in all our rooms.　我們所有房間都有無線網路。

◆ I usually **have** breakfast at about 7:15 am.　我通常在早上七點十五分吃早餐。

11. **head**

[hɛd]

noun 頭

◆ This hat is too big for my **head**.　這帽子對我的頭來說太大了。

12. **hear**

[hɪr]

verb 聽見

◆ Can you please speak louder? I can't **hear** you.　可以請你說大聲點嗎？我聽不見。

13

13. help
[hɛlp]

verb 幫助

◆ I'll **help** you clean up. 我會幫你打掃。

14. home
[hom]

adverb 回家；到家

◆ If you finish your work, you can go **home** early.

假如你完成你的工作，你就可以早點回家。

noun 家

◆ I left my wallet at **home**. 我遺留了我的錢包在家。

15. hotel
[ho`tɛl]

noun 旅館；飯店

◆ We can get a **hotel** close to the factory.

我們可以訂一間靠近這間工廠的旅館。

16. hour
[aʊr]

noun 小時

◆ It takes two and a half **hours** to drive from here to Kaohsiung. 從這裡開車到高雄需要花費兩個半小時。

17. ID
[͵aɪ`di]

noun 身分證 （identification 的縮寫）

◆ Please show your **ID** when you enter the building.

當你進入大樓時，請出示你的身分證。

18. important
[ɪm`pɔrtn̩t]

adjective 重要的

◆ It is **important** to be on time. 準時是重要的。

19. interesting
[`ɪntərɪstɪŋ]

adjective 有趣的

◆ I thought her idea was really **interesting**.

我覺得她的想法確實很有趣。

20. internet
[`ɪntɚ͵nɛt]

noun 網路

◆ Now, most of our business is done through the **internet**.

現在，我們大部分的生意都是透過網路來完成的。

21. job
[dʒɑb]

noun 工作

◆ I'm looking for a new **job**. 我正在找一份新工作。

22. just
[dʒʌst]

adverb 剛才

◆ I **just** arrived at the company. 我才剛到公司。

23. **key**
[ki]

noun 鑰匙

◆ I left my office **keys** at home.
我把辦公室的鑰匙留在家裡了。

24. **kind**
[kaɪnd]

noun 種類

◆ What **kind** of food do you like? 你喜歡什麼種類的食物？

25. **know**
[no]

verb 知道

◆ I'm sorry. I don't **know** how to operate the machine.
很抱歉。我不知道該怎麼操作這臺機器。

Unit 6 🎧 A1 Unit 6

1. **last**
[læst]

adjective 最後的；上一次的；最近的

◆ Today is the **last** day of the summer vacation.
今天是暑假的最後一天。

◆ I didn't sleep well **last** night. 我昨晚沒睡好。

補 **last week** 上週 /**last month** 上個月 /**last year** 去年
We just moved to this city **last week**.
我們上週才剛搬到這個城市。

2. **late**
[let]

adjective 遲的

◆ He's **late** to work every morning. 他每天早上上班都遲到。

3. **learn**
[lɝn]

verb 學習

◆ It's important to **learn** a second language.
學習第二語言是重要的。

4. **leave**
[liv]

verb 離開

◆ The train **leaves** in fifteen minutes. 火車十五分鐘後離開。

5. **left**
[lɛft]

noun 左邊

◆ The bathroom is on the **left**. It's next to the elevator.
洗手間在左邊。就在電梯旁邊。

6. **life**
[laɪf]

noun 生活
◆ Work is an important part of **life**.
工作是生活中重要的一部分。

7. **light**
[laɪt]

noun 電燈
◆ Please turn off the **lights** when you leave.
請在離開時把電燈關掉。

8. **like**
[laɪk]

verb 喜歡
◆ I **like** my new cell phone. It's very easy to use.
我喜歡我的新手機。它很容易操作。

9. **little**
[ˋlɪtl̩]

adjective 小型的
◆ I have a **little** office on the second floor.
我在二樓有一個小型辦公室。

a little

phrase 一點
◆ It's **a little** difficult for me.　這對我來說有一點困難。

10. **live**
[lɪv]

verb 住
◆ I **live** with my family.　我跟家人住在一起。

11. **long**
[lɔŋ]

adjective 長的
◆ She's very tired after a **long** flight.
她因為搭了長途航班而很累。

12. **look**
[lʊk]

verb 看；注視
◆ Please **look** at page eight.　請看第八頁。

13. **look for**

phrasal verb 尋找
◆ I'm **looking for** a new apartment.
我正在尋找一個新的公寓。

14. **lot**
[lɑt]

noun 很多
◆ I have to write a **lot** of emails every day.
我每天都必須寫很多電子郵件。

a lot

phrase 經常⋯
◆ I need to travel **a lot** for work.　我的工作需要經常出差。

15. **make**
[mek]

verb 製作;製造

◆ I like to **make** soap and other things for my family.
我喜歡為我的家人製作肥皂或其他東西。

16. **manager**
[`mænɪdʒɚ]

noun 經理

◆ I want to be a **manager** in this company one day.
我想有朝一日成為這家公司的經理。

17. **maybe**
[`mebɪ]

adverb 或許

◆ **Maybe** we need to get some more people to help us.
或許我們需要找更多人來幫助我們。

18. **meal**
[mil]

noun 一餐

◆ If we work late, the company gives us a free **meal**.
如果我們工作到很晚,公司會免費提供我們一餐。

19. **meet**
[mit]

verb 認識

◆ It's nice to **meet** you.　很高興認識你。

20. **meetIng**
[`mitɪŋ]

noun 會議

◆ I had **meetings** all day.　我一整天都有會議。

21. **message**
[`mɛsɪdʒ]

noun 留言

◆ Can I leave him a **message**?　我可以留言給他嗎?

22. **minute**
[`mɪnɪt]

noun 分(鐘)

◆ Please wait. It will take about three **minutes**.
請稍等。大概需要三分鐘。

23. **money**
[mʌnɪ]

noun 錢

◆ Their company made a lot of **money** last year.
他們的公司去年賺了很多錢。

24. **month**
[mʌnθ]

noun 月

◆ She traveled to Thailand for two **months**.
她到泰國旅遊了兩個月。

25. **morning**

[`mɔrnɪŋ]

noun 早上

◆ I'll send him an email tomorrow **morning**.
我明天早上會寄電子郵件給他。

in the morning

phrase 在早上

◆ I always have a cup of coffee **in the morning**.
在早上我總是會喝一杯咖啡。

Good morning

exclamation 早安

◆ **Good morning.** Would you like a cup of tea?
早安。你想要來杯茶嗎？

Unit 7   🎧 A1 Unit 7

1. **name**

[nem]

noun 名字

◆ Hi, I'm Eric. What's your **name**?
嗨，我是 Eric。你叫什麼名字？

2. **nationality**

[ˌnæʃəˈnælətɪ]

noun 國籍

◆ There are students of many **nationalities** in our school.
我們學校有許多不同國籍的學生。

3. **need**

[nid]

verb 需要

◆ We **need** more people so that we can finish the project on time.   我們需要更多的人以便我們能準時地完成專案。

4. **never**

[`nɛvɚ]

adverb 從未

◆ We **never** work on weekends.   我們從未在週末工作。

5. **new**

[nju]

adjective 新的

◆ I need a **new** computer. This one is too slow.
我需要一臺新電腦。這臺太慢了。

6. **news**

[njuz]

noun 新聞

◆ I watch business **news** every morning.
我每天早上看商業新聞。

7. **next**
[`nɛkst]

adjective 下一個的

◆ When is the **next** bus? 下一班公車是什麼時候？

補 **next week** 下週 / **next month** 下個月 / **next year** 明年

The mayor will visit our company **next week**.

市長下週會拜訪我們公司。

---

8. **nice**
[naɪs]

adjective 好的

◆ The weather is really **nice** today. 今天天氣非常好。

---

9. **night**
[naɪt]

noun 晚上；夜晚

◆ I'll stay there for two **nights**. 我將在那裡停留兩晚。

---

10. **note**
[not]

noun 便條

◆ Did you see the **note** on your computer?

你有看到你電腦上的便條嗎？

---

11. **now**
[naʊ]

adverb 現在；目前

◆ I'm leaving **now**. Do you want to come with me?

我現在要離開了。你想跟我一起走嗎？

---

12. **number**
[`nʌmbɚ]

noun 號碼；數字

◆ Can you tell me your phone **number**?

你可以告訴我你的電話號碼嗎？

---

13. **office**
[`ɔfɪs]

noun 辦公室

◆ My **office** is on the third floor. 我的辦公室在三樓。

---

14. **often**
[`ɔfən]

adverb 經常

◆ I **often** eat dinner by myself. 我經常獨自吃晚餐。

---

15. **OK**
[ˌo`ke]

exclamation 好的

◆ A: How are you? A：你好嗎？

B: I'm **OK**. How are you? B：我很好。你呢？

---

16. **old**
[old]

adjective 老舊的

◆ It's an **old** building, but it's in a nice area.

它是棟老舊的建築，但它位於一個好區域。

17. only
[`onlɪ]

adverb 只要
◆ The sports watch is **only** US$20. It's a very good price.
這隻運動手錶只要二十美元。是個很棒的價格。

18. open
[`opən]

verb 開始（營業）
◆ The coffee shop **opens** at 8:00 am on weekdays and 9:00 am on weekends.
這間咖啡店平日早上八點開始營業，週末則是早上九點。

19. other
[`ʌðɚ]

determiner 其他的；另外的
◆ We have many **other** factories in China.
我們在中國有很多其他的工廠。

20. page
[pedʒ]

noun 頁
◆ We need our logo on every **page**.
我們需要每一頁都有我們公司的標誌。

21. pair
[pɛr]

noun 一雙
◆ I need to get a new **pair** of socks.　我需要買雙新襪子。

22. part
[part]

noun （組成）部分
◆ My school is in the old **part** of the city.
我的學校是在這座城市的老舊區域。

23. past
[pæst]

preposition 經過；超過
◆ The bank is down there, just **past** the convenience store.
銀行就是沿著那走，在過了便利商店那裡。
◆ A: What time is it?　A：現在幾點？
B: It's five **past** nine.　B：九點五分。

24. pay
[pe]

verb 支付
◆ The company will **pay** for the meals.　公司將會支付餐費。

25. people
[`pipl]

noun 人
◆ We interviewed six **people** yesterday.
我們昨天面試了六個人。

CEFR-A1

1. **person**
[ˋpɝsn̩]

noun 人
◆ I met a **person** from Brazil yesterday.
我昨天遇到了一個從巴西來的人。

---

2. **phone**
[fon]

noun 電話
◆ We talked on the **phone** for about twenty minutes.
我們通了大約二十分鐘的電話。

---

3. **picture**
[ˋpɪktʃɚ]

noun 圖片
◆ We need to post some good **pictures** on our website.
我們需要在我們的網站上張貼一些優質的圖片。

---

4. **poor**
[pur]

adjective 貧窮的
◆ A lot of people in this area are quite **poor**.
在這地區的許多人,都是相當貧窮的。

---

5. **practice**
[ˋpræktɪs]

verb 練習
◆ I need to **practice** my speech.　我需要練習我的演說。

---

6. **price**
[praɪs]

noun 價格
◆ The **price** is US$4,500, but we can give you a discount if you pay in cash right now.　這價格是四千五百美元,但如果你立刻以現金付款的話,我們可以給你折扣。

---

7. **problem**
[ˋprɑbləm]
no problem

noun 問題
◆ There's a **problem** with the printer.　這印表機有問題。
phrase 沒問題
◆ A: Can you take me to the airport?
A：你可以送我去機場嗎?
B: Sure, **no problem**.　B：當然,沒問題。

---

8. **put**
[put]

verb 放
◆ I **put** your business cards on your desk.
我把你的名片放在你的桌上。

---

9. quick
[kwɪk]

adjective 快的

◆ Their service is very **quick**. We only ordered it yesterday, and it's here already.

他們的服務真的非常快。我們昨天才下訂單，貨已經到這裡了。

10. read
[rid]

verb 閱讀

◆ I try to **read** two books a month.　我試著一個月讀兩本書。

11. ready
[`rɛdɪ]

adjective 準備好的

◆ I'm **ready**. Let's go.　我準備好了。我們出發吧。

12. restaurant
[`rɛstərənt]

noun 餐廳

◆ We can take our guests to the Thai **restaurant** in the hotel.　我們可以帶我們的客人去飯店的泰國餐廳吃飯。

13. restroom
[`rɛstrum]

noun 洗手間

◆ Excuse me. Where's the **restroom**?

不好意思。請問洗手間在哪裡？

14. rich
[rɪtʃ]

adjective 富有的

◆ Her family is quite **rich**, but she makes her own money.

她的家庭相當富有，但是她都靠自己賺錢。

15. ride
[raɪd]

verb 騎乘

◆ I **ride** my motorcycle to work every day.

我每天都騎機車去上班。

16. right
[raɪt]

adjective 正確的

◆ A professional coach should teach people the **right** way to work out.

一個專業的教練應該教導人們正確的方式去鍛鍊身體。

noun 右邊

◆ His office is over there, on the **right**.

他的辦公室在那裡，就在右邊。

17. sad
[sæd]

adjective 令人遺憾的

◆ We are **sad** that you are leaving.　我們很遺憾你要離開。

18. **safe**
[sef]

adjective 安全的

◆ We need to make sure our workers are **safe**.
我們必須確保我們的員工是安全的。

19. **same**
[sem]

adjective 同樣的

◆ We work in the **same** company but in different departments. 我們在同樣的公司工作但在不同部門。

20. **say**
[se]

verb 說

◆ She **says** that she will come back tomorrow.
她說她明天會回來。

21. **see**
[si]

verb 看見

◆ Where is he? I can't **see** him. 他在哪裡？我看不到他。

see you later

phrase 待會見

◆ Bye, **see you later**! 再見，待會見！

22. **sell**
[sɛl]

verb 銷售

◆ We **sell** our products in twenty-five countries.
我們在二十五個國家銷售我們的產品。

23. **shop**
[ʃɑp]

noun 商店

◆ I need to find a **shop** that sells gifts.
我需要找到一間賣禮品的商店。

24. **shopping**
[`ʃɑpɪŋ]

noun 購物

◆ Online **shopping** is very popular these days.
目前線上購物是非常受大眾喜愛的。

25. **short**
[ʃɔrt]

adjective （時間）短暫的

◆ I lived in Dubai only for a **short** time.
我在杜拜只住了一段短暫的時間。

adjective 短的

◆ My workmate is the woman there with **short** hair.
我的同事是在那邊的那位短髮女子。

Unit 9 🎧 A1 Unit 9

1. **show**
[ʃo]

verb 給⋯看
◆ Come with me. I'll **show** you where your seat is.
跟我來。我帶你去看你的位置在哪。

2. **sit**
[sɪt]

verb 坐
◆ You can **sit** here and drink coffee.
你可以坐在這裡喝咖啡。

3. **sleep**
[slip]

verb 睡覺
◆ I usually **sleep** from 11:00 pm to 6:00 am.
我通常從晚上十一點睡到早上六點。

4. **slim**
[slɪm]

adjective 瘦的
◆ He's **slim** because he exercises almost every day.
他瘦是因為他幾乎每天都運動。

5. **slow**
[slo]

adjective 慢的
◆ This train is very **slow**, but the ticket is very cheap.
這班火車真的很慢，但車票很便宜。

6. **small**
[smɔl]

adjective 小的
◆ There are a bedroom, a living room, and a **small** kitchen in the apartment.
這個公寓裡有一間臥房，一間客廳和一間小廚房。

7. **soon**
[sun]

adverb 很快地
◆ She just went to get some lunch, but she will be here **soon**. 她剛剛才去吃午餐，但她很快就會到這裡了。

8. **sorry**
[`sɔrɪ]

adjective 抱歉的
◆ I'm **sorry**. I'm late. I was stuck in traffic.
很抱歉。我遲到了。我剛被困在車流中了。

9. **speak**

[spik]

verb 和…說話

◆ She's here now. Would you like to **speak** with her?

她現在人在這裡。你要和她說話嗎？

---

10. **special**

[`spɛʃəl]

adjective 特別的

◆ We offer a **special** discount to our new customers.

我們為我們的新顧客提供特別的折扣。

---

11. **start**

[stɑrt]

verb 開始

◆ The game will **start** in fifteen minutes.

遊戲將會在十五分鐘內開始。

---

12. **stay**

[stc]

verb 停留

◆ We will **stay** in Tokyo for three days.

我們會在東京停留三天。

---

13. **stop**

[stɑp]

verb 停止

◆ We need to **stop** talking and start working.

我們需要停止講話並且開始工作了。

---

14. **bus stop**

[`bʌs ˌstɑp]

noun 公車站

◆ There's a **bus stop** just outside our office.

我們辦公室外就有一個公車站。

---

15. **stuff**

[stʌf]

noun 東西

◆ There's a lot of **stuff** on your desk. You need to clean that first.　你桌上有很多東西。你需要先清理一下。

---

16. **take**

[tek]

verb 拿；帶；搭乘

◆ I'll **take** my laptop to a café and do some work there.

我會帶著我的筆記型電腦到咖啡店去做一些工作。

◆ I need to **take** the kids to school before I come to work.

在來上班之前我必須帶小孩去上學。

◆ We can **take** a taxi to the airport if it's not expensive.

如果不貴的話我們可以搭計程車去機場。

17. talk
[tɔk]

verb 談論

◆ I want to **talk** about our plan for next year.
我想談論有關我們明年的計劃。

---

18. tell
[tɛl]

verb 告訴

◆ Please **tell** him that I called. 請告訴他我有打來。

---

19. than
[ðæn]

preposition 比

◆ She makes more money **than** me. 她賺的錢比我多。

---

20. thanks
[θæŋks]
thank you

exclamation 謝謝

◆ **Thanks** for buying me lunch! 謝謝你請我吃午餐！

exclamation 謝謝你

◆ **Thank you** for your help. 謝謝你的幫忙。

---

21. then
[ðɛn]

adverb 然後；當時

◆ I'll write an email first and **then** call him.
我會先寫電子郵件然後再打電話給他。

◆ I worked for my parents' business, and I was living in Kaohsiung **then**.
我在我父母的公司工作，且我當時住在高雄。

---

22. thing
[θɪŋ]

noun 事情

◆ We have three **things** to deal with this afternoon.
我們今天下午有三件事要處理。

---

23. think
[θɪŋk]

verb 覺得；想

◆ I **think** it's a good idea. 我覺得這是個好主意。

補 **think of/think about** 看待…

What do you **think of** this design for the club T-shirt?
你如何看待俱樂部 T 恤的設計？

◆ A: Is she in her office? A：她在她的辦公室嗎？

B: I **think** so. B：我想是的。

---

24. ticket
[`tɪkɪt]

noun 票

◆ How much is a **ticket** to Taichung?
到臺中的車票一張是多少錢？

---

25. **time**
[taɪm]

noun 時間點;(去做某事的)時間

◆ We need to leave at 3:00 pm. What's the **time** now?
我們需要在下午三點離開。現在是幾點了?

◆ Do you have **time** for a coffee? 你有時間喝杯咖啡嗎?

Unit 10

1. **tired**
[taɪrd]

adjective 疲倦的

◆ I feel **tired**. I didn't sleep well last night.
我感到疲倦。我昨晚沒睡好。

2. **today**
[tə`de]

adverb 今天

◆ It's a very busy day **today**. 今天是非常忙碌的一天。

3. **together**
[tə`gɛðɚ]

adverb 一起

◆ Let's have dinner **together** tonight. 今晚一起吃晚餐吧。

4. **tomorrow**
[tə`mɔro]

adverb 明天

◆ What time do you want to meet **tomorrow**?
你明天想要在什麼時候見面呢?

5. **tonight**
[tə`naɪt]

adverb 今晚

◆ We have our company Christmas party **tonight**. Would you like to come?
我們公司今晚有個聖誕派對。你會想來嗎?

6. **travel**
[`trævl̩]

verb 旅行

◆ I enjoy **traveling** around the world because visiting different countries is interesting.
我喜愛環遊世界因為造訪不同的國家很有趣。

7. **understand**
[ˌʌndɚ`stænd]

verb 理解;明白

◆ It's too difficult to **understand** the things that he said.
他說的話太難理解了。

8. until

[ən`tɪl]

preposition 到…為止

◆ I lived with my parents **until** I got a job. Now, I live alone.
我跟父母一起住到我找到工作為止。現在，我自己一個人住。

9. use

[juz]

verb 使用

◆ Can I **use** US dollars here?　我可以在這裡使用美元嗎？

10. visit

[`vɪzɪt]

verb 探望

◆ I'm going to **visit** my grandmother on weekends.
我週末要去探望我奶奶。

11. wait

[wet]

verb 等候

◆ You will need to **wait** for thirty minutes. Is that OK?
你將會需要等待三十分鐘，可以嗎？

12. want

[wɑnt]

verb 想要

◆ What do you **want** to do?　你想做什麼？

13. water

[`wɔtɚ]

noun 水

◆ Can I have a glass of **water**, please?　請給我一杯水好嗎？

14. website

[`wɛb͵saɪt]

noun 網站

◆ You can see pictures of our products on our **website**.
你可以在我們的網站看到我們產品的照片。

15. week

[wik]

noun 週

◆ I'm going to be in Tokyo for a **week** and in Taipei for four days.　我即將要待在東京一週和待在臺北四天。

16. weekend

[`wik`ɛnd]

noun 週末

◆ What did you do last **weekend**?　你上個週末在做什麼？

17. well

[wɛl]

adverb 很好地；令人滿意地

◆ That was great. You did **well**!　太棒了。你做得很好！

adjective 安好的；健康的

◆ I don't feel **well**. I hope I'm not getting sick.
我不太舒服。我希望我不是生病了。

well done　*exclamation* 做得好

◆ You got the job! **Well done!** 你得到那份工作了！做得好！

---

18. **will**
[wɪl]

modal verb 會；將會；可能

◆ **I'll** call you after work. 我下班後會打電話給你。

◆ I think it **will** rain tomorrow. 我想明天可能會下雨。

---

19. **work**
[wɝk]

verb 工作；勞動

◆ I **work** for an international company.
我在一家國際公司工作。

---

20. **world**
[wɝld]

noun 世界

◆ You will have the chance to meet people from all over the
world. 你將會有機會認識來自世界各地的人。

---

21. **would like**

phrase 想要

◆ **Would** you **like** some tea or coffee?
你想要來點茶或是咖啡嗎？

---

22. **write**
[raɪt]

verb 寫

◆ Please **write** your name here. 請在這裡寫上你的名字。

---

23. **wrong**
[rɔŋ]

adjective 錯誤的

◆ I can't send it to him. He gave us the **wrong** address.
我無法把這個寄給他。他給了我們錯誤的住址。

---

24. **year**
[jɪr]

noun 年

◆ I want to work here for a **year**, and then I'll change jobs.
我想在這裡工作一年，然後我會換工作。

---

25. **young**
[jʌŋ]

adjective 年輕的

◆ He's very **young**, but he learns fast.
他非常年輕，且他學得很快。

NOTE

Unit 1 🎧 A2 Unit 1

1. **ability**
   [əˋbɪlətɪ]

   noun 能力，才能
   ◆ He has the **ability** to explain things clearly.
   他有把事情解釋清楚的能力。

2. **able**
   [ˋebḷ]

   adjective 能夠的；有能力做…
   ◆ We are **able** to provide any information you need.
   我們能夠提供你所需要的任何資訊。

3. **abroad**
   [əˋbrɔd]

   adverb 到國外；在國外
   ◆ I have the chance to study **abroad** next semester.
   下個學期我有機會出國讀書。

4. **accept**
   [əkˋsɛpt]

   verb 接受；收受
   ◆ The pay is too low. I don't think I can **accept** it.
   這薪資太低了。我不認為我能接受。

5. **accident**
   [ˋæksədənt]

   noun 事故；意外
   ◆ She had a bicycle **accident** on her way to school this morning.　今天早上她在前往學校的路上發生了腳踏車事故。

   by accident
   phrase 意外地；不小心地
   ◆ I'm sorry. I deleted those files **by accident**.
   很抱歉。我不小心刪除了那些檔案。

6. **accommodation**
   [ə͵kɑməˋdeʃən]

   noun 住處；住所
   ◆ If you need to take a business trip, the company will pay for your **accommodation**, travel, and meals.
   如果你有需要出差，公司會支付你的住宿、交通及餐費。

7. **account**
   [əˋkaunt]

   noun 帳戶；戶頭
   ◆ You will need to open an **account** at the National Bank.
   你將會需要在國家銀行新開帳戶。

8. **across**
[ə`krɔs]

preposition 在…的對面；在…的另一邊

◆ I'm just going to the convenience store **across** the road to get something to drink.
我剛正要去這條路對面的便利商店買些飲料喝。

---

9. **action**
[`ækʃən]

noun 行動；行為

◆ Too many members are leaving the club. We need to take **action** immediately.
有太多會員要離開社團了。我們需要立即採取行動。

---

10. **active**
[`æktɪv]

adjective 活躍的；積極的

◆ Our organization is quite **active** in the local community.
我們組織在當地社區是相當活躍的。

---

11. **activity**
[æk`tɪvətɪ]

noun 活動；行動

◆ We have some foreign guests coming next week, so we need to plan some **activities**.　下星期我們有一些外國賓客會來訪，所以我們需要安排一些活動。

---

12. **actually**
[`æktʃʊəlɪ]

adverb 實際上；真實地

◆ It looks cheap, but it's **actually** quite expensive.
它看起來便宜，但實際上是相當貴的。

---

13. **add**
[æd]

verb 增加；添加

◆ Don't forget to **add** the five percent sales tax.
別忘了要加上百分之五的營業稅。

---

14. **administration**
[əd,mɪnə`streʃən]

noun 行政；管理

◆ Actually, I'm a nurse, but I spend most of my time helping with **administration**.　其實，我是個護理師，但是我大部分時間都花在協助行政事務上。

---

15. **advantage**
[əd`væntɪdʒ]

noun 優勢；好處

◆ It's an **advantage** if you can speak at least one foreign language.　如果你至少會說一種外語，那會是個優勢。

16. **advertisement**
[ˌædvɚˈtaɪzɪnənt]

noun 廣告；公告

◆ I think we can afford to put an **advertisement** on YouTube. 我認為我們能負擔在 YouTube 上登廣告的費用。

---

17. **advertising**
[ˈædvɚˌtaɪzɪŋ]

noun 廣告業

◆ I studied marketing at university, now I'm working in **advertising**. 我在大學時攻讀行銷，現在我在廣告業工作。

---

18. **advice**
[ədˈvaɪs]

noun 建議；意見；忠告

◆ I don't know how to get close to my roommates. I need your **advice**.
我不知道如何和我的室友變得親近。我需要你的建議。

---

19. **afford**
[əˈford]

verb 買得起；能做

◆ Unfortunately, I can't **afford** to study overseas.
很遺憾，我無法負擔出國留學的費用。

---

20. **afraid**
[əˈfred]

adjective 擔憂的；害怕的

◆ He's **afraid** of losing his job. 他擔心失去他的工作。

---

21. **be afraid (that)**

phrase 遺憾；抱歉

◆ I'm **afraid that** I can't join you for dinner this evening.
我很抱歉我今晚不能和你們共享晚餐。

---

22. **afterwards**
[ˈæftɚˌwɚdz]

adverb (英式) 後來；以後；隨後 同 (美式) **afterward**

◆ You can eat first and pay **afterwards**. 你可以先用餐後付款。

---

23. **against**
[əˈgɛnst]

preposition 違反；反對；與…相反

◆ It is **against** company rules to smoke anywhere in the building. 在這棟大樓任何地方抽菸都是違反公司規定的。

---

24. **agent**
[ˈedʒənt]

noun 代理商；代理人

◆ We are the local **agent** for a foreign car company.
我們是一家外國汽車公司在當地的代理商。

---

25. **ago**
[əˈgo]

adverb 在…以前；從前

◆ He just left ten minutes **ago**. 他十分鐘前剛離開。

Unit 2 🎧 A2 Unit 2

1. **agree**
   [əˋgri]

   verb 同意；持相同意見
   ◆ Stella thinks the course is a waste of time, but I don't **agree**.　Stella 認為這個課程是浪費時間的，但是我並不同意。

---

2. **aim**
   [em]

   noun 目標；目的；意圖
   ◆ Our **aim** is to finish the project in three months.
   我們的目標是在三個月內完成這個專案。

---

3. **airport**
   [ˋɛr‚port]

   noun 機場；航空站
   ◆ We can pick you up at the **airport**.　我們可以去機場接你。

---

4. **allow**
   [əˋlaʊ]

   verb 准許；使有可能
   ◆ My company **allows** me to work from home two days a week.　我的公司允許我一週可以在家工作兩天。

   補 **be allowed to** 被允許；被容許
   It **is** not **allowed to** put a power bank in the checked baggage.
   把行動電源放在托運行李中是不被允許的。

---

5. **alone**
   [əˋlon]

   adverb 獨自地；單獨地
   ◆ It's the first time I visit a client **alone**.
   這是我第一次獨自拜訪客戶。

---

6. **alright**
   [ˋɔlˋraɪt]

   adverb 沒問題地；尚可地；還算可以地
   ◆ Is it **alright** if we change the meeting to next week?
   如果我們將會議改到下星期是沒有問題的嗎？

---

7. **although**
   [ɔlˋðo]

   conjunction 儘管；雖然；然而
   ◆ I'm really enjoying my life here in Mexico, **although** I still really miss my family sometimes.　我真的很喜歡我在墨西哥的生活，儘管有時我仍然很想念我的家人。

---

8. **amazing**
   [əˋmezɪŋ]

   adjective 令人驚喜的；驚人的
   ◆ There are so many beautiful places to visit and exotic activities to do in this **amazing** city.

在這令人驚喜的城市裡，有許多美麗的地方可供參觀以及可做許多異國風情的活動。

9. **among**
[ə`mʌŋ]

preposition 在…(群體) 中；為…所環繞
◆ First, we need to discuss it **among** ourselves, and then we'll let you know what we decide. 首先，我們必須先自行討論，然後我們會再告訴你我們決定了什麼。

10. **amount**
[ə`maunt]

noun 數量；數額
◆ We might be able to give you a discount, but it depends on the **amount** you order.
我們可能會給你折扣，但是還要看你訂單的數量決定。

11. **angry**
[`æŋgrɪ]

adjective 生氣的；憤怒的
◆ I'm not surprised she was **angry**. You were forty minutes late. 她生氣我並不訝異，因為你遲到了四十分鐘。

12. **announcement**
[ə`naʊsmənt]

noun 廣播；公告；布告
◆ I'm not sure what the new boarding gate is. We need to wait for the **announcement**.
我不確定新的登機門是幾號。我們需等待廣播通知。

13. **annual**
[`ænjʊəl]

adjective 全年的；年度的；每年的
◆ We have **annual** sales of over five million US dollars.
我們的年銷售額超過五百萬美元。

14. **another**
[ə`nʌðɚ]

determiner 又一的；另外的
◆ You need to come here to pay your fees, but the training is in **another** building.
你需要到這裡付費，但是訓練課程是在另一棟大樓。

15. **answer**
[`ænsɚ]

noun 回覆；回答
◆ I'm not sure if she's going to join our team. She hasn't given us her **answer** yet.
我不確定她是否會加入我們團隊，她還沒給我們回覆。
verb 接電話；回答
◆ I called her, but she didn't **answer** the phone.
我打給她，但是她沒接電話。

◆ A: Did the presentation go okay?

A：簡報進行得還好嗎？

B: Yes, but some of their questions at the end were difficult to **answer**.

B：還好，但是結束時有些他們的問題很難回答。

---

16. **anymore**

[ˈɛnɪmɔr]

adverb (不) 再

◆ I'm afraid we don't offer student discounts **anymore**.

我很遺憾我們不再提供學生折扣了。

---

17. **apartment**

[əˈpɑrtmənt]

noun 公寓

◆ I have a small one-bedroom **apartment** on the eleventh floor. 我在十一樓有個單間臥室的小公寓。

---

18. **appear**

[əˈpɪr]

verb 出現；顯露；呈現

◆ Every time I click on the icon, an error message **appears** on the screen.

每次我按這個圖示時，就會有個錯誤訊息出現在螢幕上。

---

19. **apply**

[əˈplaɪ]

verb 提出申請；請求

◆ The airline are advertising for flight attendants, and I'm definitely going to **apply**.

這間航空公司正在招募空服員，我肯定會提出申請。

---

20. **appointment**

[əˈpɔɪntmənt]

noun 約定；約會；預約

◆ I have a doctor's **appointment** at 10:00 am tomorrow, but I could meet you after that.

明天上午十點我跟醫生有約診，但我可以在那之後與你見面。

---

21. **area**

[ˈɛrɪə]

noun 區；地區；區域

◆ My apartment is actually in an industrial **area** close to the airport. 我的公寓其實是在接近機場的工業區內。

---

22. **around**

[əˈraʊnd]

adverb 四處；到處

◆ Excuse me, do you mind if I look **around**?

不好意思，你介意我四處看看嗎？

preposition 大約，大概；在⋯周圍

◆ We expect the project to take **around** four months.
我們預期這個專案需要花大約四個月時間。

◆ We needed to put up "No Smoking" signs **around** the park. 我們必須在公園周遭放置「禁止吸菸」標誌。

---

23. **arrange**
[əˋrendʒ]

verb 安排；準備

◆ We'll have around ten colleagues from other regions, so, we'll need to **arrange** transportation and accommodation. 我們有大約十個從其他地區過來的同事，所以我們必須安排交通及住宿。

---

24. **arrive**
[əˋraɪv]

verb 抵達；到達

◆ My train **arrives** at 7:00 am. 我的火車於早上七點抵達。

---

25. **article**
[ˋɑrtɪk!]

noun (報紙或雜誌上的) 文章；報導；論文

◆ I just read an online **article** about ice fishing.
我剛剛閱讀了一篇關於冰釣的網路文章。

Unit 3　🎧 A2 Unit 3

1. **as well as**

phrase 和；也；而且

◆ For the meeting tomorrow, please prepare a laptop and a projector **as well as** something to drink.
針對明天的會議，請準備一臺筆電、投影機和一些飲料。

---

2. **as soon as possible**

phrase 盡快

◆ We need the printer fixed **as soon as possible**.
我們要盡快修好印表機。

---

3. **ask**
[æsk]

verb 邀請；請求

◆ He's nervous because his girlfriend's parents have **asked** him for dinner tomorrow night.
他緊張是因為他女友的父母請他明晚一起吃晚餐。

◆ Could you **ask** him to explain how to fill in the tax return?
你可以請他解釋如何填寫這張納稅申報單嗎？

ask for	*phrasal verb* 要求
	◆ You should take good care of her and give her whatever information she **asks for**.
	你應該好好照顧她並提供她任何她所要求的資訊。

---

4. **assistant**
[ə`sɪstənt]

noun 助理；助手

◆ I'll ask my **assistant** to send you a catalog this afternoon.

我會請我的助理今天下午寄一份目錄給你。

---

5. **attached**
[ə`tætʃt]

adjective 附上的

◆ Please find **attached** the information you requested.

請在附上的附件中查收你所要求的資料。

---

6. **attend**
[ə`tɛnd]

verb 出席；參加

◆ I'm going to **attend** a workshop on how to design computer games this weekend.

我這週末將會參加一場如何設計電腦遊戲的工作坊。

---

7. **attention**
[ə`tɛnʃən]

noun 關注；注意力

◆ Well, that brings me to the end of my presentation. Thank you everyone for your **attention**.

好的，我的簡報結束了。謝謝各位的關注。

pay attention

phrase 關心；注意

◆ Now, I'm going to tell you the schedule for tomorrow. Please **pay attention**.

現在，我要告訴你們明天的行程。請注意。

---

8. **attractive**
[ə`træktɪv]

adjective 有吸引力的；誘人的

◆ They made us a very **attractive** offer. It's a really good service at a really good price. 他們提供了我們非常誘人的報價。真的是用好價格得到好的服務。

---

9. **author**
[`ɔθɚ]

noun 作家

◆ She is the **author** of several crime novels and one book of poems. 她是一位著有許多犯罪小說與一本詩集的作者。

10. available

[ə`veləbḷ]

adjective 有空的;可與之聯繫的;可獲得的

◆ I'm afraid Emma isn't **available** right now. Would you like me to ask her to call you back?
Emma 現在恐怕沒有空。你要我請她回電話給你嗎?

11. average

[`ævərɪdʒ]

noun 平均;平均數

◆ The **average** annual income has dropped a little over the last five years. 在過去五年間,平均年收入略有下降。

12. baggage

[`bægɪdʒ]

noun (美式) 行李 同 (英式) **luggage**

◆ Please check the weight of your **baggage** before you go to the airport. 你去機場之前,請確認你行李的重量。

baggage check

[`bægɪdʒ tʃɛk]

noun (美式) 行李檢查 同 (英式) **luggage check**

◆ You will need to take your laptop out of its bag when you go through **baggage check**.
當你在過行李檢查處時,你需要把筆記型電腦從電腦袋中取出。

13. base

[bes]

noun 基地;基礎

◆ Our company has a **base** in the south of the country.
我們公司在該國的南部擁有一個基地。

14. basic

[`besɪk]

adjective 基礎的;基本的

◆ Our **basic** service includes 15GB of free cloud storage.
我們的基本服務包含 15GB (十億位元組) 的免費雲端儲存空間。

15. beat

[bit]

verb 打敗;戰勝

◆ In the last month, we've **beaten** the two best basketball teams in the region.
過去一個月內,我們擊敗了該地區最好的兩支籃球隊。

16. become

[bɪ`kʌm]

verb 變成;成為

◆ Technology is **becoming** more important in every part of our lives. 科技在我們生活各方面上都變得越來越重要。

17. beginning
[bɪˋgɪnɪŋ]

noun 起始；起點

◆ I wasn't here yesterday. Can we start again from the **beginning**? 我昨天不在這裡。我們可以再重頭開始一遍嗎？

---

18. behind
[bɪˋhaɪnd]

preposition 在 (…的) 後面

◆ Her glasses had fallen **behind** the sofa.
她的眼鏡掉在沙發後面了。

---

19. believe
[bɪˋliv]

verb 相信，信任；認為

◆ They say it's one hundred percent natural, but I don't **believe** them.
他們說這是百分之百純天然的，但我不相信他們。

◆ We **believe** this will be our most successful product this year. 我們認為這將會是我們今年最成功的產品。

---

20. benefit
[ˋbɛnəfɪt]

noun 利益；好處

◆ One of the **benefits** of working here is that the company provides free accommodation.
在這裡工作的其中一項好處是公司會提供免費的住宿。

---

21. beside
[bɪˋsaɪd]

preposition 在…近旁；在旁邊

◆ Our company is **beside** an airport, so it's pretty noisy.
我們的公司在機場旁邊，所以相當吵。

---

22. better
[ˋbɛtɚ]

adjective 較好的；更佳的

◆ I chose this one because it has **better** quality.
我選這個是因為它的品質是較好的。

had better

phrase 最好；必須

◆ We'd **better** move inside. It's starting to rain.
我們最好往裡面移動。開始下雨了。

---

23. bill
[bɪl]

noun 帳單

◆ I don't earn a lot, so after I pay all my **bills**, there's not much left each month.
我賺得不多，所以在我繳完所有帳單後，每個月已所剩不多。

verb 給…開立帳單；給…寄帳單
◆ The professional golf club **bills** its members quarterly.
這個職業高爾夫俱樂部每季度會向其會員開立帳單。

24. **birth**
[bɝθ]

noun 出生；誕生
◆ In this space, you need to write your date of **birth**.
在這空格裡，你需要寫你的出生日期。

25. **bit**
[bɪt]

noun (電腦) 位元；字元
◆ In the course on computer science, you'll learn the formula for converting megabytes into **bits**.
在計算機科學課程中，你將會學習到如何將百萬位元組 (MB) 轉換為位元的公式。

a bit

phrase 稍微；有一點兒
◆ I always get **a bit** nervous before a presentation.
每次在簡報前我總會有點緊張。

a little bit

phrase 一點；稍微
◆ A: How does the shirt fit?　A：襯衫還合適嗎？
B: It's **a little bit** small. Do you have a larger size?
B：它有點小。你有大一點的尺寸嗎？

 🎧 A2 Unit 4

1. **board**
[bord]

verb 上 (船、車、飛機等)
◆ I can type a couple of emails while I'm waiting to **board** my flight.　在我等待登機時我可以寫幾封電子郵件。

2. **boarding pass**
[`bordɪŋ ˏpæs]

noun (美式) 登機證 同 (英式) **boarding card**
◆ Remember to keep your **boarding pass**. You'll need to give it to the accountant when you get back.
記得收好你的登機證。在你回來時你會需要將它交給會計人員。

3. **bonus**
[`bonəs]

noun 獎金；額外津貼
◆ If I reach my monthly target, I will get a **bonus**.
假如我達到每個月的目標，我將會有獎金。

4. **book**
[bʊk]

verb 預定

◆ You'll need to **book** hotel rooms for six people on the twenty-third.
你將會需要在二十三號幫六個人預定好飯店房間。

5. **borrow**
[`bɑro]

verb 借；借入

◆ Can I **borrow** your pen? 我可以借你的筆嗎？

6. **both**
[boθ]

determiner 兩⋯(都)

◆ Remember to keep **both** your hands on the steering wheel when you are driving.
開車時記得把你的雙手都放在方向盤上。

7. **bother**
[`bɑðɚ]

verb 打擾

◆ Sorry to **bother** you, but I need some help filling in this form. 抱歉打擾你，但我需要你幫助我填寫這份表格。

8. **bottom**
[`bɑtəm]

noun 底下；底部

◆ Please sign at the **bottom** of the page.
請在本頁底下簽名。

9. **bowl**
[bol]

noun 碗

◆ If you would like to have some cereal, first go to the kitchen and get a **bowl** and a spoon.
如果你想要吃點穀片，要先去廚房拿一個碗跟一支湯匙。

10. **branch**
[bræntʃ]

noun 分部；分支機構

◆ I'm being transferred to another **branch**. It's closer to where I live.
我將要被調到另外一家分部。那裡離我住的地方較近。

11. **brand**
[brænd]

noun 商標；品牌

◆ This **brand** is becoming quite fashionable.
這個品牌變得很流行。

brand name
[`brænd ˌnem]

noun 品牌名稱

◆ Success depends partly on choosing a good **brand name**. 成功是部分取決於選個好的品牌名稱。

12. **break**
[brek]

noun 休息時間；暫停
◆ We'll have a **break** from the meeting.
我們將會在會議中休息一下。

補 **take a break** 稍作休息；小憩
Let's **take a break** and meet back here in fifteen minutes.
我們休息一下然後十五分鐘後再回來。

verb 破碎；破裂
◆ She fell off the roof and **broke** three bones in her body.
她從屋頂上掉下來且摔斷了身上三根骨頭。

13. **briefcase**
[`brif‚kes]

noun 公事包
◆ I think the leather **briefcase** looks nicer. It's probably a lot more expensive, though.
我覺得這個皮革公事包比較好看。不過，它可能相較貴很多。

14. **brochure**
[bro`ʃur]

noun 廣告手冊
◆ You need to check our new **brochure** for this year's pricing.   你需要在我們的新廣告手冊上查看今年的定價。

15. **broken**
[`brokən]

adjective 損壞的
◆ This link is **broken**. I click on it and nothing happens.
這個連結壞掉了。我點選它但什麼事情都沒發生。

16. **build**
[bɪld]

verb 建造；建築
◆ We're **building** our own warehouse.
我們正在建造自己的倉庫。

17. **business**
[`bɪznɪs]

noun 公司；企業
◆ I've decided to leave my job and start my own **business**.
我決定要辭職並開始創辦自己的公司。

補 **on business** 出差
My wife's away **on business** at the moment.
我太太此時正在出差。

18. **businessman**
[`bɪznɪs‚mæn]

noun 商界人士 反 **businesswoman** 商界女性
◆ He was a successful **businessman**, but now he teaches at a university.

他以前是一位成功的商界人士，但現在他在大學授課。

---

19. **businessperson**
[ˋbɪznɪspɝsn̩]

noun 商人 (*plural* **businesspeople**)

◆ Most of our guests are **businesspeople** who are just staying here for a few days.
我們的客人大部分都是只待幾天的商人。

---

20. **cab**
[kæb]

noun 計程車

◆ It costs about US$30 if you take a **cab** to the train station.　如果你搭計程車到火車站會花費你大約三十美元。

---

21. **cafeteria**
[ˌkæfəˋtɪrɪə]

noun 自助餐館

◆ The food in our school **cafeteria** is actually quite healthy.
我們學校餐廳的食物其實相當健康。

---

22. **calendar**
[ˋkæləndɚ]

noun 行事曆；日曆

◆ Please mark this date on your **calendar**. It's important that you remember it.　請在你的行事曆上標記這個日期。記住這個日期對你來說很重要。

---

23. **cancel**
[ˋkænsl̩]

verb 取消；終止

◆ If it rains, we'll need to **cancel** the event.
如果下雨的話，我們就得取消這個活動。

---

24. **care**
[kɛr]

verb 在乎；介意

◆ I don't **care** if it rains. I still want to go to the beach.
我不介意是否下雨。我依然想要去海邊。

take care

phrase 保重；小心；當心

◆ A: Well, I'd better leave now.　A：那麼，我最好現在離開。
B: OK, **take care**, and I'll see you next week.
B：好的，保重，我們下禮拜見。

take care of

phrase 照顧；留意

◆ I need to **take care of** my brothers and sisters if my parents are busy.
如果我父母忙碌時，我就需要照顧我的兄弟姊妹。

25. career
[kə`rɪr]

noun 事業；職業

◆ I think I'd like to have a **career** in finance.
我想在金融業發展我的事業。

Unit 5 A2 Unit 5

1. careful
[`kɛrfəl]

adjective 仔細的；小心的

◆ We need to be very **careful** when dealing with customer complaints. 當處理客訴時我們必須非常仔細小心。

2. in case

phrase 以防萬一

◆ You'd better bring extra copies of the agenda **in case** some people forget.
你最好多帶幾份議程的影本以防有人忘記帶。

3. cashier
[kæ`ʃɪr]

noun 收銀員；出納員

◆ I had a part-time job as a **cashier** in a supermarket when I was a student.
當我還是學生時我有份在超市當收銀員的兼職工作。

4. casual
[`kæʒuəl]

adjective (衣服) 休閒的；非正式的

◆ I feel more comfortable in **casual** clothes, but I need to wear formal clothes to work.
我覺得穿休閒服比較舒服，但是我必須要穿正裝上班。

補 **casual Friday** 便裝星期五

Our company has **casual Fridays**, so that's the one day workers don't need to wear suits to work.
我們公司有便裝星期五，所以員工在這天不用穿套裝上班。

5. catalog
[`kætəlɔg]

noun 目錄

◆ We have both digital and print versions of our new **catalog**. 我們的新目錄有電子和紙本兩種版本。

6. cause
[kɔz]

verb 引起；導致

◆ We need to clean up all these wires because they could **cause** an accident.

我們需要清理所有的電線，因為它們可能會引起意外。

---

7. central
[`sɛntrəl]

adjective 中心的；中央的

◆ It's too expensive to buy an apartment in the **central** city.
在市中心買一間公寓太昂貴了。

---

8. center
[`sɛntɚ]

noun (某活動的) 中心；中央

◆ The events will be held in shopping **centers** around the country.　此活動將在全國各地的購物中心舉辦。

◆ You need to move the cursor to the **center** of your screen.　你需要將游標移到螢幕的中央。

---

9. certainly
[`sɝtənlɪ]

adverb 肯定，必定；(用於答覆) 當然

◆ I'll **certainly** accept the job if they offer it to me.
如果他們提供工作給我，我肯定會接受。

◆ A: Could I get a glass of water?　A：可以給我一杯水嗎？
B: **Certainly!**　B：當然可以！

---

10. chain
[tʃen]

noun 連鎖店

◆ Is that bookstore privately owned, or is it part of a **chain**?
那家書店是私人經營的，還是是連鎖店之一？

---

11. chairperson
[`tʃɛrˌpɝsn̩]

noun 主席

◆ The **chairperson** needs to decide when to end the discussion.　主席必須決定什麼時候結束討論。

補 **chairman** 男主席 / **chairwoman** 女主席

---

12. challenge
[`tʃæləndʒ]

noun 挑戰

◆ The world is changing quickly, and every year we will face new **challenges**.
世界快速變遷，每年我們都會面對新的挑戰。

---

13. chance
[tʃæns]

noun 機會；可能性

◆ My manager has given me the **chance** to be a team leader.　我的經理給我一個當團隊領導人的機會。

◆ There's a **chance** that it will rain tomorrow.
明天很有可能會下雨。

---

14. **change**
[tʃendʒ]

verb 改變；更改

◆ Technology has really **changed** the world.
科技確實已改變了世界。

noun 零錢

◆ A: Here's a hundred dollars.　A：這裡是一百元。
B: Thank you, and here's your **change**.
B：謝謝，這裡是找給你的零錢。

---

15. **change your mind**

phrase 改變主意

◆ I was going to take time off next week, but I **changed my mind**. I think I'll wait until next month to take a break.
我原本預計下週要休假，但我改變主意了。我想我會等到下個月再休息。

---

16. **charge**
[tʃɑrdʒ]

verb 收費；索價

◆ We don't **charge** extra for service.
我們不額外收服務費。

---

17. **chart**
[tʃɑrt]

noun 圖；圖表

◆ If you look at the **chart**, you can see that the number of website hits has gone up every quarter.
如果你看這張圖表，你可以發現網站的點閱率每一季都在上升。

---

18. **check**
[tʃɛk]

verb 檢查

◆ Can you **check** the door to make sure it is locked?
你可以去檢查門確保它是上鎖的嗎？

noun 帳單

◆ It was a great meal. Can we get the **check**, please?
這真是很棒的一餐。請給我們帳單好嗎？

check in

phrasal verb 登記；報到

◆ Let me **check in** at the hotel and then get something to eat.　讓我先在飯店登記入住然後再去吃點東西。

---

19. **choice**
[tʃɔɪs]

noun 選擇

◆ I have no **choice** but to work overtime tonight.
我沒有選擇，今晚只能加班。

20. class
[klæs]

noun 等級；級別

◆ I usually fly premium economy **class**, which is located between business class and economy class.
我通常都坐豪華經濟艙，它位於商務艙和經濟艙之間。

---

21. clean up

phrasal verb 打掃；清理

◆ Please **clean up** the office before you leave tonight.
請在你今晚離開前把辦公室整理乾淨。

---

22. clear
[klɪr]

adjective 易懂的；清楚的

◆ We knew exactly what to do because his instructions were very **clear**.
我們確切地知道該做什麼因為他的指導說明很清楚。

make sth clear

phrase 解釋清楚；使某事物被充分理解

◆ You need to **make** it **clear** that we cannot give a refund.
你需要解釋清楚我們不能退還款項。

---

23. clerk
[klɝk]

noun 店員；銷售員

◆ If you need another size, please tell the **clerk**, and he'll get it for you.　如果你需要別的尺寸，請告知店員，他會幫你拿。

---

24. clever
[`klɛvɚ]

adjective 聰明的

◆ It's a **clever** idea, and it's going to save us a lot of money.　這是一個聰明的想法，而且會幫我們省很多錢。

---

25. client
[`klaɪənt]

noun 客戶

◆ I occasionally need to have dinner with **clients**, especially when I'm overseas.
我有時要跟客戶吃晚餐，尤其是我人在海外時。

Unit 6  A2 Unit 6

1. climate
[`klaɪmɪt]

noun 氣候

◆ The city where I come from has a hot and humid **climate**.
我來自的城市氣候既炎熱又潮濕。

2. **colleague**
[`kɑlig]

noun 同事；同行

◆ The main reason I like the job is that my **colleagues** are so good to work with.

我喜歡這工作最主要的原因是同事們都很好共事。

3. **collect**
[kə`lɛkt]

verb 收回；領取

◆ One of our flight attendants will come and **collect** your earphones at the end of the flight.

我們其中一名空服員將在飛行結束時前來取走你的耳機。

4. **come from**

phrasal verb 來自於

◆ He **comes from** Lima, the capital of Peru.

他來自秘魯的首都——利馬。

5. **commercial**
[kə`mɝ·ʃəl]

noun 廣告

◆ The company spent a lot of money on a **commercial** for its new car, but sales were still poor. 這家公司花了大筆經費在新車廣告上，但它的銷售業績仍然不好。

6. **common**
[`kɑmən]

adjective 常見的；普通的

◆ Chen is a quite **common** family name in this country.

在這個國家，陳是個很常見的姓氏。

7. **communicate**
[kə`mjunə‚ket]

verb 溝通；交際

◆ In this course, we will teach you how to **communicate** effectively with native speakers of English.

在本課程中，我們將教你如何與英文母語人士有效地溝通。

8. **commute**
[kə`mjut]

verb 通勤

◆ It takes about two hours for me to **commute** to work every day. 我每天大約需要兩個小時的時間通勤上下班。

9. **compare**
[kəm`pɛr]

verb 相較；比較

◆ We need to **compare** the prices first and see which one is the cheapest.

我們需要先比較價格再看哪一個是最便宜的。

10. **compete**

[kəm`pit]

verb 競爭；比賽

◆ There are many deluxe hotels here. It's really hard for small hotels to **compete** with them.

這裡有許多高檔的旅館。小旅館真的很難與它們競爭。

---

11. **complain**

[kəm`plen]

verb 抱怨

◆ The staff are under a lot of pressure, so they are starting to **complain**. 這群員工的壓力很大，所以他們開始抱怨了。

---

12. **complete**

[kəm`plit]

verb 完成；結束

◆ If we don't **complete** the project on time, we'll be fined.

如果我們沒有準時完成這個專案，我們將會被罰款。

---

13. **completely**

[kəm`plitlɪ]

adverb 完全地

◆ I try to keep my work life and my personal life **completely** separate.

我嘗試將我的工作生活和私人生活完全地分開。

---

14. **concerned**

[kən`sɝnd]

adjective 擔心的；掛念的

◆ Of course, people have become very **concerned** about the amount of plastic in the environment.

顯然的，人們已經變得非常擔心環境中的塑膠數量。

---

15. **conclusion**

[kən`kluʒən]

noun 結論；推論

◆ We spent a lot of time discussing the problem, but there was no **conclusion**.

我們花了很多時間在討論這個問題，但沒有結論。

in conclusion

phrase 總而言之；最後

◆ **In conclusion**, developing new products is our best choice, and we should do it without delay. 總而言之，開發新產品是我們最好的選擇，而且我們應該馬上行動。

---

16. **condition**

[kən`dɪʃən]

noun 狀況；情況

◆ It's a second-hand car, but it's in good **condition**.

這是一輛二手車，但它的狀況良好。

補 **working conditions** 工作條件

The **working conditions** in this factory are terrible: long working hours, low pay, and no air conditioning in the building.

這間工廠的工作條件很糟糕：工時長、薪資低，而且大樓裡沒有冷氣。

---

17. **conference**
[ˋkɑnfərəns]

noun 會議；討論會

◆ My university pays for me to go to one overseas **conference** a year.

我的大學幫我支付一年一次在海外會議的費用。

conference call
[ˋkɑnfərəns ˏkɔl]

noun 電話會議

◆ I will attend a **conference call** with colleagues from other countries.　我會參加與其他國家同事的電話會議。

---

18. **confident**
[ˋkɑnfədənt]

adjective 有自信的

◆ People like him because he's **confident** and outgoing.

人們很喜歡他，因為他既有自信又開朗外向。

---

19. **confirm**
[kənˋfɝm]

verb 證實；確定

◆ Once they **confirm** the exact number of units, we will send out their order.

一旦他們確認確切的單位數量，我們將會把他們的訂單送出。

---

20. **confused**
[kənˋfjuzd]

adjective 困惑的

◆ He keeps changing the plan. I'm so **confused** and have no idea what's happening.

他一直在改變計劃。我非常困惑且根本不知道現在發生什麼事。

---

21. **conservative**
[kənˋsɝvətɪv]

adjective 保守的

◆ We need to be careful with our advertising. The people in this area are very **conservative**.

我們必須十分注意我們的廣告。這個地區的人們非常保守。

---

22. **consider**
[kənˋsɪdɚ]

verb 考慮

◆ I'm **considering** taking a year off to travel.

我正在考慮要休假一年去旅遊。

23. **consultant**
[kən`sʌltənt]

noun 顧問

◆ I get advice from a financial **consultant** on what to do with my money.
我從財務顧問那裡得到有關該如何運用我的錢的建議。

24. **contact**
[`kɑntækt]

noun 聯繫；聯絡

◆ I had a good time studying in Seattle, but I have lost **contact** with most of my classmates.　我在西雅圖度過了愉快的學習時光，但我已經與大多數同學失去了聯繫。

25. **contain**
[kən`ten]

verb 包含

◆ This file **contains** information about our new products.
該文件包含我們新產品的資訊。

Unit 7 A2 Unit 7

1. **continue**
[kən`tɪnju]

verb 繼續

◆ If the project goes well, we can **continue** doing business together.
如果這個企劃進展順利，我們可以繼續一起做生意。

2. **contract**
[`kɑntrækt]

noun 契約；合同

◆ If we sign a two-year **contract**, we can get a twenty percent discount.　如果我們簽屬一份為期兩年的契約，我們就可以獲得百分之二十的折扣。

3. **control**
[kən`trol]

verb 控制；管制

◆ My job is to **control** our spending and make sure we don't overspend.
我的工作是控制支出並確保我們不會超支。

4. **convenience**
[kən`vinjəns]

noun 便利性

◆ I chose to live in the city center because of **convenience**.　我選擇住在市中心是因為便利性。

5. **convenience store**

[kən`vinjəns ˌstɔr]

noun 便利商店

◆ There's a **convenience store** on the bottom floor of this building. 這棟大樓的最底層有一間便利商店。

---

6. **cost**

[kɔst]

noun 花費；成本

◆ We need to consider the **cost** of opening a new branch in the city center.

我們需要考量在市中心設立一個新分店的成本花費。

---

7. **count**

[kaʊnt]

verb 計算

◆ Remember to **count** all the money in the cash register at the end of your shift.

你輪值結束時記得計算好收銀機內所有的錢。

---

8. **courier**

[`kʊrɪɚ]

noun 快遞員；信差

◆ Can you get a **courier** to deliver the package there before noon? 你能在中午前請快遞員把這個包裹送到那嗎？

---

9. **course**

[kɔrs]

noun 課程；科目

◆ We will offer a **course** on basic coding next month.

我們將會在下個月開設一門關於基本編碼的課程。

---

10. **crash**

[kræʃ]

noun 相撞；墜毀

◆ The airline lost a lot of business after one of its planes **crashed** last year.

這個航空公司在去年它的飛機墜毀之後就流失了很多生意。

---

11. **create**

[krɪ`et]

verb 建立

◆ To **create** a user account, you should click on "Accounts" and then select "New Account." 要建立一個使用者帳號，你應該先點選「帳號」，然後再選擇「新帳號」。

---

12. **credit**

[`krɛdɪt]

noun 賒帳；讚揚；讚許

◆ If you have an account with our store, you can buy goods on **credit**. 如果你在我們店有帳戶，你購買商品就可以賒帳。

13. crowded
[`kraʊdɪd]

adjective 擁擠的

◆ The restaurant is always **crowded** and noisy, but the food is amazing.　這間餐廳總是擁擠而嘈雜，但食物很棒。

14. culture
[`kʌltʃɚ]

noun 文化

◆ The **culture** here is quite conservative, so you should be a little careful about how you dress.
這裡的文化相當保守，所以你應該對你的衣著要小心。

15. curious
[`kjʊrɪəs]

adjective 好奇的

◆ I'm **curious** about why he left his last job because he was on a really good salary.　我很好奇他為什麼會從上一份工作辭職因為他的薪資待遇很好。

16. currency
[`kɝənsɪ]

noun 貨幣

◆ If you are traveling abroad, US dollars are the most useful **currency**.　如果你在國外旅遊，美元是最有用的貨幣。

17. custom
[`kʌstəm]

noun 習俗

◆ It's the **custom** here for the most senior person to sit at the head of the table.
這裡有個習俗是讓最資深的人坐在上座。

18. customer service
[ˌkʌstəmɚ `sɝvɪs]

noun 顧客服務

◆ We need to improve our **customer service**, or we are going to lose more customers.
我們需要提升我們的顧客服務，否則我們將會失去更多的顧客。

19. cut
[kʌt]

verb 削減；縮短

◆ The economy was weak last year, so we need to **cut** the number of staff in our branches.
去年經濟不景氣，所以我們必須削減我們分公司的員工數量。

20. dangerous
[`dendʒərəs]

adjective 危險的；不安全的

◆ This area is nice in the daytime, but it's a little **dangerous** at night.
這地區白天的時候蠻好的，但晚上就有一點點危險。

21. **data**

[ˋdetə]

noun 資料

◆ If you are sending the computer to be fixed, you need to first delete all the company **data**. 如果你要把電腦送去維修，你需要先把電腦的所有公司資料刪除。

22. **day**

[de]

noun 上課天、工作天

◆ We're having to work a six-**day** week during the busy season. 在旺季時，我們需要每週工作六天。

23. **deal with**

phrasal verb 處理

◆ Our customer service team **deals with** all customer inquiries. 我們的顧客服務團隊是在處理所有顧客的諮詢。

24. **debt**

[dɛt]

noun 債；借款

◆ We paid off the **debt** in less than a year.
我們在一年之內償還完債務了。

in debt

phrase 負債

◆ My brother is **in debt** again, so he has to work two jobs to pay it back. 我弟弟又欠債了，所以他得做兩份工作來償還。

25. **decide**

[dɪˋsaɪd]

verb 決定

◆ We've **decided** to take on four more staff this quarter.
我們決定在本季多僱用四個員工。

Unit 8 🎧 A2 Unit 8

1. **decrease**

[dɪˋkris]

verb 減少

◆ The number of complaints from customers **decreased** again in the last quarter.
客訴的件數在上個季度再次減少了。

2. **definitely**

[ˋdɛfənɪtlɪ]

adverb 肯定地

◆ I loved your guest house, and I'll **definitely** be back again in the future.
我很喜歡你們的客房，我未來肯定會再來的。

3. **delay**
[dɪˋle]

　verb　延誤；耽擱
◆ The flight was **delayed** for an hour because of the awful weather.　此航班因為極壞的天氣而延誤了一小時。

4. **delete**
[dɪˋlit]

　verb　刪除
◆ I was able to **delete** the old files from my computer.
我能夠把老舊的檔案從我的電腦中刪除。

5. **deliver**
[dɪˋlɪvɚ]

　verb　投遞；運送
◆ If you purchase our products online, we will **deliver** them to your door within three working days.　如果你在線上購買我們的商品，我們將會於三個工作日內送貨到府。

6. **demand**
[dɪˋmænd]

　noun　需求
◆ We need to increase production to keep up with **demand**.　我們要增加生產量以跟上需求。

7. **depart**
[dɪˋpɑrt]

　verb　起程；出發；離開
◆ Our flight to New York **departs** from Ireland West Airport at ten o' clock.
我們飛往紐約的班機在十點時從愛爾蘭西部機場離開。

8. **department**
[dɪˋpɑrtmənt]

　noun　部門
◆ If you are having problems with your manager, you need to talk with someone from the human resources **department**.　如果你跟你的經理有任何問題，你需要跟人力資源部門的人談談。

9. **describe**
[dɪˋskraɪb]

　verb　描述；敘述
◆ You can **describe** what you are looking for, and I'll see if we have anything that is suitable.　你可以描述一下你要尋找的是什麼，我再看看我們是否有合適的物品。

10. **design**
[dɪˋzaɪn]

　noun　設計
◆ I love the **design** of your apartment very much! It's very modern, and it looks so comfortable.
我好喜歡你公寓的設計！它非常時尚，而且看起來很舒適。

11. **develop**

[dɪ`vɛləp]

verb 開發

◆ Our company has **developed** a battery that lasts longer than other batteries on the market. 我們公司已經開發出一種能夠比市面上其他電池續航更久的電池。

12. **diary**

[`daɪərɪ]

noun (英式) 日程；(美式) 日記

◆ Yes, I think I can meet then. Let me check my **diary**. 是的，我想我到時候可以碰面。讓我確認一下我的日程。

13. **difference**

[`dɪfərəns]

noun 差別

◆ There's a big **difference** between online and in-person classes. 線上課程和實體課程之間存在著很大的差異。

14. **difficult**

[`dɪfə͵kəlt]

adjective 困難的

◆ After the run, I found it **difficult** to breathe. 在跑完步後，我覺得難以呼吸。

15. **digital**

[`dɪdʒɪtl̩]

adjective 數位的

◆ We don't use much paper in our office. Everything is **digital** these days. 在我們的辦公室裡不太使用紙張。如今所有東西都是數位的。

16. **direct**

[də`rɛkt]

adjective 直接的

◆ I'll try to book a **direct** flight from Singapore to Osaka. 我會試著預定新加坡直飛大阪的航班。

17. **direction**

[də`rɛkʃən]

noun 方向；方位

◆ Investors think the company is going in the wrong **direction**. 投資者們認為這間公司正往錯誤的方向前進。

18. **director**

[də`rɛktɚ]

noun 主管；處長；主任

◆ Her goal is to be a successful finance **director**. 她的目標是成為一名成功的財務主管。

19. **disadvantage**

[͵dɪsəd`væntɪdʒ]

noun 劣勢；不利條件

◆ Not good at using computers will put you at a serious **disadvantage** in the modern world. 不擅於使用電腦將會讓你在現代世界中處於劣勢。

20. disagree
[ˌdɪsəˈgri]

verb 反對

◆ Most staff strongly **disagree** with the new policy.
大部分員工都強烈反對這項新政策。

---

21. discount
[ˈdɪskaʊnt]

noun 折扣

◆ If we want to make a sale, we need to offer a **discount**.
如果我們想要銷售出去，我們需要提供折扣。

---

22. discover
[dɪˈskʌvɚ]

verb (尤指首次) 發現，找到

◆ Nicolaus Copernicus was the person who **discovered** that the earth goes around the sun.
哥白尼是發現地球圍繞太陽轉的人。

---

23. discuss
[dɪˈskʌs]

verb 討論；商談

◆ The lunchtime was a good chance for us to **discuss** any problems we were facing in our new environment.
午餐時間是我們討論在新環境中遇到的任何問題的好機會。

---

24. dislike
[dɪsˈlaɪk]

verb 不喜愛

◆ Some customers **disliked** the design of the new website and felt it was not user-friendly.
有些顧客不喜歡新網頁的設計，而且覺得它不易於使用。

---

25. display
[dɪˈsple]

verb 陳列；展出

◆ We're **displaying** our new range of jackets in the front windows of all our stores.
我們正在所有店面的前櫥窗陳列出新系列的夾克。

Unit 9 🎧 A2 Unit 9

1. distance
[ˈdɪstəns]

noun 距離；路程

◆ We will consider **distance** when choosing suppliers. We prefer to cooperate with nearby companies. 選擇供應商時我們會考慮距離。我們比較喜歡跟附近的公司合作。

2. **document**
[`dɑkjəmənt]

noun (紙本或電子) 文件；公文

◆ Please let me save the **document** to my desktop.
請讓我在我的電腦桌面上儲存此文件。

3. **dormitory**
[`dɔrmə,tɔrɪ]

noun 宿舍；團體寢室

◆ Our factory offers a free **dormitory** for out-of-town workers. 我們工廠免費提供一個宿舍給來自外地的工人。

4. **double**
[`dʌbl̩]

adjective 兩倍的

◆ Please book me a **double** room. A single room is too small for me.
請幫我預定一間雙人房。單人房對我來說太小了。

5. **download**
[`daʊn,lod]

verb 下載

◆ You can **download** the application form from our website. 你可以從我們的網站上下載申請表。

6. **drama**
[`drɑmə]

noun 戲劇；舞臺劇；表演

◆ Korean **dramas** have become popular around the world.
韓劇在全世界都變得很受歡迎。

7. **drawer**
[`drɔ♂]

noun 抽屜

◆ The documents you need are in the bottom **drawer**.
你需要的文件就在最下層的抽屜。

8. **during**
[`dʊrɪŋ]

preposition 在…的整個期間

◆ Using cell phone is not allowed **during** the performance.
演出期間不允許使用手機。

9. **earn**
[ɝn]

verb 賺得；掙得

◆ It took me six months to **earn** enough money to buy a new scooter.
我花了六個月的時間賺得足夠的錢去買一輛新的機車。

earn a living

phrase 謀生

◆ Some people move to cities because it's easier to **earn a living**. 有些人們搬到城市因為比較容易謀生。

10. **economy**

[ɪˋkɑnəmɪ]

noun 經濟

◆ The **economy** has been improving slowly since the financial crisis. 自從金融危機之後經濟情況已慢慢改善。

11. **economic**

[ˌikəˋnɑmɪk]

adjective 經濟上的

◆ There are a lot of **economic** benefits from closer cooperation with other countries in the region.
與此區內的他國有更密切的合作會有許多經濟上的利益。

12. **education**

[ˌɛdʒəˋkeʃən]

noun 教育

◆ It is very important to receive a good **education**.
接受好的教育是非常重要的。

13. **effect**

[ɪˋfɛkt]

noun 影響；效果

◆ We are still feeling the **effects** of the pandemic.
我們仍正感受著疾病大流行所帶來的影響。

14. **either**

[ˋiðɚ]/[ˋaɪðɚ]

adverb 也；而且

◆ A: I don't have time to go to the training this afternoon.
A：我沒有時間去下午的訓練。
B: I don't **either**. B：我也是。

determiner (兩者之中) 任一的

◆ You can use **either** desk. It's up to you.
你可以使用任一張桌子。你自己決定。

either . . . or . . .

phrase 不是…就是…

◆ You can **either** transfer the money **or** pay by credit card.
你可以直接匯款，或用信用卡支付。

15. **electric**

[ɪˋlɛktrɪk]

adjective 電動的

◆ **Electric** cars are becoming very popular with people who care about the environment.
電動汽車在關心環境的人們中變得非常流行。

16. **electrical**

[ɪˋlɛktrɪkl̩]

adjective 與電有關的

◆ The fire was caused by an **electrical** fault.
這場火是由於一起電路故障所引起的。

17. **electronic**
[ɪlɛk`trɑnɪk]

adjective 電子的

◆ Please remember to switch off all **electronic** devices during the tests. 請記得在考試期間關閉所有的電子設備。

18. **else**
[ɛls]

adverb 其他

◆ What **else** would you like to know about the new system? 對於新系統你們還有其他想了解的嗎？

19. **employ**
[ɪm`plɔɪ]

verb 僱用

◆ Our company has **employed** more than three thousand staff. 我們的公司僱用了超過三千名員工。

20. **employer**
[ɪm`plɔɪə]

noun 僱主

◆ As an **employer**, I work hard to provide a safe environment for my staff.
作為一名僱主，我努力提供一個安全的環境給我的員工。

21. **employee**
[ˌɛmplɔɪ`i]

noun 員工；受僱者

◆ Every **employee** can receive a thirty percent discount on our products.
每位員工都可享有我們產品的百分之三十折扣。

22. **empty**
[`ɛmptɪ]

adjective 空的

◆ We don't move in to the new office until the beginning of next month, although it's **empty** now.
我們下個月初才會搬進去新辦公室，儘管它現在是空的。

23. **end**
[ɛnd]

noun 末端；盡頭

◆ Go to the **end** of the road and turn left.
走到這條路的盡頭然後左轉。

24. **energy**
[`ɛnədʒɪ]

noun 精力；活力；幹勁

◆ After a good night's sleep, they were full of **energy** and ready to start the new day.
一夜好眠後，他們精神飽滿並準備開始新的一天。

25. engineer

[ˌɛndʒəˈnɪr]

noun 工程師

◆ My father is an **engineer**, and he worked on quite a few construction projects in the Middle East.

我的父親是位工程師，且他在中東從事好幾項建築工程計劃。

Unit 10 🎧 A2 Unit 10

1. enter

[ˈɛntɚ]

verb 進入

◆ Remember that every time you **enter** the building, you need to show your security pass.

記得每次你進入大樓時，都需要出示你的安全通行證。

2. entrance

[ˈɛntrəns]

noun 入口

◆ We can meet outside the main **entrance** at 9:00 am.

我們可以早上九點在大門外面會合。

3. environment

[ɪnˈvaɪrənmənt]

noun 環境

◆ We set up a green business because we really care about the **environment**.

我們真的很在乎環境，因此我們建立了一個綠色企業。

4. equipment

[ɪˈkwɪpmənt]

noun 設備

◆ It took me a long time to get all the photographic **equipment** for starting being a YouTuber. 我花了很長時間才取得開始做一個 YouTuber 所需的所有攝影設備。

5. especially

[əˈspɛʃəlɪ]

adverb 特別；尤其

◆ I like fast food, **especially** French fries.

我喜歡速食，特別是薯條。

6. euro

[ˈjʊro]

noun 歐元

◆ All our products are priced in **euros**.

我們所有的產品都是以歐元計價。

7. **even**
[`ivən]

adverb 甚至；連

◆ We're all going out for dinner after work, and **even** the boss is coming.

我們所有人下班後都要出去吃晚餐，甚至連老闆也要來。

8. **event**
[ɪ`vɛnt]

noun 活動；(大型) 事件

◆ We will be holding several **events** over the next few months to raise the profile of our company.　我們將在接下來幾個月舉辦幾場活動以提高我們公司的知名度。

9. **ever**
[`ɛvɚ]

adverb 到底

◆ I'm not sure if I will **ever** be promoted to manager, but I hope I will.

我不確定我是否會被提拔為經理，但我希望我可以。

10. **exactly**
[ɪg`zæktlɪ]

adverb 確切地

◆ Can you let us know **exactly** how many units you need?

你可以精確地讓我們知道你需要多少件商品嗎？

11. **excellent**
[`ɛksḷənt]

adjective 出色的

◆ Your presentation was **excellent**, and you raised some interesting points.

你的簡報很出色，而且你提出了一些有趣的觀點。

12. **except**
[ɪk`sɛpt]

preposition 除…之外

◆ Everyone has gone home, **except** me.

除了我以外，大家都已經回家了。

13. **exchange**
[ɪks`tʃendʒ]

verb 更換成；交換

◆ We don't offer refunds, but you're welcome to **exchange** the dress for a larger size.

我們並沒有提供退款，但你可以將洋裝更換成大一號的尺寸。

14. **excuse**
[ɪk`skjuz]

noun 理由；藉口

◆ His **excuse** for being late was that no one told him there was a meeting this morning.

他遲到的理由是沒有人告訴他今天早上有個會議。

15. **exit**
[`ɛgzɪt]

noun 出口

◆ If there is a fire, leave immediately by the nearest **exit**.
如果有火災，馬上從最近的出口離開。

---

16. **expand**
[ɪk`spænd]

verb 拓展；擴大

◆ Business has been good so far, so we are now able to **expand**.
目前為止生意一直都不錯，所以我們現在可以開始拓展了。

---

17. **expect**
[ɪk`spɛkt]

verb 預期

◆ We **expect** sales to increase over the holiday period.
我們預期銷售量會在假期期間增加。

---

18. **experience**
[ɪk`spɪrɪəns]

noun 經驗

◆ My current salary isn't very good, but I'm doing this job for gaining some **experience**.
我現在的薪資不是很高，但我做這份工作是為了增加一些經驗。

---

19. **explain**
[ɪk`splen]

verb 解釋；說明

◆ Okay, let me **explain** how to use the online system.
好的，讓我解釋如何使用線上系統。

---

20. **export**
[ɪks`port]

verb 出口；輸出

◆ We **export** our products to Europe and South America.
我們出口產品到歐洲和南美洲。

---

21. **extra**
[`ɛkstrə]

adjective 額外的

◆ I'll prepare an **extra** set of materials in case we need it.
我會準備一組額外的材料以防我們到時需要它。

---

22. **extremely**
[ɪk`strimlɪ]

adverb 非常；極其

◆ It will be **extremely** difficult to complete the work without your help. 若少了你的協助，完成這份工作將是極其困難的。

---

23. **facilities**
[fə`sɪlətɪs]

noun 設施；設備

◆ What **facilities** do you provide in your hotel? Is there a gym? 你們飯店裡有提供什麼設施？有健身房嗎？

24. **fact**

[fækt]

noun 事實；實情

◆ We need to make a decision based on the **facts**.

我們需要基於事實來做決策。

25. **fail**

[fel]

verb 未能…；失敗

◆ This is the second month we **failed** to reach the target.

這是我們未能達成目標的第二個月。

 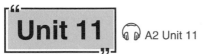 A2 Unit 11

Unit 11

1. **fair**

[fɛr]

adjective 公平的

◆ It's not **fair** if some staff need to work late but others can go home on time. 如果有些員工要工作到深夜而其他員工可以準時回家，這樣是不公平的。

2. **fairly**

[ˋfɛrlɪ]

adverb 相當地

◆ It was her first time organizing this kind of event, but she did **fairly** well.

這是她第一次籌劃這樣的活動，但她做得相當不錯。

3. **fall**

[fɔl]

verb 下降；減少

◆ Hardware prices have **fallen** over the last few months.

在過去幾個月間，硬體價格已有所下降。

4. **familiar**

[fəˋmɪljɚ]

adjective 熟悉

◆ Once you get **familiar** with the software, you'll find it helpful to make your job much easier.

一旦你熟悉軟體後，你會發現它有助於使你的工作更加輕鬆。

5. **fantastic**

[fænˋtæstɪk]

adjective 極好的

◆ We're very happy with the **fantastic** result of the tournament. 我們對錦標賽極好的結果感到非常高興。

6. far
[fɑr]

adverb 遠；遙遠地

◆ How **far** is it from your accommodation to the university?
從你的住處到大學有多遠？

7. fashion
[ˋfæʃən]

noun 時裝；流行款式

◆ Our company is a leader in women's **fashion**.
本公司是女性時裝界的領導者。

8. fear
[fɪr]

noun 害怕；擔憂

◆ Our **fear** is that the new CEO might decide to lay off some staff.
我們擔憂的是新執行長可能會決定要解僱一些員工。

9. feature
[ˋfitʃɚ]

noun 特點；特徵

◆ Our latest smartphone has several interesting new **features**. 我們最新款的智慧型手機有幾項有趣的新特點。

10. fee
[fi]

noun 費用；酬金；服務費

◆ The consultant's **fees** was more than we expected.
顧問諮詢費用超出我們的預期。

11. feedback
[ˋfid‚bæk]

noun 回饋

◆ We got some very useful **feedback** from the customer survey we did last week.
我們從上星期的顧客調查中得到了一些非常有用的回饋。

12. few
[fju]

determiner 一些；幾個

◆ We need a **few** days to test the new website and make any necessary changes.
我們需要幾天的時間來測試新網站並進行必要的更改。

13. fight
[faɪt]

verb 努力；奮鬥

◆ We really need to **fight** to survive because we have a lot of competitors.
我們真的需要努力以求生存因為我們有許多競爭對手。

14. **file**
[faɪl]

noun 檔案
◆ I have attached my presentation as a PDF **file**.
我已經將我的簡報以 PDF 檔附上。

filing cabinet
[`faɪlɪŋ ˌkæbənɪt]

noun 檔案櫃；文件櫃
◆ You need to look in the **filing cabinet**. The file you need is in a red folder.
你要看一下檔案櫃。你需要的文件在一個紅色的資料夾裡。

15. **fill**
[fɪl]

verb 倒滿
◆ Excuse me, could you help **fill** the glasses with water?
打擾一下，你能幫忙倒水嗎？

fill in

phrasal verb 填好；填寫
◆ When you have finished **filling in** these forms, just take them up to the counter, and someone will help you.
當你填好這些表格後，只要把它們拿給櫃臺，然後就會有人來協助你。

16. **final**
[`faɪnl̩]

adjective 最後的
◆ Friday is the **final** day for you to enroll, so please do it now if you haven't already. 星期五是你註冊的最後一天，所以如果你還沒好請務必現在完成。

17. **finally**
[`faɪnl̩ɪ]

adverb 終於；最後
◆ We **finally** got back to the hotel at about 11:00 pm.
我們終於在大概晚上十一點時回到飯店。

18. **finance**
[faɪ`næns]

noun 金融；財政
◆ I studied accounting at university, and now I'm working in **finance**. 我在大學時修讀會計，而現在我在金融業上班。

19. **find out**

phrasal verb 得知；發現；查找
◆ I need to **find out** how much it will cost to get my scooter fixed. 我必須得知修理我的機車需要花多少錢。

20. **fine**
[faɪn]

noun 罰款
◆ I had to pay a traffic **fine** last month.
我必須支付上個月的交通罰款。

21. **first**

[fɝst]

adjective 最早的；第一的

◆ I'm usually the **first** person to arrive at the office each morning.　我通常是每天早上最早進辦公室的人。

first of all

phrase 首先；最初

◆ There are several points we need to discuss. **First of all**, where should we locate the new branch?

我們需要討論幾點。首先，我們的分部應該設在哪個地點？

at first

phrase 起初；當初

◆ **At first**, I found the food too spicy, but now I really like it.

起初，我覺得食物太辣了，但現在我真的很喜歡它。

22. **fix**

[fɪks]

verb 修理

◆ Can you call someone to come and **fix** the photocopier today?　你今天可以打電話請人來修理影印機嗎？

23. **flat**

[flæt]

adjective 平坦的

◆ The city is quite **flat**, so it's good for cycling.

這個城市相當平坦，所以是個騎自行車的好地方。

24. **flexible**

[ˋflɛksəbl̩]

adjective 有彈性的；可變通的

◆ Many different things happen in my job every day, so I need to be quite **flexible**.　我的工作每天都有許多不同的事情發生，所以我需要保有相當的彈性。

25. **flight**

[flaɪt]

noun 航程；航班；班次

◆ It's a thirteen-hour **flight** from Taipei to Los Angeles.

這是歷時十三個小時由臺北飛到洛杉磯的航程。

flight attendant

[ˋflaɪt əˏtɛndənt]

noun 空服員

◆ If you need any assistance during the flight, please tell our **flight attendants**.

如果你在飛機上需要協助，請告知我們的空服員。

CEFR-A2

1. **flyer**

   [`flaɪɚ]

   noun 廣告傳單

   ◆ We need to get some part-time workers to hand out **flyers.** 我們需要一些兼職員工來發放傳單。

2. **folder**

   [`foldɚ]

   noun 文件夾

   ◆ You will see there's a **folder** on the desktop with your name on it. You can put your files in there. 你將看到電腦桌面上有個你名字的文件夾。你可以將你的檔案放進去。

3. **follow**

   [`falo]

   verb 按照；跟隨

   ◆ The workers **follow** the instructions on the screen carefully. 工人們仔細地按照螢幕上的說明操作。

4. **football**

   [`fʊt͵bɔl]

   noun 足球 (運動)

   ◆ **Football** is the most popular sport in my country, and almost all kids like to play it.

   足球是我國最受歡迎的運動，且幾乎所有的孩子都喜歡。

5. **foreign**

   [`fɔrɪn]

   adjective 外國的

   ◆ The government has made it easier for **foreign** workers to get visas. 政府已讓外籍工作者更容易取得簽證。

6. **forever**

   [fɚ`ɛvɚ]

   adverb 長久地

   ◆ It took them **forever** to fix the printer.

   他們花了很久的時間修理印表機。

7. **forget**

   [fɚ`gɛt]

   verb 忘記

   ◆ Don't **forget** to send your application form before Friday.

   別忘記在週五前寄出你的申請表。

8. **form**

   [fɔrm]

   noun 表格

   ◆ Please fill in an application **form** and send it to us with your résumé.

   請填寫申請表，並連同你的履歷一起寄給我們。

9. **formal**

[ˋfɔrml̩]

adjective 正式的

◆ It's normal here for people to wear quite **formal** clothes to weddings.

在這裡人們穿著非常正式的服裝參加婚禮是正常的。

---

10. **fortunately**

[ˋfɔrtʃənɪtlɪ]

adverb 幸運地

◆ There was a fire in the building yesterday. **Fortunately**, no one was hurt.

昨天那棟樓發生火災。幸運地，沒有人受傷。

---

11. **free**

[fri]

adjective 免費的

◆ Buy one, get one **free**. 買一送一。

---

12. **full**

[fʊl]

adjective 滿的

◆ My suitcase is **full**. I can't fit anything else in.

我的行李箱滿了。我無法再裝進任何東西。

full name

[fʊl nem]

noun 全名

◆ You need to write your **full name** in the space at the top.

你需要在上方的空白處寫下你的全名。

full-time

[ˌfʊl ˋtaɪm]

adverb 全職地

◆ I only started working here **full-time** this year. Before that I was just a part-time worker.

今年我才開始在這裡做全職工作，之前只是兼職員工。

---

13. **furniture**

[ˋfɝnɪtʃɚ]

noun 家具

◆ The hotel has a budget to replace the **furniture** in the reception area. 此飯店有預算將接待區的家具更新。

---

14. **further**

[ˋfɝðɚ]

adverb 更遠地；進一步地

◆ Let's take him to the Thai restaurant for lunch. It's a little **further**, but we have time.

讓我們帶他去泰式餐廳吃中餐。雖然有點遠，但我們有時間。

---

15. **future**

[ˋfjutʃɚ]

noun 未來；將來

◆ We expect things to be more stable in the **future**.

我們期待未來事情會更加穩定。

16. **gain**

[gen]

verb 得到；獲得

◆ Our new smartphone has been **gaining** popularity since we started advertising it on television. 自從我們開始在電視上打廣告後，我們的智慧型手機越來越受歡迎。

---

17. **gas**

[gæs]

noun 瓦斯

◆ The **gas** bill needs to be paid this week.
這星期需要支付瓦斯帳單。

gas station

[ˋgæs ˌsteʃən]

noun 加油站

◆ Where's the nearest **gas station**?
請問最近的加油站在哪裡呢？

---

18. **gate**

[get]

noun 大門

◆ Enter your code, and the **gate** will open automatically.
輸入你的密碼然後大門就會自動打開。

---

19. **gender**

[ˋdʒɛndɚ]

noun 性別

◆ Your **gender** doesn't define who you are. You can be who you want to be.
性別無法定義你是誰。你可以成為你所想當的人。

---

20. **general**

[ˋdʒɛnərəl]

adjective 一般的

◆ We only received some **general** information about the meeting, so we're not sure about the details. 我們只收到關於會議的些許一般資訊，所以我們不確定相關細節。

in general

phrase 通常

◆ **In general**, people here are pretty easygoing.
這裡的人們通常是很好相處的。

---

21. **generous**

[ˋdʒɛnərəs]

adjective 慷慨的；大方的

◆ My boss is really **generous**. She often buys us meals and gives us gifts on our birthdays. 我的老闆真的很慷慨。她常常買餐點給我們，也在生日時送禮物給我們。

---

22. **genius**

[ˋdʒinjəs]

noun 天才

◆ Whoever invented this product is a **genius**!
發明這項產品的人真是個天才！

23. **gentle**

[`dʒɛntḷ]

adjective 輕柔的；和緩的

◆ You need to be very **gentle** with kittens.

你必須對小貓咪非常輕柔。

---

24. **get**

[gɛt]

verb 取來；拿

◆ Wait for me while I **get** something from my office.

我去辦公室拿東西時請稍等我一下。

get to

phrasal verb 抵達

◆ What time do you usually **get to** the office in the morning? 你通常早上什麼時間抵達辦公室？

補 **get here** 抵達；到這裡

How did you **get here**? Did you take a taxi?

你怎麼到這裡的？你搭計程車嗎？

get around

phrasal verb 四處逛逛

◆ I'm new to this city. What's the best way to **get around**?

我第一次來這座城市。四處逛逛最好的方式是什麼？

---

25. **gift**

[gɪft]

noun 禮物

◆ It's a good idea to buy a small **gift** for the host when you are invited for dinner.

當你受邀共進晚餐時，買一份小禮物給主人是個好主意。

Unit 13 A2 Unit 13

1. **give away**

phrasal verb 贈送

◆ We usually **give away** free samples when doing a promotion. 當在做促銷活動時，我們通常會贈送免費試用品。

---

2. **give up**

phrasal verb 放棄

◆ I know completing the project is difficult, but it's important not to **give up**.

我知道完成此專案有難度，但重要的是不放棄。

3. **glad**

[glæd]

adjective 高興的

◆ I'm **glad** I had the opportunity to work with him. He taught me a lot.　我很高興有這個機會和他共事。他教了我很多。

4. **global**

[ˋglobl̩]

adjective 全球的

◆ It's great being in an international company. I work both with a local team and a **global** team.　在國際公司工作很棒。我與當地團隊以及全球團隊雙方一起共事。

5. **goal**

[gol]

noun 目標；目的

◆ The first step to being successful in anything is to set a clear **goal** for yourself.　想在任何事情上取得成功的第一步是為自己設定一個明確的目標。

6. **go ahead**

phrasal verb (許可) 去做…

◆ I know you're not feeling well. If you want to go home early, **go ahead**.

我知道你不太舒服。如果你想早點回家的話就去吧。

7. **goods**

[gʊdz]

noun 商品

◆ The government is trying to create a greater demand for local **goods** and services.

政府正試著對當地的商品和服務創造更大的需求。

8. **government**

[ˋgʌvɚnmənt]

noun 政府

◆ The **government** is offering loans to people who want to set up an e-business.

政府正在提供貸款給那些想創立電商事業的人。

9. **graduation**

[ˌgrædʒʊˋeʃən]

noun 畢業

◆ What was the first job you did after **graduation**?

你畢業後做的第一份工作是什麼？

10. **graph**

[græf]

noun 圖表

◆ The numbers are difficult to understand. Could you put them on a **graph**?

這些數字實在難以理解。你可以將這些數字用圖表呈現嗎？

11. **greet**

[grit]

verb 迎接；問候

◆ Could you please be outside the main entrance at 9:15 am to **greet** our guests?

可以請你早上九點十五分時在大門外迎接我們的賓客嗎？

---

12. **ground**

[graʊnd]

noun 地面

◆ It's fine to put it on the **ground**, and I'll come and get it later. 將它放在地面上沒關係，那我晚點會來拿。

ground floor

[ˌgraʊnd `flor]

noun (英式) 一樓 同 (美式) **first floor**

◆ Take the elevator to the **ground floor**, and you'll see the vending machine next to the reception desk.

搭電梯到一樓，你就會看到接待櫃檯旁的販賣機。

---

13. **grow**

[gro]

verb 發展；增加

◆ The whole foods business is **growing** very quickly.

原型食物產業正在快速地發展。

---

14. **guest**

[gɛst]

noun 賓客；客人

◆ Today, we're pleased to be able to welcome **guests** from all around the world.

今天，我們很高興能夠迎接來自世界各地的賓客。

---

15. **guide**

[gaɪd]

noun 指南

◆ The company I'm visiting will provide me with a travel **guide** for the time I'm there.

我要拜訪的公司將於我在那時提供我一份旅遊指南。

---

16. **gymnasium**

[dʒɪm`nezɪəm]

noun 體操館；健身房 同 **gym**

◆ I go to the **gymnasium** three times a week and work out for about an hour at a time.

我每週去三次健身房且每次鍛鍊大約一個小時。

---

17. **habit**

[`hæbɪt]

noun 習慣

◆ Getting up early and keeping your room tidy are good **habits**. 早起和保持房間整齊是好習慣。

---

18. **hall**

[hɔl]

noun 走廊

◆ His office is just down the **hall** on the left.

他的辦公室在走廊到底的左手邊。

19. **hamburger**

[`hæmbɝgɚ]

noun 漢堡 同 **burger**

◆ A **hamburger**, an order of fries, and a drink will come to US$5.35.

一個漢堡、一份薯條和一杯飲料的價格為五點三五美元。

20. **hang up**

phrasal verb 掛斷電話

◆ He **hung up** before I could ask him what he wanted.

他在我問他想要什麼之前就掛斷電話了。

21. **happen**

[`hæpən]

verb 發生

◆ We are trying to find out how this accident **happened**.

我們正試著找出這起意外是怎麼發生的。

22. **happy**

[`hæpɪ]

adjective 滿意；開心

◆ We are very **happy** with the result.

我們對結果感到很滿意。

be happy to

phrase 很樂意；樂於

◆ I'm **happy to** help if you need any further information.

如果你需要更多資訊的話我很樂意幫忙。

23. **hardware**

[`hɑrdˌwɛr]

noun 硬體

◆ We will be upgrading our computer **hardware** over the next two weeks.

接下來兩個星期，我們將升級電腦硬體設備。

24. **have got**

phrase 有；擁有

◆ We've **got** a problem with one of the servers.

我們的其中一臺伺服器有問題。

補 **have (got) to** 必須；不得不

I'm sorry, I**'ve got to** leave early. I have to pick up my kids from school. 對不起，我必須早點離開。我得去學校接我的孩子。

25. **headquarters**
[ˋhɛd͵kwɔrtɚz]

noun 總部；總局

◆ I'm based in the company **headquarters**, but I spend a lot of time in our branch offices.

我主要在總部工作，但我花了很多時間待在我們的分公司。

Unit 14 A2 Unit 14

1. **healthy**
[ˋhɛlθɪ]

adjective 健康的

◆ Sitting all day isn't very **healthy**. You need to make sure you stand up and stretch regularly.　一整天都坐著不動不太健康。你需要確保你經常站起來並伸展一下。

2. **heavy**
[ˋhɛvɪ]

adjective 重的

◆ I want to move the refrigerator, but it's too **heavy**.

我想搬動冰箱，但它實在太重了。

3. **height**
[haɪt]

noun 高度；高

◆ We need to know the **height** of the shelves so that we can make sure they will fit through the doors.

我們需要知道架子的高度，以便我們能確保它們可以通過門。

4. **helpful**
[ˋhɛlpfəl]

adjective 有幫助的

◆ Thanks for your suggestions. They're very **helpful** for me.　謝謝你的建議。它們對我來說真的很有幫助。

5. **hide**
[haɪd]

verb 隱藏

◆ Can you show me how to **hide** the desktop icons?

你能告訴我怎麼隱藏桌面圖示嗎？

6. **high**
[haɪ]

adjective (尤指無生命的) 高的

◆ My manager has set a **high** target. I don't think I can reach it.

我的經理定了一個很高的目標。我不認為我可以達到。

high-quality

[ˋhaɪ ˏkwɑlətɪ]

adjective 高品質的

◆ We produce **high-quality** screens and monitors.

我們生產高品質的螢幕和顯示器。

---

7. **hire**

[haɪr]

verb 聘請；僱用

◆ We have three positions to fill, and we need to **hire** people with experience.

我們有三個職缺，而且我們需要聘請有經驗的人。

---

8. **history**

[ˋhɪstərɪ]

noun 歷史

◆ In the first meeting, just talk to them a little about what we do and the **history** of the company. 在第一個會議中，只要跟他們說明一點有關我們在從事什麼以及公司的歷史。

---

9. **hold**

[hold]

verb 拿著；舉辦

◆ Can you **hold** the umbrella while I get my keys?

我拿鑰匙時你能幫我拿著雨傘嗎？

◆ The city art gallery will **hold** a kids' art competition next month. 市立美術館下個月將會舉辦兒童藝術比賽。

hold on

phrasal verb 等一下

◆ Hey, **hold on**! I'm not ready yet.

嘿，等一下！我還沒準備好。

---

10. **holiday**

[ˋhɑləˏde]

noun 假期；假日

◆ Please remember that you must book your **holidays** at least eight weeks in advance.

請記得你必須在八個星期前就訂好你的假期。

補 **on holiday**　在休假中

Sorry, I won't be here next week. I'll be **on holiday** until the twenty-fourth of April.

對不起，我下週不會在這裡。四月二十四日前我都在休假。

---

11. **homepage**

[ˋhompedʒ]

noun (網頁) 首頁

◆ Click here to return to the **homepage**.

點選這裡以回到網頁首頁。

---

12. **honest**
['ɑnɪst]

adjective 誠實的；正直的

◆ She's really **honest**, but sometimes she's a bit too direct.
她真的很誠實，但有時候她有點太直率了。

13. **hope**
[hop]

verb 希望

◆ I **hope** the weather improves. 我希望天氣好轉。

noun 希望；祈望

◆ Is there any **hope** that we can win the final game?
我們有希望贏得最後一場比賽嗎？

14. **horrible**
['hɔrəbḷ]

adjective 可怕的

◆ It's so **horrible** to stay in a smoke-filled hotel room during a trip. 旅行時住在煙霧繚繞的飯店房間太可怕了。

15. **host**
[host]

noun 主人

◆ The **host** took us to a local restaurant for dinner, and then we went for a walk around the city in the evening.
主人帶我們去當地的餐廳吃晚餐，接著我們晚上在城市四處散步。

16. **hours**
[aʊrs]

noun (工作、營業) 長時間

◆ We'll all have to work long **hours** until the project is finished. 我們全都必須長時間工作直到這個專案完成為止。

business hours
['bɪznɪs aʊrs]

noun 營業時間 同 **office hours**

◆ Our **business hours** are from 9:00 am to 6:00 pm on weekdays. 我們的營業時間是平日早上九點至晚上六點。

補 **working hours** 工作時間

17. **huge**
[hjudʒ]

adjective 巨大的；非常大的

◆ There was a **huge** crowd because of the appearance of a highly popular band.
由於一個受高度歡迎的樂團的現身，出現了非常多的人潮。

18. **humorous**
['hjumərəs]

adjective 幽默的

◆ The CEO gave a **humorous** speech at the end-of-year party. 執行長在年末晚會上發表了幽默的演講。

19. **hungry**

[ˋhʌŋgrɪ]

adjective 飢餓的

◆ You must be **hungry**. You haven't eaten since this morning. 你一定很餓。你從早上到現在都還沒吃過東西。

20. **hurry**

[ˋhɝɪ]

verb 快點；趕緊

◆ We need to **hurry**, or we'll miss the flight.

我們需要快點，否則我們會錯過這班飛機。

hurry up

phrasal verb 快一點

◆ Everyone please **hurry up**! The seminar will start in ten minutes, and we need to be ready.

請大家快一點！研討會將於十分鐘後開始，我們一定要準備好。

21. **hurt**

[hɝt]

verb 危害；傷害

◆ You can do what you want, just don't **hurt** anyone else.

你可以做你想做的，只是不要傷害任何人。

22. **idea**

[aɪˋdɪə]

noun 意見；想法

◆ She has some good **ideas** about how to get more people involved in the event.

她有一些關於如何讓更多人參與活動的不錯想法。

23. **identity card**

[aɪˋdɛntətɪ ˏkɑrd]

noun 身分證明文件；身分證

◆ On your first day, you will be given a company **identity card**. You need to show this every time you enter the building. 在你上班的第一天你將會收到公司識別證。每次進入本棟大樓都要出示它。

24. **ill**

[ɪl]

adjective 生病的

◆ He's quite **ill**, and he may need to have an operation.

他病得很重，而且他可能需要動手術。

25. **immediately**

[ɪˋmidɪətlɪ]

adverb 馬上地；立即地

◆ When I finish the email, I'll contact you **immediately**.

我完成這封電子郵件就會馬上聯繫你。

Unit 15

🎧 A2 Unit 15

1. **import**
[ɪm`port]

verb 進口
◆ We **import** shoes from Italy and sell them to local retailers.　我們從義大利進口鞋子並賣給本地的零售商。

2. **impossible**
[ɪm`pɑsəbḷ]

adjective 無法的；不可能的
◆ My cell phone wasn't working, so it was **impossible** to call and tell you that I would be late.
我的手機壞掉了，所以我無法打電話告訴你我會晚點到。

3. **improve**
[ɪm`pruv]

verb 提升；改善
◆ My computer skills have **improved** a lot since I started working here.
自從我開始在這工作後我的電腦技能已經提升了很多。

4. **include**
[ɪn`klud]

verb 包括；包含
◆ The hotel price **includes** a double room, breakfast, and airport transfers.
飯店房價包括一間雙人房、早餐和機場接送。

5. **income**
[`ɪn,kʌm]

noun 收入；收益
◆ This is the only country in the region where **incomes** have risen this year.
這是今年本區域中唯一一個收入上升的國家。

6. **increase**
[`ɪnkris]

verb 增加；增大
◆ I'm sure the doctor is going to tell me to **increase** the amount of exercise I do each week.
我確定醫生會告訴我我需要增加每週的運動量。

7. **independent**
[,ɪndɪ`pɛndənt]

adjective 獨立的
◆ To be **independent**, I need to work myself hard.
為了變得獨立，我需要努力工作。

8. **industry**

[`ɪndəstrɪ]

noun 行業；企業；產業

◆ The government is working hard to develop the local tourist **industry**. 政府正努力發展當地的旅遊業。

---

9. **information**

[ˌɪnfɚ`meʃən]

noun 資訊

◆ Please remember you cannot give out any personal **information** about our customers.

請記住你不能提供我們客戶的任何個人資訊。

---

10. **IT**

[aɪ ti]

noun 資訊科技 同 **information technology**

◆ Could you contact the **IT** department and ask if someone can come and check the settings on this computer?

你能聯絡資訊科技部門並問他們是否有人能來檢查這部電腦的設定嗎？

---

11. **inquiry**

[ɪn`kwaɪrɪ]

noun 詢問；打聽

◆ Hello, I'd like to make an **inquiry** about your airport transfer service. Is there a charge for that, or is it free?

你好，我想詢問你們的機場接送服務。請問那是否要收費，或者是免費的呢？

---

12. **install**

[ɪn`stɔl]

verb 安裝

◆ You need to **install** the latest version of the software.

你需要安裝這個軟體的最新版本。

---

13. **instead**

[ɪn`stɛd]

adverb 作為替代

◆ We don't need to have a face-to-face meeting. We can do it by video call **instead**.

我們不需要開面對面的會議。我們可用視訊通話來作為替代。

instead of

preposition 取代；作為…的替代

◆ These days, I drink oat milk **instead of** cow's milk.

如今，我喝燕麥奶取代牛奶。

---

14. **instruction**

[ɪn`strʌkʃən]

noun 說明；指示

◆ If you don't know how to use the printer, there are some **instructions** on the wall.

如果你不知道如何使用印表機，在牆上有一些說明。

---

15. instructor
[ɪn`strʌktɚ]

noun 教練

◆ She hired a fitness **instructor** to teach her how to increase muscular strength.

她僱用了一位健身教練教導她如何增加肌肉力量。

16. insurance
[ɪn`ʃʊrəns]

noun 保險

◆ The company provides free health **insurance** for full-time staff.　這家公司提供免費健康保險給全職員工。

17. intelligent
[ɪn`tɛlədʒənt]

adjective 聰明的

◆ He's very **intelligent**, but he's not so good at dealing with people.　他非常聰明，但是他不太擅長與人打交道。

18. interested
[`ɪntrɪstɪd]

adjective 感興趣的

◆ We're looking for a new supplier, and we are very **interested** in your offer.

我們正在尋找新的供應商，且我們對你的提議非常感興趣。

19. internal
[ɪn`tɝnḷ]

adjective 內部的

◆ All our **internal** emails need to be written in English.

我們所有的內部電子郵件都必須以英文撰寫。

20. international
[ˌɪntɚ`næʃənḷ]

adjective 國際性的

◆ Singapore is an **international** city.　新加坡是個國際性的城市。

21. interview
[`ɪntɚˌvju]

noun 面試

◆ I'm worried about the **interview** tomorrow. I really hope they don't ask me anything too difficult.

我在擔心明天的面試。我真希望他們不要問我太難的問題。

22. introduce
[ˌɪntrə`djus]

verb 介紹

◆ Ellen, let me **introduce** you to my colleague, Ian. Ian, this is Ellen.

Ellen，讓我把你介紹給我的同事 Ian。Ian，這是 Ellen。

23. **issue**
[ˋɪʃʊ]

noun 問題；議題

◆ I liked the school I was at, but I had some **issues** with my homestay family.
我喜歡我以前就讀的學校，但我和我的寄宿家庭有一些問題。

24. **item**
[ˋaɪtəm]

noun 項目

◆ I have three **items** that need to be delivered to different places.　我有三項物品需要被運送到不同的地方。

25. **jealous**
[ˋdʒɛləs]

adjective 忌妒的

◆ My colleagues are very **jealous** of my success in meeting sales targets.　我的同事非常忌妒我業績成功達標。

 ◆

Unit 16 🎧 A2 Unit 16

1. **join**
[dʒɔɪn]

verb 加入

◆ There's a twenty percent discount if you **join** the gym before the end of the week.
如果你在週末前加入健身房就可享有八折的折扣。

2. **journey**
[ˋdʒɝnɪ]

noun 旅程；旅行

◆ I hope you had a pleasant **journey**.
我希望你有個愉快的旅程。

3. **keep**
[kip]

verb 保留；一直 (做) 同 **keep on**；(使) 保持 (某狀態)

◆ Do you mind if I **keep** the picture? I'd like to take it home with me.　你介意我保留這幅畫嗎？我想把它帶回家。

◆ **Keeping** doing regular exercise is not that easy for office workers.　對上班族來說要一直持續規律的運動並不容易。

◆ I like coffee, but it **keeps** me awake all night.
我喜歡咖啡，但它讓我保持一整晚清醒。

4. **keyboard**
[ˋki,bord]

noun 鍵盤

◆ You don't need the mouse. You can do everything on the **keyboard**.　你不需要滑鼠。你可以使用鍵盤做所有的事。

5. **kind**

[kaɪnd]

adjective 親切的

◆ My colleague is very **kind**. When she knew I wasn't feeling well, she got me to sit down and did some of my work for me. 我的同事很親切。當她知道我感到不舒服時，她協助我坐下來並幫我分擔了一些工作。

6. **know**

[no]

verb 了解；知道

◆ I've been living here since I was five years old, so I **know** the area pretty well.

我從五歲開始就住在這裡了，所以我很了解這個地區。

7. **knowledge**

[`nɑlɪdʒ]

noun 知識；學識

◆ In the interview, they will test your **knowledge** of the industry. 在面試時，他們會測試你有關這個產業的知識。

8. **labor**

[`lebɚ]

noun 勞動；勞工

◆ Many companies have started building factories in that region because of the cheap **labor**.

許多公司開始在該地區建造工廠，因為那裡有廉價的勞工。

9. **laptop**

[`læptɑp]

noun 筆記型電腦

◆ Is it okay if I connect my **laptop** to your Wi-Fi?

我可以把我的筆記型電腦連接到你的 Wi-Fi 嗎？

10. **large**

[lardʒ]

adjective 大的

◆ My desk is next to a **large** window, which is great because I like the natural light. 我的桌子在一片大窗戶旁邊，因為我喜歡自然光線，這樣很棒。

11. **latest**

[`letɪst]

adjective 最新的

◆ He always spends his money on the **latest** technology.

他總是花錢在最新的科技上。

12. **lawyer**

[`lɔjɚ]

noun 律師

◆ I'm a **lawyer**, and I work in the legal team at an accounting firm.

我是個律師，我在一家會計事務所的法律團隊工作。

13. **lazy**

[ˈlezɪ]

adjective 懶散的

◆ His manager thinks he's **lazy**, so she seldom gives him challenging cases.　他的經理認為他是懶惰的，因此她不常派給他具挑戰性的案子。

---

14. **leader**

[ˈlidɚ]

noun 領導者；領袖

◆ The group chose her as a **leader** because she's very good at dealing with people, and she knows the job well.　因為她非常擅長與人打交道也很清楚工作內容，所以這個團隊選擇她來當領導者。

---

15. **learn**

[lɝn]

verb 學習

◆ The course was quite useful. We **learned** a lot about how to manage projects.　這堂課相當有用。我們學習了很多關於如何管理專案。

---

16. **least**

[lIst]

adverb 最少的

◆ What is the **least** expensive flight to Frankfurt?　哪個航班到法蘭克福是最不貴的？

---

17. **leave**

[liv]

verb 離開

◆ The boat **leaves** in thirty minutes.　這艘船三十分鐘內離開。

noun 假期；休假

◆ Have you taken your annual **leave** yet?　你請過特休假了嗎？

---

18. **left**

[lɛft]

adjective 剩下的

◆ I've spent a lot of money I saved. I'd better check and see how much is **left**.　我已經花掉了很多我存下的錢。我最好檢查一下看看還剩多少。

---

19. **legal**

[ˈligl̩]

adjective 法律上的；合法的

◆ If you set up a company here, there will be some **legal** costs.　如果你在這成立一家公司，將會有一些法律費用。

◆ It's not **legal** here to go to a bar if you are under 21 years of age.　在這裡如果你未滿二十一歲，去酒吧是不合法的。

20. leisure
[`liʒɚ]

noun 閒暇；空暇時間

◆ We'll be busy with meetings the whole time we are away. There won't be much time for **leisure** activities.
在我們外出的整個期間我們都將會忙於開會。可用於休閒活動的時間並不多。

21. lend
[lɛnd]

verb 借給；借出

◆ Can you **lend** me the money for the train ticket? I'll pay you back tomorrow.
你可以借錢給我買火車票嗎？我明天就會還你。

22. length
[lɛŋθ]

noun 長度

◆ A: What's "**length** of stay"?
A：什麼是「停留期間長度」？
B: It's how long you plan to be in this country.
B：就是你計劃待多久在這個國家的時間。

23. less
[lɛs]

adverb 較小的；較少的

◆ I earn more in my current job, but I have **less** free time.
我在目前的工作中賺比較多錢，但我的空閒時間也比較少。

24. let
[lɛt]

verb 讓；允許

◆ Our landlord doesn't **let** us bring animals into the apartment.　我們的房東不讓我們帶動物進公寓。

25. let's

phrase 讓我們…

◆ **Let's** ask Ari and see if he can help.
讓我們問 Ari 看看他是否可以幫忙。

 A2 Unit 17

1. level
[`lɛvl̩]

noun 級別；地位

◆ It's cheaper, but it has the same **level** of quality as the more expensive one.
它比較便宜，但品質與那個更昂貴的等級相同。

2. **license**
[ˈlaɪsn̩s]

noun (美式) 許可證；執照 同 (英式) **licence**

◆ To sell medicine in this country, you need a **license** from the government.
要在這個國家賣藥品，你需要擁有政府發的許可證。

driver's license
[ˈdraɪvɚs ˌlaɪsn̩s]

noun (美式) 駕照 同 (英式) **driving licence**

◆ It's quite far, but we can rent a car. Do you have a local **driver's license**?
路程還很遠，但我們可以租一輛車。你有當地的駕照嗎？

3. **lie**
[laɪ]

verb 撒謊

◆ He lost his job because the boss found out that he **lied** in his application.
他丟了工作，因為老闆發現他在申請表上撒謊。

4. **lifestyle**
[ˈlaɪfˌstaɪl]

noun 生活方式

◆ I'm not healthy. I really need to make some changes to my **lifestyle**.
我並不健康。我真的需要在我的生活方式上做出一些改變。

5. **lift**
[lɪft]

verb 抬起；舉起

◆ Can you help me **lift** this box onto the table? It's quite heavy. 你能幫我抬這個箱子到桌上嗎？它真的蠻重的。

6. **light**
[laɪt]

adjective 輕的

◆ Oh, your phone's really **light**. Mine's much heavier.
噢，你的電話真的好輕。我的就重多了。

7. **like**
[laɪk]

preposition 像；如

◆ In some ways, I'm **like** my mom. She's quite ambitious, and so am I.
在某些方面，我就像我的媽媽。她很有野心，我也是。

8. **limit**
[ˈlɪmɪt]

noun 限度；限制

◆ What is your credit card **limit**? 你信用卡的額度多少？

9. **line**

[laɪn]

<u>noun</u> 線；列

◆ Just sign your name on this **line** here.

只要在這線條上簽名即可。

◆ I didn't get tickets. We'll need to get in the **line**.

我沒有拿到票。我們需要加入排隊行列。

line up

<u>phrasal verb</u> 排隊

◆ Please **line up** here, and we'll let you through one at a time.   請在這裡排隊，然後我們會讓你們逐一通過。

10. **list**

[lɪst]

<u>noun</u> 表；名冊

◆ Here's a **list** of the things we need to do today.

這張表列了我們今天需要做的事情。

11. **listen**

[ˋlɪsn̩]

<u>verb</u> 聽

◆ **Listen** carefully to the instructions. It's important that you know what to do.

仔細聽相關指示。知道該怎麼做對你是重要的。

12. **loan**

[lon]

<u>noun</u> 貸款

◆ We are in the process of applying for a **loan**.

我們正處於申請貸款的階段。

13. **lobby**

[ˋlɑbɪ]

<u>noun</u> 大廳

◆ Let's meet in the **lobby**, and then I'll take you around and show you the sights!

讓我們在大廳見面，然後我會帶你四處逛逛並參觀景點！

14. **local**

[ˋlokl̩]

<u>adjective</u> 當地的；本地的

◆ We only sell food grown by **local** producers.

我們只有賣當地生產商種植的食物。

15. **location**

[loˋkeʃən]

<u>noun</u> 地點；位置

◆ We're moving our store to a new **location** in the city center.   我們要將我們的店搬到市中心的一個新地點。

16. **lock**

[lɑk]

verb 鎖；鎖上

◆ If you enter the wrong password three times, your computer will be **locked**, then, you will need to get someone from IT to help.

如果你輸入三次錯誤的密碼，你的電腦將會被鎖住，然後，你就需要請資訊科技部門的人來幫忙。

17. **logo**

[`logo]

noun (公司) 標誌

◆ A: Is there a uniform for the event?

A：這個活動有制服嗎？

B: We're giving staff polo shirts with the company **logo** on the front.

B：我們會給員工正面印有公司標誌的馬球襯衫。

18. **look after**

phrasal verb 照顧

◆ I was hoping you would be available to help **look after** our guests.　我希望你能有空幫助照顧我們的賓客。

19. **look forward to**

phrasal verb 期待

◆ I'm **looking forward to** going to Dubai next month.

我期待著下個月去杜拜。

20. **lose**

[luz]

verb 弄丟，丟失；失去

◆ If you **lose** your keys, please inform security staff immediately.　如果你弄丟你的鑰匙，請立刻通知保全人員。

◆ People are starting to worry about **losing** their jobs.

人們開始擔心失去他們的工作。

21. **lounge**

[laʊndʒ]

noun (機場的) 候機室

◆ The departure **lounge** was really crowded.

這個離境候機室裡真的很擁擠。

22. **low**

[lo]

adjective 低的

◆ The price is too **low**. We won't make any profit.

這個價格太低了。我們會沒有任何利潤。

23. lucky
['lʌkı]

adjective 幸運的

◆ One **lucky** person will be chosen to meet the band members after the performance.
演出結束後將選出一名幸運者與樂團成員見面。

24. luggage
['lʌgɪdʒ]

noun 行李

◆ Please put any large items of **luggage** in the space provided. 請將任何大件行李放在提供的空間裡。

25. machine
[mə'ʃin]

noun 機器

◆ Before we start the next project, we need to replace one of the **machines**.
在我們開始下個計劃之前,我們需要更換其中一臺機器。

Unit 18 🎧 A2 Unit 18

1. machinery
[mə'ʃinərı]

noun 機械裝置

◆ The biggest cost when we set up the factory was the **machinery**. 當我們設置工廠時,最大的成本就是機械裝置。

2. mad
[mæd]

adjective 憤怒的

◆ Heidi wasn't very polite to the customer, so Gina got really **mad**. Heidi 對顧客不太禮貌,所以 Gina 非常憤怒。

3. magazine
[,mægə'zɪn]

noun 雜誌;期刊

◆ Even though everyone has a cell phone, it's still nice to have some **magazines** in the office so that people can look through them while they are waiting.
即使每個人都有手機,在辦公室裡放一些雜誌還是不錯的,以便人們在等待時可以翻閱它們。

4. main
[men]

adjective 主要的

◆ The **main** reason we moved our factory to Vietnam was that it was getting too expensive here.
我們要將工廠搬遷到越南的最主要原因是這裡越來越昂貴了。

5. **manage**
[`mænɪdʒ]

verb 管理；掌管
◆ I **manage** a small team of designers and engineers.
我負責管理一個有設計師和工程師的小團隊。

6. **management**
[`mænɪdʒmənt]

noun 管理部門
◆ The staff are unhappy with some of the recent decisions made by **management**.
員工們對管理部門最近做的一些決定不高興。

7. **manufacture**
[ˌmænjə`fæktʃɚ]

verb 製造
◆ We **manufacture** a range of consumer electronic products. 我們製造一系列的消費性電子產品。

8. **map**
[mæp]

noun 地圖
◆ If I get lost, I'll just use the **map** app on my phone.
如果我迷路了，我就會用手機裡的地圖應用程式。

9. **market**
[`mɑrkɪt]

noun 市場
◆ China is a big **market**, but it is quite different from the US. 中國是一個大市場，但它跟美國不太一樣。

on the market

phrase 上市；出售中；有供應
◆ Our competitor has put the new model **on the market** before us. 我們的競爭對手在我們之前搶先上市了新型號。

10. **marketing**
[`mɑrkɪtɪŋ]

noun 行銷
◆ I'm helping the **marketing** department do a customer survey. 我幫行銷部門做客戶調查。

11. **matter**
[`mætɚ]

noun 問題
◆ What's the **matter**? Are you okay? 怎麼了？你還好嗎？

12. **may**
[me]

modal verb (可能性) 也許可能；(請求許可) 可以
◆ You **may** feel a little uncomfortable after taking the medicine. 服藥後你可能會感到有點不舒服。
◆ **May** I ask you a question? 我可以問你一個問題嗎？

13. **mean**
[min]

verb (表達) 意思是；(強調) 表示…的意思；(表達結果) 意味

◆ What does that word on the board **mean**?
那個在板子上的字是什麼意思？

補 **What do you mean?** (惱火或不同意) 你是什麼意思？
What do you mean you can't finish it on time**?**
你所謂不能準時完成是什麼意思？

◆ We were there for three—I **mean** four days.
我們在那裡待了三——我的意思是四天才對。

◆ She can't make it, which **means** you'll need to do the presentation yourself.
她沒辦法趕到，也就意味著你必須自己做簡報。

---

14. **medium**
[`midɪəm]

noun 中間

◆ What size would you like? Small, **medium**, or large?
你想要哪種尺寸呢？小的，中的，還是大的呢？

---

15. **member**
[`mɛmbɚ]

noun 成員；會員

◆ She's the only **member** of the team who has done this before.　她是團隊中唯一曾經做過這件事的成員。

---

16. **memo**
[`mɛmo]

noun 備忘錄

◆ We'll send out a **memo** giving details of the changes.
我們將寄出一份提供有關變更細節的備忘錄。

---

17. **memory**
[`mɛmərɪ]

noun 記憶力；記憶體

◆ I need to write this down. I have a bad **memory**.
我需要把這寫下來。我的記憶力不好。

◆ I need to upgrade my computer. This one doesn't have enough **memory**.
我需要將我的電腦升級。這臺沒有足夠的記憶體。

---

18. **message**
[`mɛsɪdʒ]

noun 訊息

◆ He's not here right now. Would you like to leave a **message**?　他現在不在這裡。你想留下訊息嗎？

19. **metal**

['mɛtl̩]

adjective 金屬的

◆ Is the body of the phone **metal** or plastic?
這電話機身是金屬的還是塑膠的？

20. **middle**

['mɪdl̩]

noun 中間

◆ Could you put the boxes there in the **middle** of the room? 可以請你把箱子放在房間中間嗎？

21. **midnight**

['mɪd,naɪt]

noun 午夜；子夜

◆ We are upgrading system software, so you won't be able to use your company email between **midnight** and 7:00 am. 我們正在升級系統軟體，所以在午夜十二點到早上七點鐘之間，你將無法使用你公司的電子郵件。

22. **might**

[maɪt]

modal verb 可能

◆ You had better take some warm clothes because it **might** snow there. 你最好帶些保暖的衣服因為那裡可能會下雪。

23. **mind**

[maɪnd]

noun 頭腦

◆ I have a lot on my **mind** at the moment.
此時我的腦中有很多想法。

verb 介意

◆ A: Is it okay if I bring my colleague?
A：我可以帶我的同事去嗎？
B: Sure. I don't **mind**. B：當然，我不介意。

補 **Do you mind if. . .?** 你介意⋯嗎？
A: **Do you mind if** I sit here**?** A：你介意我坐在這裡嗎？
B: No, go ahead! B：不會，坐吧！

make up your mind

phrase 決定；下定決心

◆ I still can't **make up my mind** whether to take the job in China or not.
我仍然無法下定決心是否接受這份在中國的工作。

change your mind

phrase 改變主意

◆ A: You said you didn't want to come with us.
A：你說你不想加入我們。
B: I **changed my mind**. B：我改變主意了。

24. **miss**

[mɪs]

verb 錯過；想念

◆ We need to leave now. I don't want to **miss** the first speech.　我們現在該離開了。我不想錯過第一場演講。

◆ I like living here, but I **miss** my family.
我喜歡住在這裡，但我想念我的家人。

---

25. **mistake**

[mɪ`stek]

noun 錯誤

◆ My manager isn't very happy with me because I made another **mistake** with a client's order today.　我的經理因為我今天在客戶訂單上犯了另一個錯誤而對我不是很開心。

by mistake

phrase 不小心

◆ I went into the wrong restroom **by mistake**.
我不小心進錯間廁所。

Unit 19 A2 Unit 19

1. **mix**

[mɪks]

verb 結合；混合

◆ We try to **mix** Western and Eastern styles to create something new and interesting.　我們試著結合西方與東方的風格來創造一些新鮮又有趣的事物。

---

2. **model**

[`mɑdl̩]

noun 款式；型號

◆ This is our latest **model**. It has a larger screen, and it's faster than the old **model**.　這是我們最新的款式。它有更大的螢幕，而且比舊的款式更快速。

---

3. **modern**

[`mɑdɚn]

adjective 時髦的；現代的

◆ The design is very **modern**, but some people may find it difficult to use.
這個設計非常時髦，但也許有些人會認為它難以使用。

---

4. **moment**

[`momənt]

noun 瞬間；片刻

◆ Can you wait here for a **moment**? I'll just go get the car.
你可以在這裡稍等片刻嗎？我這就去開車。

at the moment | *phrase* 此刻；現在
◆ I'm in a meeting **at the moment**. Can I call you back in a few minutes?
我現在正在開會。可以在幾分鐘後回電給你嗎？

just a moment | *phrase* 稍等一會
◆ A: Hello. Is Elaine there, please?
A：你好。請問 Elaine 在嗎？
B: **Just a moment**. Let me check.
B：稍等一會。讓我確認一下。

---

5. **move**
[muv]

verb 遷移；搬動
◆ We're **moving** to a larger office.
我們正要搬去一個較大的辦公室。
◆ We need to **move** the microphone to the middle of the stage. 我們必須把麥克風搬到舞臺中間。

---

6. **must**
[mʌst]

modal verb (表示命令或強制) 必須；得；一定要
◆ All cars parked in the company parking lot **must** display a staff parking permit.
所有停在公司停車場的車輛必需要出示工作人員停車證。
◆ You **must** come and stay with us when you're in Germany. 你在德國時一定要來找我們一起住。

---

7. **natural**
[`nætʃərəl]

adjective 天然的
◆ All our products are made from **natural** ingredients.
我們所有的產品都是用天然原料製成的。

---

8. **nearly**
[`nɪrlɪ]

adverb 幾乎；差不多
◆ It's **nearly** the end of the year. 差不多要到年底了。

---

9. **necessary**
[`nɛsə,sɛrɪ]

adjective 必要的；必須的
◆ Is it really **necessary** for two people to go? Why can't we just send one?
真的有必要兩個人去嗎？為什麼我們不能只派一個？

10. neighbor

[`nebɚ]

noun 鄰居

◆ We get on well with our **neighbors**, and they often come over for dinner or a barbecue.

我們和鄰居相處得很好,而且他們經常過來吃晚飯或燒烤。

---

11. negative

[`nɛgətɪv]

adjective 負面的;不好的

◆ Cheap imports are having a **negative** effect on our sales.

廉價的進口商品對我們的銷售產生負面影響。

---

12. nervous

[`nɝvəs]

adjective 緊張的

◆ Don't worry. Everyone gets a little **nervous** before they go on stage.　別擔心。每個人上臺前都會有些緊張的。

---

13. normal

[`nɔrml̩]

adjective 正常的

◆ It's **normal** to feel a bit upset when a customer gets angry and complains.

當顧客生氣和向你抱怨時,有點難過是正常的。

---

14. note

[not]

noun (英式) 鈔票;紙鈔 同 (美式) **bill**

◆ Do you have change for a hundred-dollar **note**?

你有能換開一百元鈔票的零錢嗎?

---

15. notebook

[`not͵bʊk]

noun 筆記本;筆記型電腦

◆ I keep a list of all the things I need to do each day in a little **notebook**.

我把每一天我所有必須做的事情列在小筆記本上。

◆ You can use your phone or **notebook** to join the conference call.

你可以使用你的電話或是筆記型電腦來加入電話會議。

---

16. nothing

[`nʌθɪŋ]

pronoun 沒有事情;微不足道的事 (或人)

◆ If you have **nothing** to do, you can give me a hand with some chores.

如果你沒有事情可做,你可以幫我做一些家務。

◆ He's not easy to live with. He often gets angry over **nothing**.　他不容易相處。他經常因為微不足道的事而生氣。

17. notice
['notɪs]

noun 公告；通知

◆ Didn't you see the **notice** in the office? It says the staff cafeteria will be closed tomorrow.
你沒看到辦公室裡的公告嗎？它說明天員工餐廳將會休息。

---

18. nowhere
['no,hwɛr]

adverb 無處

◆ The room is full. There's **nowhere** to sit.
房間是滿的。根本無處可坐。

---

19. occasionally
[ə'keʒənl̩ɪ]

adverb 偶爾

◆ Because we sell fresh food in our supermarket, I **occasionally** need to visit our suppliers' farms to discuss prices and quantities.　因為我們在超市出售新鮮食物，我偶爾需要造訪我們供應商的農場去討論價格與數量。

---

20. occupation
[,ɑkjə'peʃən]

noun 職業；工作

◆ I chose this kind of **occupation** because it can provide a stable salary and regular working hours.　我選擇這種職業是因為它可以提供一個穩定的薪資和規律的工作時間。

---

21. offer
['ɔfɚ]

verb 主動提出，提議；提供

◆ She **offered** to help me do the 3D animation for my video.　她主動提出幫我的影片製作 3D 動畫。

◆ My company has **offered** me the chance to be a team leader. However, I need to move to another branch, so I'm not sure if I want to do it.
我的公司提供給我當一個團隊領導者的機會，但我必須要調到另一個分公司，所以我不確定我是否要這麼做。

---

22. office
['ɔfɪs]

noun 辦公室

◆ We don't have an **office** here at the moment. However, our Singapore office will be able to help you with anything you need.　我們目前在這裡沒有辦公室。然而，我們在新加坡的辦公室將會可以提供你需要的任何協助。

23. **once**
[wʌns]

adverb 一次，一回；曾經

◆ I have only done this **once** before.
我過去只做過一次這樣的事情。

◆ **Once** we had a small fire in the office. Since then, the company has been very careful about fire safety.
我們的辦公室曾經發生過小火災。從那時開始，公司一直對於防火安全非常小心。

at once

phrase 馬上；立即

◆ I have received your updated order, and I will send it out **at once**.　我已經收到你更新的訂單，我會馬上將它寄送出去。

24. **online**
[`ɑn,laɪn]

adjective 線上的

◆ Please help us by filling in the **online** questionnaire.
請協助我們填寫線上問卷。

25. **only**
[`onlɪ]

adjective 唯一的

◆ I'm the **only** person in my family who does not have a tattoo.　我是家裡唯一一個沒有刺青的人。

adverb 只；僅僅

◆ It is **only** NT$35.　這只要新臺幣三十五元而已。

Unit 20　🎧 A2 Unit 20

1. **opinion**
[ə`pɪnjən]

noun 看法；意見

◆ We need to find out her **opinion** before we make a decision.　我們在做決定之前必須得知她的看法。

2. **opportunity**
[,ɑpə`tjunətɪ]

noun 機會

◆ I had the **opportunity** to be an exchange student in Hungary.　我有機會在匈牙利做交換生。

3. **opposite**
[`ɑpəzɪt]

preposition 在⋯對面

◆ She works in the office block **opposite** the ferry terminal.
她在渡輪碼頭對面的辦公大樓上班。

4. **order**

[`ɔrdɚ]

noun 訂單；訂貨

◆ We receive **orders** for products from all over the country.
我們接到來自全國各地的產品訂單。

---

5. **out of order**

phrase 故障

◆ The printer is **out of order**. Please use the one in the main office. 這臺印表機故障了。請使用在主辦公室的那臺。

---

6. **overseas**

[`ovɚ`siz]

adjective 海外的；國外的

◆ We receive regular visits from **overseas** customers.
我們接待來自海外客戶的經常性拜訪。

---

7. **overtime**

[,ovɚ`taɪm]

noun 加班；加班時間

◆ We'll need to work **overtime** every day to make sure the project is finished by the end of the month.
我們每天都會必須加班以確保這個專案在月底以前完成。

---

8. **own**

[on]

verb 有；擁有

◆ Do you **own** this house, or are you renting it?
這房子是你的，還是你是租的？

---

9. **pack**

[pæk]

verb 裝入；擠滿

◆ How long will it take you to **pack** those brochures into these boxes? 把那些手冊裝入箱子裡需要花你多長的時間？

noun 一包 (盒、袋)

◆ Each person who attends the event will receive a small **pack** of samples.
每一個參加活動的人都會收到一小盒的樣品。

---

10. **paperwork**

[`pepɚ,wɝk]

noun 文書工作

◆ I enjoy dealing with customers, but I don't like all the **paperwork** I need to do.
我喜歡和顧客互動，但我不喜歡我需要做的文書工作。

11. **paragraph**

[`pærə,græf]

noun (文章的) 段；節

◆ You can just write one **paragraph** introducing yourself, and one that explains why you want this opportunity. 你可以只寫一段自我介紹，以及一段解釋為何你想要這個機會。

12. **pardon me**

phrase 請再說一遍；請重複一遍

◆ **Pardon me**? I didn't hear what you just said.
請再說一遍好嗎？我沒聽到你剛說的話。

13. **parking lot**

[`parkɪŋ ,lat]

noun 停車場

◆ If you see a movie there or buy something from one of the stores, you'll be able to use the **parking lot** for free.
如果你在那裡看電影或從其中一家商店購買東西，你將可以免費使用停車場。

14. **partly**

[`partlɪ]

adverb 在某種程度上地

◆ It's **partly** my fault that we didn't get the project finished on time.
我們沒有讓這個專案準時完成在某種程度上是我的錯。

15. **part-time**

[,part `taɪm]

adjective 兼職的

◆ I had a **part-time** job in my last year at university.
我在大學的最後一年有份兼職的工作。

16. **passport**

[`pæs,port]

noun 護照

◆ Please show your boarding pass and **passport** when boarding the plane. 登機時請出示你的登機證和護照。

17. **pass**

[pæs]

verb 及格，通過；經過

◆ I finally **passed** my driving test.
我終於通過了我的駕照考試。

◆ After we **pass** the park, we need to turn right.
我們經過了公園之後，我們還需要右轉。

noun 通行證

◆ All visitors must first go to the reception desk and get a temporary **pass**.
所有遊客都必須先去接待處並取得臨時通行證。

補 security pass 安全通行證

Your **security pass** must be displayed at all times while in the building. 在這棟大樓裡你必須隨時出示你的安全通行證。

---

18. **password**

[`pæs,wɝd]

noun 密碼

◆ Please enter your username and **password**.
請輸入你的使用者名稱及密碼。

---

19. **past**

[pæst]

preposition (經) 過

◆ His office is just **past** the stairs.
他的辦公室就在樓梯過去那裡。

noun 過去；昔日

◆ We did business with them in the **past**.
我們過去和他們做過生意。

---

20. **paste**

[pest]

verb 貼上

◆ Click on the box first and then press Ctrl and V to **paste** the picture into it.
先點選方框然後再按下 Ctrl 和 V 把圖片貼進去。

---

21. **copy and paste**

phrase 複製和貼上

◆ It's quicker just to **copy and paste** than to type a new one each time. 複製和貼上比每次逐筆輸入新資料還要快。

---

22. **pay back**

phrasal verb 還錢

◆ I borrowed money to pay for my tuition. Now, I'm working, I'll **pay** a little **back** each month. 我借錢以支付我的學費。現在，我在工作了，每個月我會償還一點錢。

---

23. **peaceful**

[`pisfəl]

adjective 安靜的；平靜的

◆ I prefer working from home. It's more **peaceful**, and I can focus more.
我比較喜歡居家辦公。居家辦公更安靜，我也能更專心。

---

24. **percent**

[pɚ`sɛnt]

noun 百分比

◆ The annual incomes go up by 0.4 **percent** this year.
今年年收入上升了百分之零點四。

---

25. perfect

[`pɝfɛkt]

adjective 完美的

◆ Everything went well, and it was a **perfect** result.
一切都很順利，而且結果很完美。

Unit 21
 A2 Unit 21

1. perhaps

[pɚ`hæps]

adverb 也許；或許

◆ He's not here yet. **Perhaps** he's still talking with a client.
他還沒來。也許他還在跟客戶說話。

---

2. personal

[`pɝsn̩l]

adjective 個人的；私人的

◆ We need to be very careful with our customers' **personal** details.　我們要非常小心處理我們客戶的個人資料。

---

3. phone

[fon]

noun 電話

◆ Can I use your **phone**? My cell phone is dead.
我可以用你的電話嗎？我手機電池沒電了。

phone call

[`fon ˌkɔl]

noun 打電話；通話

◆ I'll be back in a minute. I just need to make a quick **phone call**.
我會在一分鐘內回來。我只需要打個簡短的電話。

on the phone

phrase 通話中

◆ I'm sorry, she's **on the phone** right now. I'll ask her to call you back when she's finished.
對不起，她現在正通話中。她結束時我會請她回撥給你。

smartphone

[`smɑrtˌfon]

noun 智慧型手機

◆ If you have a **smartphone**, you will be able to join the meeting online.
如果你有智慧型手機，你將能夠線上加入會議。

補 (美式) **cell phone**、(英式) **mobile phone**　手機；行動電話

---

4. phone

[fon]

verb 打電話給

◆ I tried **phoning** you at your office, but there was no reply.
我試著打電話到你的辦公室找你，但沒有回應。

phone back

phrasal verb 回電

◆ Sorry, I'm in a meeting. I'll **phone** you **back** after lunch.

對不起，我正在開會。午餐過後我會回電給你。

---

5. **photocopier**

[`fotə,kɑpɪɚ]

noun 影印機

◆ The new **photocopier** is much faster than the old one.

新的影印機比舊的快多了。

---

6. **piece**

[pis]

noun 片

◆ Can you make sure everyone gets a **piece** of cake?

你能確定一下每個人都有拿到一片蛋糕嗎？

---

7. **pity**

[`pɪtɪ]

noun 可惜

◆ A: I can't make it to the company Christmas party.

A：我不能參加公司舉辦的聖誕晚會了。

B: Oh, what a **pity**! Why not?

B：噢，真可惜！為什麼不行呢？

---

8. **plan**

[plæn]

noun 計劃；方案

◆ In the next meeting, we will discuss next year's marketing **plan**. 下次會議我們將會討論明年度的行銷計劃。

補 **plan to** 打算

We **plan to** hold some recruiting events in local universities.

我們打算在當地大學裡舉辦一些招募活動。

---

9. **plastic**

[`plæstɪk]

noun 塑膠

◆ We produce a range of **plastic** household products such as trash cans, cups, and plates.

我們生產一系列像是垃圾桶、杯子和盤子的家用塑膠製品。

---

10. **platform**

[`plæt,fɔrm]

noun 月臺

◆ The train to Kyoto is now arriving at **platform** 3.

開往京都的火車即將抵達三號月臺。

---

11. **pleased**

[plizd]

adjective 高興的

◆ We are quite **pleased** with the results of the survey.

對於調查的結果我們感到相當高興。

補 pleased to meet you 很高興認識你

David: This is my colleague, Sara. Sara, this is Yi-Fan from DMT.

David：這是我的同事 Sara。Sara，這位是來自 DMT 公司的 Yi-Fan。

Yi-Fan: **Pleased to meet you.** Yi-Fan：很高興認識妳。

Sara: **Pleased to meet you**, too. Sara：我也很高興認識你。

---

12. **plenty**

[ˋplɛntɪ]

pronoun 充足；大量

◆ There's still **plenty** of time before the train leaves. We can get a coffee first if you like. 在火車離開之前還有充足的時間。如果你願意的話我們可以先喝杯咖啡。

---

13. **plug**

[plʌg]

noun 插頭

◆ Can I use a three-pin **plug** here?

我可以在這裡用三腳插頭嗎？

plug in

phrasal verb 接通電源

◆ Is there somewhere I can **plug** my laptop **in**? Its battery is almost flat.

我可以在哪裡為我的筆記型電腦充電？它的電池幾乎沒電了。

---

14. **plus**

[plʌs]

preposition 加上

◆ A: How much are these? A：這些多少錢？

B: They're US$155 **plus** five percent tax.

B：一百五十五美元，再加上百分之五的稅。

---

15. **point**

[pɔɪnt]

noun 論點

◆ In my speech, I would like to cover three **points**.

我的演講中，我要針對三個論點來討論。

---

16. **polite**

[pəˋlaɪt]

adjective 有禮貌的；客氣的

◆ People here are very **polite**, and they are willing to help if you have a problem.

這裡的人們非常有禮貌，且如果你有問題他們會很願意幫助你。

---

17. **pollution**

[pəˋluʃən]

noun 汙染

◆ Air **pollution** has become a serious problem here in the last ten years.

過去十年來空氣汙染在這裡已成為一項嚴重的問題了。

18. **popular**

[`pɑpjələ·]

adjective 受歡迎的；流行的

◆ This is our most **popular** laptop. It's light, powerful, and stylish.

這是我們最受歡迎的筆記型電腦。它很輕便、強大又時尚。

---

19. **positive**

[`pɑzətɪv]

adjective 正面的；積極的

◆ We have a new advertisement, and it's received a very **positive** response.

我們有個新的廣告，且它得到了非常正面的回應。

---

20. **possible**

[`pɑsəbļ]

adjective 可能的

◆ It's **possible** for foreigners to get a local credit card.

外國人是有可能拿到本地的信用卡的。

---

21. **postcode**

[`post,kod]

noun (英式) 郵遞區號 同 (美式) **zip code**

◆ Please enter your street address, district, city, and **postcode**. 請輸入你的街道地址、區域、城市和郵遞區號。

post office

[`post ,ɔfɪs]

noun 郵局

◆ The **post office** opens at 8:30 am. You can collect your package then.

郵局早上八點半開始營業。到時你可以領取你的包裹。

---

22. **power**

[`pauə·]

noun 權；權力；電力

◆ She has the **power** to decide if we need to hire more staff. 她有權決定我們是否需要僱用更多員工。

◆ We use more **power** in summer because of the hot weather. 因為炎熱的天氣，使得我們在夏天使用更多的電力。

---

23. **principle**

[`prɪnsəpļ]

noun 原理；原則

◆ I believe one important **principle** is to treat others with respect, even if you do not agree with it.

我相信一個重要的原則是尊重他人，即使你不同意。

---

24. **prefer**

[prɪ`fɚ]

verb 偏好

◆ I **prefer** the picture on the right. It's much more attractive than the other one.

我偏好右邊這幅畫。它比另一幅更有吸引力。

25. **prepare**

[prɪˋpɛr]

verb 準備

◆ We are **preparing** our company accounts so that we can file our taxes. 我們正在準備公司帳目，以便我們可以報稅。

 Unit 22 A2 Unit 22

1. **present**

[ˋprɛznt̩]

noun 禮物

◆ They gave each of us a small **present** when we arrived at their office.

當我們抵達他們的辦公室時他們給我們每個人一份小禮物。

adjective 現在的

◆ We need to focus on the **present** situation instead of worrying about the future.

我們需要專注於現在的情況，而不是擔心未來。

at present

phrase 目前；現在

◆ **At present**, we are making some big changes to the way we teach our courses.

目前，我們正在對我們課程的教學方式進行一些大改動。

2. **presentation**

[ˌprizɛnˋteʃən]

noun 報告；簡報

◆ There will be time for questions at the end of my **presentation.** 在我報告的最後將會有提問的時間。

3. **president**

[ˋprɛzədənt]

noun 董事長

◆ The **president** has worked hard to improve working conditions here. 董事長努力改善著這裡的工作條件。

4. **pressure**

[ˋprɛʃɚ]

noun 壓力

◆ I feel a lot of **pressure** because I have a lot of assignments to finish, and my parents always expect me to get high grades. 我感到壓力很大因為我有很多作業要完成，而且我的父母總是希望我取得高分。

5. **print**

[prɪnt]

verb 印；印刷

◆ Can you **print** out five more copies of the agenda?
你可以再多印五份議程嗎？

6. **printer**

[ˋprɪntɚ]

noun 印表機

◆ This **printer** can print in color if need be.
如果需要的話，這臺印表機可以彩色列印。

7. **probably**

[ˋprɑbəblɪ]

adverb 大概；或許

◆ I'll **probably** take a week off during the summer so that I can take my children overseas.　我在夏天大概會休假一星期，這樣我就可以帶我的孩子去海外了。

8. **produce**

[prəˋdjus]

verb 生產；製造

◆ This factory only **produces** parts for cars and motorcycles.　這間工廠只生產汽車和摩托車用的零件。

9. **product**

[ˋprɑdʌkt]

noun 產品

◆ All our **products** are made from high-quality materials.
我們所有產品都由高品質原料製成。

10. **production**

[prəˋdʌkʃən]

noun 產量

◆ If we get this large order, we need to increase **production**.
如果我們拿到這份大訂單，我們就需要增加產量。

11. **professional**

[prəˋfɛʃən!]

adjective 專業的

◆ Their staff are well-trained and very **professional**.
他們的員工訓練有素且也非常專業。

12. **profit**

[ˋprɑfɪt]

noun 利潤

◆ We need to raise the price of goods so that we can sell them at a **profit**.
我們需要提高商品的價錢，這樣才能販賣它們賺取利潤。

13. **program**

[ˋprogræm]

noun 程式

◆ There is a company that designs computer **programs** specially for us.　有一間專門為我們設計電腦程式的公司。

14. **project**
[`prɑdʒɛkt]

noun 專題報告；專案

◆ Teams from two university departments will work together on this **project**.
來自兩個大學科系的團隊將在這個專題報告上合作。

---

15. **projector**
[prə`dʒɛktɚ]

noun 投影機

◆ The room has a **projector** and screen, and there is a microphone too if you need it.
這個房間有投影機和螢幕，如果你需要的話這裡也有麥克風。

---

16. **promise**
[`prɑmɪs]

verb 答應

◆ I know I shouldn't have loaned him money, but he **promised** he'd pay it back within three days.
我知道我不應該借錢給他，但他答應他會在三天內還清。

---

17. **proposal**
[prə`pozḷ]

noun 提案；計劃

◆ My manager needs to check the **proposal** before I send it to the client.
在我把這個提案寄給客戶之前我的經理需要先檢查過。

---

18. **provide**
[prə`vaɪd]

verb 提供

◆ The hotel will **provide** a light lunch, tea, and coffee for everyone attending the event.
這間飯店將提供簡便的午餐、茶水和咖啡給每個參加活動的人。

---

19. **public**
[`pʌblɪk]

adjective 公共的

◆ The hotel has several **public** areas that guests are welcome to use at any time.
這間飯店有幾個公眾區域，客人可以隨時自由使用。

public transportation
[ˌpʌblɪk trænspɚ`teʃən]

noun (美式) 大眾運輸 同 (英式) **public transport**

◆ The city has an efficient **public transportation** system, with regular buses and a good underground. 這個城市擁有高效率的大眾運輸系統：固定班次的公車和良好的地鐵。

public holiday
[ˌpʌblɪk `hɑlə,de]

noun 國定假日

◆ Today is a **public holiday**, but I still need to work.
今天是國定假日，但我依然要工作。

20. **push**

[pʊʃ]

verb 按；推

◆ To start the machine, you should turn the key and then **push** that red button. 要啟動這臺機器，你應該要先轉動鑰匙然後再按下那個紅色按鈕。

21. **put**

[pʊt]

verb 寫；放置

◆ First, you need to **put** the date here and put a check in the correct box. Then, you'll need to sign it.

首先，你需要先把日期寫在這裡並在正確的框格內打勾。然後，你還需要簽名。

22. **qualification**

[ˌkwɑləfəˈkeʃən]

noun 資格條件；合格證書

◆ What is the necessary **qualification** for this job?

這份工作必備的資格條件是什麼？

23. **quality**

[ˈkwɑlətɪ]

noun 品質

◆ Our clothing is expensive because it is of top **quality**.

我們的服飾很貴是因為它品質優良。

24. **quarter**

[ˈkwɔrtɚ]

noun 四分之一

◆ About a **quarter** of our sales are overseas.

我們大約有四分之一的銷售來自海外的。

25. **quickly**

[ˈkwɪklɪ]

adverb 快；迅速地

◆ She's only been here for three months, but she's learning very **quickly**. 她才來這裡三個月，但她學習得很快。

 A2 Unit 23

1. **quiet**

[ˈkwaɪət]

adjective 安靜的

◆ We went camping there because it was close to the lake and very **quiet** and peaceful.

我們去那裡露營是因為它靠近湖邊，而且也非常寧靜。

2. **quite**

[kwaɪt]

adverb 很；相當

◆ Those boxes are **quite** heavy. Do you need a hand?

那些箱子很重。你需要幫忙嗎？

quite a lot

phrase 很多；相當多

◆ I have **quite a lot** friends who are applying to the same university as me. 我有很多朋友和我申請同一所大學。

---

3. **real**

[`riəl]

adjective 真的；真正的

◆ Our briefcases are made of **real** leather.

我們的公事包是由真皮製成的。

---

4. **reason**

[`rizn]

noun 理由；原因

◆ We need to explain our **reason** for closing the overseas branch. 我們需要說明一下關閉海外分店的理由。

---

5. **receipt**

[rɪ`sit]

noun 收據

◆ When returning goods, please show your **receipt**.

退貨時，請出示你的收據。

---

6. **receive**

[rɪ`siv]

verb 收到；得到

◆ I **received** a thank-you email from a customer.

我收到一封來自顧客的感謝電子郵件。

---

7. **recently**

[`risntlɪ]

adverb 最近；近來

◆ I **recently** downloaded a new game on my phone, and now I can't stop playing it. 我最近在我的手機上下載了一款新遊戲，且現在我玩到停不下來。

---

8. **reception**

[rɪ`sɛpʃən]

noun 接待處 同 **reception desk**

◆ Please go to **reception** and get a pass.

請到接待處並領取通行證。

---

9. **recommend**

[ˌrɛkə`mɛnd]

verb 建議；勸告

◆ I **recommend** you book your holidays early in case airline tickets are sold out.

以防機票售罄，我建議你提早訂好你的假期。

---

10. **recycle**

[ri`saɪk!]

verb 回收；再循環

◆ We have provided recycling bins so that you can **recycle** glass, plastic, and paper. 我們已經提供回收桶了，這樣你就可以回收玻璃、塑膠和紙張。

---

11. **refund**

[`ri,fʌnd]

noun 退款；償還金額

◆ I want to return this watch. Can I get a **refund**? 我想要退還這隻手錶。我可以拿到退款嗎？

---

12. **regards**

[rɪ`gɑrdz]

noun 問候；致意

◆ Kyoko sends her **regards**. Kyoko 向你問候。

---

13. **Best regards**

phrase (正式) 最誠摯的問候

同 **Kind/Warm regards** (正式) 親切的 / 溫暖的問候

◆ Please let me know if you have any further questions. 假如你有任何問題請讓我知道。

Best regards, 最誠摯的問候，

Simon Simon

補 **Best wishes** (非正式) 最好的祝福

---

14. **region**

[`ridʒən]

noun 地區；區域

◆ We have teams covering four **regions**: northern, eastern, southern, and western. 我們有負責：北、東、南、西四個地區的團隊。

---

15. **regularly**

[`rɛgjələ·lɪ]

adverb 定期地

◆ The restaurant changes its menu **regularly**, and the food there is always delicious. 這間餐廳他們定期更換菜單，但那裡的食物總是很美味。

---

16. **relationship**

[rɪ`leʃən,ʃɪp]

noun 關係

◆ We believe that it is important to have good **relationships** with our suppliers and customers. 我們相信與我們的供應商及客戶保持良好的關係是重要的。

17. **relax**
[rɪ`læks]

verb 放鬆；休息

◆ You have fifteen minutes to **relax**. Help yourselves to tea and coffee.

你們有十五分鐘的時間放鬆。請自行享用茶和咖啡。

---

18. **remove**
[rɪ`muv]

verb 移走；去掉

◆ After you have made your copies, please remember to **remove** your document from the glass.

當你複印完文件後，請記得從玻璃面板上移走你的文件。

---

19. **rent**
[rɛnt]

verb 租用

◆ I have a few visits to make while I'm here, so it will be better if I **rent** a car.

當我在這裡時要完成一些訪視，所以租一臺車會比較好。

---

20. **repair**
[rɪ`pɛr]

verb 修理

◆ Can you ask someone to come and **repair** this computer immediately?　你可以請人立刻來修理這臺電腦嗎？

---

21. **repeat**
[rɪ`pit]

verb 重複

◆ I didn't hear what you said. Could you **repeat** it, please?

我沒有聽到你說什麼。可以請你重複一次嗎？

---

22. **reply**
[rɪ`plaɪ]

verb 回覆；答覆；回答

◆ I have to get back to the office because I've got some emails to **reply** to.

我得回辦公室，我有一些電子郵件要回覆。

---

23. **report**
[rɪ`port]

verb 報告

◆ You must **report** any accidents to your manager.

你必須向你的經理報告所有的事故。

noun 報告；報告書

◆ I have to finish my monthly **report** today.

我今天必須完成我的月報。

24. **representative**
[ˌrɛprɪˈzɛntətɪv]

noun 代表；代理人

◆ We don't have an office in India, but we do have a **representative** there.
我們在印度沒有辦事處，但我們確實在那裡有位代表。

sales representative
[ˈselz rɛprɪˌzɛntətɪv]

noun 銷售代表 同 **sales rep**

◆ As a **sales representative**, I spend most of my time visiting new and existing customers.　作為一個銷售代表，我大部分的時間都在拜訪新客戶與舊客戶。

25. **request**
[rɪˈkwɛst]

noun 要求；請求

◆ We got a **request** from our biggest customers. They want to visit our factory and see how we produce products.　我們接到了最大客戶的要求。他們想參觀我們的工廠並看看我們是如何生產產品。

  A2 Unit 24

1. **require**
[rɪˈkwaɪr]

verb 需要

◆ Please let me know if you **require** any further help.
假如你需要進一步的幫忙，請讓我知道。

2. **reserve**
[rɪˈzɝv]

verb 預定；預約

◆ A: Can we get a seat there? It's a busy restaurant.
A：我們訂得到位子嗎？那是家繁忙的餐廳。
B: I've already **reserved** a table for 7:30.
B：我已經預定好七點半的桌位了。

3. **responsible**
[rɪˈspɑnsəbḷ]

adjective 負責的

◆ I'm **responsible** for recruiting new staff, managing staff schedules, and developing the team.
我負責招聘新員工、管理員工進度，以及發展團隊。

4. **rest**
[rɛst]

noun 休息；剩餘部分

◆ I'm tired. I need to take a **rest**.
我很累了。我需要休息一下。

◆ I watched the first half of the movie, but I couldn't be bothered watching the **rest**.

我看了電影的前半部分，但我懶得看剩餘部分了。

---

5. **result**
[rɪ`zʌlt]

(noun) 結果；成果

◆ We finished the product testing yesterday, and the **results** will be ready next week.

我們昨天完成了產品測試，且將會在下禮拜取得結果。

◆ We completed the project on time, but it was the **result** of a lot of hard work.

我們準時完成專案，但這是辛苦工作的成果。

---

6. **resume**
[ˌrɪ`zjum]

(verb) (中斷後) 繼續

◆ The meeting is due to **resume** this afternoon.

這個會議預計今天下午會繼續進行。

---

7. **retail**
[`ritel]

(noun) 零售

◆ I've been working in **retail** for almost eight years. I started as a store clerk, but now I'm a store manager.

我已經從事零售業將近八年了。開始時我是個店員，但現在我是店經理了。

---

8. **return**
[rɪ`tɝn]

(verb) 回來；歸還

◆ She flies to Dubai on Monday, and she'll **return** on Friday.　她星期一飛往杜拜，然後她會在星期五回來。

◆ I only bought it last week, but it doesn't work today. I need to **return** it to the store.

我上禮拜才買它，但今天就不能用了。我要退回給商店。

return ticket
[rɪ`tɝn ˌtɪkɪt]

(noun) (英式) 來回票；(美式) 回程票

◆ Excuse me, do you want a one-way or a **return ticket**?

不好意思，你是要一張單程票還是來回票呢？

補 **round-trip ticket** (美式) 來回票

Can I get a **round-trip ticket** to Frankfurt, please?

請給我一張到法蘭克福的來回票好嗎？

9. **roof**

[ruf]

noun 屋頂；車頂；頂部；蓋子

◆ There was a problem with the **roof**, so every time it rained water came into the house.

屋頂有問題，所以每次下雨水都會進到屋內。

---

10. **room**

[rum]

noun 房間，室；空間

◆ We need to find a meeting **room** that is big enough to seat fifty people.

我們需要找一間可以容納得下五十人的會議室。

◆ The office is too small. There's no **room** for an extra desk.　這辦公室太小了。沒有空間可以另外放一張桌子。

single room

[ˌsɪŋgḷ `rum]

noun 單人房

◆ Can we book two **single rooms**, please?

請問我們能訂兩間單人房嗎？

補 **double room** 雙人房 (　張雙人床)；**twin room** 雙人房 (兩張單人床)

room service

[`rum ˌsɝvɪs]

noun 客房服務

◆ If you order **room service**, it will cost an extra fee.

若你要客房服務的話，那將會加收額外的費用。

---

11. **round**

[raʊnd]

adjective 圓的

◆ It will be easier to talk if we use a **round** table.

若我們使用圓桌的話會比較容易溝通。

round trip

[ˌraʊnd `trɪp]

noun 往返旅程

◆ At the moment my commute to work is a two-hour **round trip**, so I want to find a job closer to home.　目前我來回通勤工作需要兩小時，所以我想要換一個離家近點的工作。

---

12. **rule**

[rul]

noun 規定；規則

◆ The company has a few basic **rules** that need to be followed such as being on time for work every morning.

公司有些基本的規定必須被遵守。例如每天早上準時上班。

---

13. **run**

[rʌn]

verb 開設

◆ We plan to **run** an orientation course for our first-year students.　我們計劃為一年級學生開設一門導入課程。

14. **rush hour**

[ˋrʌʃ ˌaʊr]

noun 尖峰時間

◆ I try to leave early for the office so that I can miss the **rush hour**.

我試圖要早點前往辦公室，這樣我就可以避開尖峰時間。

15. **safety**

[ˋseftɪ]

noun 安全；平安

◆ We need to put the **safety** of our passengers first.

我們需要把乘客的安全放在首位。

16. **salary**

[ˋsælərɪ]

noun 薪資；薪水

◆ I get a good **salary**, but I need to work really long hours.

我的薪資待遇很好，但是我必須工作很長時間。

17. **sale**

[sel]

noun 賣出；減價銷售

◆ You really need to work hard to make a **sale**.

你真的需要努力才能將東西賣出。

◆ Lots of our customers will wait for the after-Christmas **sale**. 很多我們的客戶會等待聖誕後的減價銷售。

on sale

phrase 特價

◆ All items in the store are now **on sale**.

店裡面所有的產品現在都在特價。

for sale

phrase 出售中；待售

◆ We need to look at their catalog and see what they have **for sale**.

我們需要看一下他們的目錄，看看他們有什麼是有在出售中的。

18. **sales**

[selz]

noun 銷售額；銷售部門

◆ Our target is to increase **sales** by fifteen percent next year. 我們的目標是要在明年增加百分之十五的銷售額。

◆ I've been working in **sales** for more than twenty years.

我在銷售部門已經工作超過二十年了。

19. **salesperson**

[ˋselzˌpɚsn̩]

noun 銷售員

◆ We are looking for a **salesperson** to cover the northern region. 我們正在尋找負責北區的銷售員。

20. **satisfied**

[`sætɪsˌfaɪd]

adjective 感到滿意的

◆ We need to make sure our customers are always **satisfied**. 我們需要確保我們的顧客總是感到滿意的。

21. **save**

[sev]

verb 節省；省去

◆ If we buy locally, we can **save** a lot on transport costs. 如果我們在當地購買，我們就可以省去大量的運費。

22. **scan**

[skæn]

verb 掃描

◆ Can you **scan** these documents and then email them to me? 你可以掃描這些文件再用電子郵件寄給我嗎？

23. **scared**

[skɛrd]

adjective 害怕的

◆ I don't know why she's so **scared** of cockroaches. They won't hurt her. 我不知道她為什麼那麼害怕蟑螂。牠們又不會傷害她。

24. **scary**

[`skɛrɪ]

adjective 令人害怕的；嚇人的

◆ Giving presentations to large groups of people is **scary** at first. 第一次在很多人面前報告是很令人害怕的。

25. **schedule**

[`skɛdʒʊl]

noun 計劃表；時刻表

◆ We need to make sure we follow the **schedule**. 我們要確定我們照著計劃表做事。

Unit 25 🎧 A2 Unit 25

1. **screen**

[skrin]

noun 螢幕

◆ People at the back of the auditorium will be able to see the performance clearly because there is a large **screen** next to the stage. 因為舞臺旁邊有一個大螢幕所以在觀眾席後面的人將可以清楚地看到表演。

2. **search**

[sɝtʃ]

noun (用電腦) 搜尋；尋找

◆ Let's do a **search** for good cafés in this area. 讓我們搜尋這地區不錯的咖啡館。

verb (用電腦) 搜尋；尋找

◆ We need to **search** for a budget-friendly hotel close to the airport.

我們需要搜尋靠近機場且價格又經濟實惠的飯店。

3. **secret**

[ˋsikrɪt]

noun 機密；祕密

◆ It's impossible for him to keep a **secret**.

他不可能保守祕密的。

4. **secretary**

[ˋsɛkrəˏtɛrɪ]

noun 祕書

◆ I'm majoring in English, and I hope to get a job as an English **secretary**.

我主修英文，且我希望找一個英文祕書的工作。

5. **section**

[ˋsɛkʃən]

noun 部分

◆ There are some mistakes in the second **section** of the report. 報告的第二部分有些錯誤。

6. **security**

[sɪˋkjʊrətɪ]

noun 安全

◆ We spend a lot of money on internet **security**.

我們花很多錢在網路安全上。

security guard

[sɪˋkjʊrətɪ ˏgɑrd]

noun 警衛；保全人員

◆ If you see any unusual activity, please report it to the **security guard**.

如果你看到任何異常的事件，請向警衛報告。

7. **seldom**

[ˋsɛldəm]

adverb 很少；不常

◆ I have to write a lot of emails in English, but I **seldom** have the opportunity to speak English at work.

我需要寫很多英文電子郵件，但我很少有機會在工作時說英文。

8. **seminar**

[ˋsɛməˏnɑr]

noun 研討會

◆ We will have a one-day **seminar** next month on store security.

下個月我們將會有一場關於店鋪安全的一日研討會。

9. **send**
[sɛnd]

verb 發送；寄

◆ We will **send** your invoice electronically.
我們將以電子方式寄送你的費用清單。

10. **serious**
[ˋsɪrɪəs]

adjective 嚴肅的；嚴重的

◆ She's really **serious** at work but quite different after work. 她工作相當嚴肅，但是下班後卻很不一樣。

◆ We don't have enough money to pay for the order and that's a **serious** problem.
我們沒有足夠的錢來支付此訂單是個很嚴重的問題。

11. **serve**
[sɝv]

verb (為…) 服務；盡職責

◆ **Serving** customers is difficult sometimes, but I enjoy it.
服務客人有時候很困難，但我很享受。

12. **server**
[ˋsɝvɚ]

noun 服務生

◆ Let's ask the **server** for the menu again.
讓我們再次向服務生要菜單。

13. **service**
[ˋsɝvɪs]

noun 服務；服務項目

◆ The **service** here is very good. All the staff are polite, and they really know how to serve customers.
這裡的服務非常好。所有員工都是有禮貌的，而且他們真的知道該怎麼服務客人。

◆ Our hotel offers a range of **services** to make your stay more enjoyable.
我們的飯店提供各種服務以讓你的住宿更加愉快。

service provider
[ˋsɝvɪs prəˏvaɪdɚ]

noun 服務供應商

◆ If you have any problems, please contact your **service provider**. 如果你有任何問題，請聯絡你的服務供應商。

14. **set**
[sɛt]

noun 一套

◆ We give each person a **set** of clothes.
我們給每個人一套衣服。

15. **several**

[ˋsɛvərəl]

determiner 幾個的

◆ We expect the testing to take **several** days.

我們預計這個測試需要好幾天的時間。

---

16. **shall**

[ʃæl]

modal verb 應該

◆ Where **shall** I send the sample, to your office or to the factory? 我應該把樣品送去哪，你的辦公室還是工廠呢？

---

17. **share**

[ʃɛr]

verb 均分；分攤

◆ At the end of the shift, we **share** the tips with the kitchen staff. 輪班結束時，我們與廚房人員均分收到的小費。

noun 股票

◆ I bought **shares** in some IT companies.

我買了一些資訊科技公司的股票。

---

18. **sheet**

[ʃit]

noun (薄片的) 一張

◆ Can you pass me a **sheet** of paper, please?

請你遞給我一張紙好嗎？

---

19. **shelf**

[ʃɛlf]

noun 架子

◆ Can you put that book back on the **shelf** after you finish reading it? 你看完那本書時，可以把它放回這個架子上嗎？

---

20. **shut**

[ʃʌt]

verb 關上；關閉

◆ Could you **shut** the window? It's a bit cold in here.

你可以關上窗戶嗎？這裡有點冷。

---

21. **shy**

[ʃaɪ]

adjective 害羞的

◆ Are you sure he's a good choice for the sales clerk position? He seems a bit **shy**.

你確定他適合店員這個職位嗎？他似乎有點害羞。

---

22. **sick**

[sɪk]

adjective 不舒服的；生病的

◆ I'm feeling quite **sick**. I think I'm going to take a day off.

我覺得很不舒服。我想我需要請一天假。

23. **side**
[saɪd]

noun 面；邊

◆ You need to sign on both **sides** of the paper.
在紙的正反兩面你都要簽名。

24. **sign**
[saɪn]

noun 告示

◆ Can you put a **sign** on the door saying the meeting has changed to Meeting Room 4?
你能在門上放個告示，說明會議改到第四會議室嗎？

verb 簽名

◆ Please **sign** your name at the bottom of the page.
請在這頁的最下方簽你的名字。

25. **similar**
[ˈsɪmələ˞]

adjective 相像的；相似的

◆ The new model of oven is quite **similar** to the old one, but it has a couple of extra functions.
新款烤箱與舊款非常類似，但它有幾個額外的功能。

Unit 26 🎧 A2 Unit 26

1. **simple**
[ˈsɪmpḷ]

adjective 簡單的

◆ The instructions are quite **simple**, and they're very easy to follow. 這個操作指南很簡單，且它們很容易遵守。

2. **since**
[sɪns]

conjunction 從⋯至今

◆ I've been working here **since** the hospital opened in 2011. 我從 2011 年醫院開業至今就一直在這裡工作。

3. **single**
[ˈsɪŋgḷ]

adjective 單身的；單一的

◆ Are you married or **single**? 你是已婚還是單身？

◆ We will only have a **single** day in France to visit the sights. 我們在法國只有一天的時間去參觀景點。

single ticket
[ˌsɪŋgḷ ˈtɪkɪt]

noun (英式) 單程票 同 (美式) **one-way ticket**

◆ When you come here, just get a **single ticket**. I'll drive you back after finishing the meeting. 你來這裡時，只要買單程票就好。會議結束時我會開車載你回去。

4. **size**

[saɪz]

noun 尺寸；大小

◆ The short-sleeved shirts come in three **sizes**: small, medium, and large. 這款短袖襯衫有小、中、大三個尺寸。

5. **skill**

[skɪl]

noun 技能；技術

◆ What **skills** did you develop in your last job? 你在上一份工作中培養了什麼技能？

6. **smart**

[smɑrt]

adjective 聰明的

◆ You need to be **smart** to be a lawyer. 當一位律師必須要是聰明的。

7. **so**

[so]

adverb 很，非常；(代替先前提到的事) 如此

◆ Her daughter is **so** beautiful! 她女兒很漂亮！

補 **so . . . (that)** 如此…以至於…

He was **so** surprised **that** he dropped his phone on the floor. 他如此驚訝以至於他把手機掉到地板上了。

◆ A: Will you apply for the manager position?
A：你會應徵經理的職位嗎？
B: Yes, I think **so**. B：對，我想會的。

conjunction 因此，所以；(放句首) 那麼

◆ My laptop is broken, **so** I need to borrow one from my colleague. 我的筆電壞掉了，因此我需要向同事借用。

◆ **So**, what do you want to do now? 那麼，你現在想要做什麼呢？

so (that)

conjunction 這樣就；為了…；以便…

◆ We've changed the website **so that** we can start to sell products online. 我們已改變網站，這樣我們就可以開始在線上銷售產品了。

and so on

phrase 等等

◆ We receive training in sales, such as customer service, cold calls, sales presentations, **and so on**. 我們接受銷售培訓，像是客戶服務、促銷電話和銷售簡報等等。

8. **soft**
[sɔft]

adjective 軟的

◆ If I'm going to be sitting for a long time, I prefer a **soft** chair. 如果我要長時間坐著，我比較喜歡軟的椅子。

9. **software**
[`sɔft͵wɛr]

noun 軟體

◆ We bought new **software** to help us maintain our customer database.

我們買新的軟體來幫助我們維護顧客資料庫。

10. **solution**
[sə`luʃən]

noun 解決辦法

◆ This is the first time we've had this kind of problem. We need to think of a **solution** quickly.

這是我們第一次有這樣的問題。我們需要盡快想出解決辦法。

11. **sort**
[sɔrt]

noun 類型；種類

◆ What **sort** of computer are you using?

你使用哪一類型的電腦？

all sorts of

phrase 各種

◆ Our company designs software and apps for **all sorts of** businesses. 我們公司設計軟體和應用程式給各種行業。

12. **speaker**
[`spikɚ]

noun 講者

◆ The **speaker** talked about her experience of dealing with people from other cultures.

講者提到有關她與來自其他文化的人相處的經驗。

13. **speech**
[spitʃ]

noun 演講

◆ The first **speech** today will be on how to set up a website that gets people's attention.

今天的第一場演講是關於如何建立一個引人關注的網站。

14. **spend**
[spɛnd]

verb 花 (錢)；花費

◆ During the summer vacation, I **spend** a lot of time at the gym or at the beach.

暑假期間，我花很多時間在健身房或海灘上。

15. split

[splɪt]

verb 分開

◆ Let's **split** everyone into two groups. Could people from sales come over this side, and people from marketing go over there? 讓我們將大家分成兩組。麻煩銷售部門到這邊，行銷部門到那邊好嗎？

16. staff

[stæf]

noun 工作人員

◆ We always need to take on more **staff** during the peak season. 我們在旺季總是需要聘請更多工作人員。

17. stage

[stedʒ]

noun 舞臺

◆ There is a room next to the **stage** for speakers to rest before or after their talks.

舞臺旁有間可以讓講者在演講前後休息的房間。

18. stairs

[stɛrz]

noun 樓梯

◆ If you are going to the second floor, please take the **stairs**. 如果你要去二樓，請走樓梯。

19. stand

[stænd]

noun 攤位

◆ If you visit our **stand** at the trade fair, I'll be able to show you the latest range of tablets. 如果你來逛我們在展場的攤位，我就能向你展示最新系列的平板電腦。

verb 站著

◆ I was **standing** at the back of the auditorium, so I couldn't see the presenter very clearly.

我是站在禮堂的後方，所以我沒辦法太清楚地看到講者。

stand for

phrasal verb 代表

◆ A: What does W-H-O **stand for**? A：W-H-O 代表什麼？

B: It **stands for** the World Health Organization.

B：它代表世界衛生組織。

20. state

[stet]

noun 州

◆ You need to make sure you write the **state** and zip code in the address.

你必須確定你有寫州名和郵遞區號在住址那。

verb 聲明；陳述；說明

◆ The company firmly **stated** that its buildings are all made of top-quality materials.

該公司堅定地聲明它的建築物全都使用最優質建材。

---

21. **stay**

[ste]

verb 住；暫住

◆ We'll **stay** in a four-star hotel in Berlin for two nights.

我們將在柏林一家四星級飯店住兩晚。

---

22. **steal**

[stil]

verb 竊取；偷

◆ We occasionally have security checks to make sure staff don't **steal** from the company.

我們偶爾會有安全檢查以確保員工不會從公司偷竊。

---

23. **step**

[stɛp]

noun 臺階；步驟

◆ Be careful of the **steps**. 小心臺階。

◆ Using the photocopier. **Step** one: Lift the cover and put the paper you want to copy on the screen. **Step** two: Push the copy button and wait for all the pages to come out of the copier.

使用影印機。步驟一：打開蓋子然後把你想要影印的文件放在螢幕上。步驟二：按下影印鍵然後等待所有紙張從影印機出來。

---

24. **still**

[stɪl]

adverb 還；仍舊

◆ I slept all day yesterday, but I **still** feel tired today.

我昨天睡了一整天，但我今天還是覺得累。

---

25. **store**

[stor]

noun 商店；店鋪

◆ Most of the **stores** in this area sell electronic devices.

這地區大多數的商店都有銷售電子裝置。

Unit 27  A2 Unit 27

1. **story**
   [ˋstorɪ]

   noun 層；樓
   ◆ Our office is on the third floor of a twelve-**story** building.
   我們的辦公室在一棟十二層建築物的三樓。

2. **straight**
   [stret]

   adjective 直的
   ◆ Can you put these chairs in a **straight** line?
   你可以把這些椅子排成一直線嗎？
   adverb 立刻；馬上
   ◆ I got up late, so I went **straight** to class without eating breakfast.　我起晚了，所以我沒吃早餐就立刻去上課了。

3. **strange**
   [strendʒ]

   adjective 奇怪的
   ◆ A: That's **strange**. There's no one here.
   A：好奇怪。這裡一個人都沒有。
   B: Perhaps they're having an early lunch.
   B：也許他們比較早吃午餐。

4. **stress**
   [strɛs]

   noun 壓力
   ◆ My wife is a doctor, and she has a lot of **stress** in her job.　我的太太是一名醫生，且她工作壓力很大。

5. **strong**
   [strɔŋ]

   adjective 堅固的；牢固的
   ◆ The cover is made of very **strong** glass. It won't break even if you drop it.
   這個蓋子是用非常堅固的玻璃做的。就算你摔到它也不會破。

6. **stupid**
   [ˋstjupɪd]

   adjective 愚蠢的；笨的
   ◆ I think it's a **stupid** idea to raise the price now.
   我認為現在提升價格是一個愚蠢的主意。

7. **subtract**
   [səbˋtrækt]

   verb 減去；去掉
   ◆ After we **subtract** production and delivery costs, there's not much profit left.
   在我們減去生產和運輸成本之後，利潤就所剩不多了。

8. **suburb**

[`sʌbɝb]

noun 郊區

◆ Each **suburb** in this city has its own shopping center or mall.　這城市的每個郊區都有建自己的購物中心或商場。

9. **subway**

[`sʌb,we]

noun (美式) 地下鐵；(英式) 行人地下道

◆ It's quicker to take the **subway** during rush hour. Traffic on the ground is terrible at that time.

在尖峰時間搭地下鐵會比較快。那時地面上的交通很糟糕。

10. **success**

[sək`sɛs]

noun 成功；成就

◆ Our company has had a lot of **success** with our online marketing activities.　我們的公司在網路行銷活動上很成功。

11. **successful**

[sək`sɛsfəl]

adjective 成功的

◆ Her first company lost a lot of money but the second one has been really **successful**.

她的第一家公司損失了很多錢，但第二家就真的很成功。

12. **such**

[sʌtʃ]

determiner (表強調) 如此的

◆ The food took **such** a long time to arrive that we just gave up and left the restaurant without eating.　上菜時間是如此的長，所以我們乾脆放棄等待也沒有吃就離開了餐廳。

such as

phrase 例如

◆ We're interested in skills **such as** your ability to communicate, manage your time, and so on.

我們對你的溝通、時間管理等能力等技能感興趣。

13. **suggest**

[sə`dʒɛst]

verb 提議

◆ I'd like to **suggest** that we meet together once a month at a café or restaurant.

我想建議我們每個月在咖啡館或餐廳見一次面。

14. **suggestion**

[sə`dʒɛstʃən]

noun 建議

If you have any **suggestions** about how we can improve our service, please leave a message in the box.

如果你對我們能如何改善服務有任何建議，請於方框中留言。

15. suitable
[`sutəbl̩]

adjective 適合的；適當的

◆ The company has a dormitory, but I don't think it's **suitable** for our guests.
公司有一間宿舍，但我不認為它適合我們的賓客。

16. suitcase
[`sut,kes]

noun 手提箱

◆ Can you fit everything into one **suitcase**?
你可以把所有東西裝進一個手提箱裡面嗎？

17. supervisor
[,supɚ`vaɪzɚ]

noun 主管

◆ Remember that your **supervisor** must sign your timesheet each week.
請記得你的主管必須每週都在你的考勤單上簽名。

18. supply
[sə`plaɪ]

verb 供應；供給

◆ Brazil is the world's largest coffee producer, and it **supplies** a great deal of the world's coffee beans.   巴西是世界上最大的咖啡生產國，且它提供世界大量的咖啡豆。

19. support
[sə`port]

noun 支持；贊成

◆ Being a team leader has been really difficult, but I do get a lot of **support** from my manager.   作為一個團隊的領導者真的很困難，但我從我的經理那得到很大的支持。

20. suppose
[sə`poz]

verb 猜想

◆ I **suppose** the best thing to do would be to contact everyone and ask what they think.
我猜想最好的辦法就是聯繫每個人並詢問他們的想法。

supposed
[sə`pozd]

adjective 應該要…

◆ We're **supposed** to check everyone's ID when they arrive.   我們應該要在他們到達時檢查每個人的身分證。

補 **be supposed to**   應該；應當

21. sure
[ʃʊr]

adjective 確定的

◆ I'm **sure** you will do a great job.   我確定你會做得很好。

22. **make sure (that)**

phrase 確定

◆ We have to **make sure that** everyone knows what they should do tomorrow.

我們必須確定每個人都知道自己明天要做什麼。

---

23. **surname**

[ˋsɝ,nem]

noun 姓氏

◆ You need to write your **surname** here and your first name on the next line.

你必須在這裡寫下你的姓氏，然後名字寫在下一行。

---

24. **surprise**

[sәˋpraɪz]

noun 驚喜

◆ I didn't expect him to be there. It was a nice **surprise**.

我沒想到他會在這裡。真是個不錯的驚喜。

---

25. **surprised**

[sәˋpraɪzd]

adjective 感到驚訝的

We were **surprised** to hear that you're leaving the company! 聽到你要離開公司我們感到很驚訝！

 🎧 A2 Unit 28

1. **switch**

[swɪtʃ]

noun 開關

◆ How do you turn this machine on? I can't find the **switch**.

你怎麼啟動這臺機器的？我找不到開關。

---

2. **system**

[ˋsɪstәm]

noun 系統

◆ I don't think the computer **system** is good enough.

我不認為這個電腦系統夠好。

---

3. **tablet**

[ˋtæblɪt]

noun 平板電腦

◆ Online training can be done on any kind of laptop or desktop. If you want to use a **tablet**, you need to first download the app.

線上訓練可以在任何種類的筆記型電腦或桌上型電腦操作。假如你想用平板電腦，你需要先下載應用程式。

4. **take time**　　　　　　*phrase* 花了很長時間；耗時

◆ I don't know why, but my computer **takes** a long **time** to start up.　我不知道為什麼，但我的電腦花了很長時間才啟動。

take (time) off　　　*phrase* 請假

◆ Can I **take** Wednesday **off**? I have some personal matters to deal with.

我星期三可以請假嗎？我有些私事要處理。

補 **take an hour/an afternoon/a day/a week off**

請假一個小時 / 一個下午 / 一天 / 一週

---

5. **tax**　　　　　　　　*noun* 稅；稅金
[tæks]

◆ We need to pay more than twenty-five percent income **tax**.　我們需要支付超過百分之二十五的所得稅。

---

6. **team**　　　　　　　*noun* 團隊
[tim]

◆ Some people in my **team** are actually in other offices. That means most of our communication is online.

我團隊的有些人實際上是在其他辦公室。這意味著我們大部分在線上進行溝通。

---

7. **technology**　　　　*noun* 科技；技術
[tɛk`nɑlədʒɪ]

◆ Things change quickly, and it is hard to keep up with all the new **technology**.　世事變化快，很難跟上所有新科技。

---

8. **tell**　　　　　　　*verb* 告訴
[tɛl]

◆ Can you **tell** Geeta that she can pick up her clothes from the dry cleaners?

你能告訴 Geeta 她可以去乾洗店取衣服了嗎？

補 **tell sb to do sth**　告訴某人做某事

My manager **told** me **to** give her an update every day until the project is finished.

我的經理告訴我在直到專案完成前要每天跟她報告最新進度。

---

9. **teller**　　　　　　　*noun* 出納員
[`tɛlɚ]

◆ Bank **tellers** will check the cash to make sure it is real and not fake.　銀行出納員會檢查現金以辨其真偽。

---

10. **temperature**

[ˋtɛmprətʃɚ]

noun 氣溫；溫度

◆ In summer, the **temperature** can reach 45 degrees.

在夏天，溫度可以高達四十五度。

11. **terrible**

[ˋtɛrəbḷ]

adjective 糟糕的

◆ The pool was **terrible**. The water was dirty, and the people who work there were so unfriendly.

這個泳池很糟糕。水很髒，且在那裡工作的人很不友善。

12. **test**

[tɛst]

verb 測試

◆ A: How long will you need to **test** the website?

A：你測試網站需要多久時間？

B: A week will be enough.　B：一個禮拜就足夠了。

13. **therefore**

[ˋðɛrˏfor]

adverb 因此；所以

◆ There's a serious problem with the quality. **Therefore**, we have to do it again.

有個很嚴重的品質問題。因此，我們要再重做一次。

14. **thin**

[θɪn]

adjective 薄的；細的

◆ This notebook is very **thin** and light. It's our most popular item.　這臺筆電真的很薄又很輕。是我們最受歡迎的產品。

15. **through**

[θru]

preposition 透過

◆ He didn't know the boss was watching **through** the window.　他並不知道老闆正透過窗戶監視著。

16. **tidy**

[ˋtaɪdɪ]

adjective 整潔的

◆ Our supervisor makes us keep the area **tidy**. He says it's safer.　我們的主管要我們把這區保持整潔。他說這樣較安全。

verb 收拾；整理

◆ I really need to **tidy** my desk. I can't find anything.

我真的需要整理我的桌子了。我找不到任何東西。

補 **tidy (up)**　收拾東西；使整潔

Please remember to **tidy up** before you leave.

請記得在你離開前收拾東西。

17. tie

[taɪ]

noun 領帶

◆ Do you have a **tie** I can borrow? I just spilled coffee on mine. 你有領帶可以借我嗎？我剛剛把咖啡灑在我的上面了。

---

18. take your time

phrase 慢慢來

◆ There's no rush. Please just **take your time**.
不急。請慢慢來。

on time

phrase 準時

◆ It is very important that these goods are delivered **on time**. 這些貨物準時送達是很重要的。

---

19. timetable

[ˋtaɪmˏteḅ]

noun 時刻表

◆ I'm not sure when the next train is. Let me check the **timetable**. 我不確定下一班火車的時間，讓我看看時刻表。

---

20. tip

[tɪp]

verb 給⋯小費

◆ How much should I **tip** the taxi driver?
我該給計程車司機多少小費？

---

21. topic

[ˋtɑpɪk]

noun 主題

◆ I've been asked to choose a **topic** for the conference.
我被要求要幫這個會議選擇一個主題。

---

22. touch

[tʌtʃ]

verb 觸碰；接觸

◆ Just **touch** the screen here to start.
只要觸碰螢幕此處就可以開始了。

---

23. tour

[tʊr]

noun 旅行

◆ We did a very great wine **tour** in New Zealand!
我們在紐西蘭進行了一次非常棒的葡萄酒之旅！

---

24. tourist

[ˋtʊrɪst]

noun 觀光客

◆ The number of **tourists** coming to this country increased by twenty percent last year.
去年來這個國家的觀光客人數上升了百分之二十。

25. tour guide

[tʊr gaɪd]

noun 導遊

◆ The best thing about being a **tour guide** is that you get to visit a lot of interesting places in different countries.

當導遊最棒的事就是可以參觀許多有趣的異國景點。

Unit 29
🎧 A2 Unit 29

1. trade

[tred]

noun 貿易

◆ Last year's **trade** with China was worth about US$1.06 trillion. 去年與中國的貿易大約值一兆六百億美元。

2. training

[`trenɪŋ]

noun 訓練

◆ We offer on-the-job **training** and good opportunities for promotion. 我們提供在職訓練以及良好的晉升機會。

3. transport

[`træns͵port]

noun (英式) 交通工具 同 (美式) **transportation**

◆ Can you let me know what kind of **transport** is available? 你能讓我知道有哪種交通工具可以搭嗎？

4. trip

[trɪp]

noun 旅行

◆ Welcome to Taiwan. How was your **trip**? 歡迎來到臺灣。你的旅程如何呢？

5. business trip

[`bɪznɪs trɪp]

noun 出差；商務旅行

◆ **Business trips** are always so busy that I never get a chance to do any sightseeing.

出差總是非常忙碌，以至於我從來沒有機會出去觀光。

6. trouble

[`trʌbl̩]

noun 困難

◆ We're having **trouble** finding qualified staff. 我們很難找到適任的員工。

7. true

[tru]

adjective 確實的；真實的

◆ It's **true** that we plan to make some big changes in the company, but it won't be this year.

我們確實計劃在公司進行一些大改變，但不會在今年。

8. **trust**

[trʌst]

verb 信任；信賴

◆ In our survey, the two groups that people said they **trusted** most were doctors and teachers.

在我們的調查中，人們表示最信任的兩個族群是醫生和教師。

---

9. **turn**

[tɜn]

verb 轉向

◆ Go to the end of the corridor and **turn** right. The Information Desk is just next to the elevator.

走到走廊的盡頭然後右轉。諮詢櫃檯就在電梯旁邊。

turn off

phrasal verb 關閉 反 **turn on** 開啟

◆ Please **turn off** all electrical equipment when you leave the office. 離開辦公室時請你關閉所有電器設備。

---

10. **type**

[taɪp]

noun 類型

◆ We have three **types** of bank accounts: current accounts, savings accounts, and fixed deposit accounts. Which **type** are you interested in? 我們有三種銀行帳戶：活期帳戶、儲蓄帳戶和定存帳戶。你對哪種類型感興趣呢？

verb 打字

◆ This report needs to be **typed** up today.

這個報告需要今天就打出來。

---

11. **uncomfortable**

[ʌnˋkʌmfɚtəbl̩]

adjective 不舒服的；不安的

◆ I need to stand up and walk around. I feel **uncomfortable** if I sit at my computer for too long.

我需要站起來走走。我如果坐在電腦前太久就會感覺不舒服。

---

12. **unfortunately**

[ʌnˋfɔrtʃənɪtlɪ]

adverb 可惜地；遺憾地；不幸地

◆ **Unfortunately**, we only accept US dollars or local currency. If you need to change money, there's a bank across the road. 很可惜我們只接受美元或本地貨幣。 如果你需要換錢，馬路對面有一家銀行。

13. **uniform**
[ˋjunəˌfɔrm]

noun 制服

◆ Each person will receive two sets of the team **uniform** before the start of the football season.
每人在足球賽季開始前將會收到兩套球隊制服。

14. **university**
[ˌjunəˋvɝ-sətɪ]

noun 大學

◆ I did one year of study at a **university** in the Netherlands. 我在荷蘭的一所大學學習了一年。

15. **unusual**
[ʌnˋjuʒʊəl]

adjective 很少的；不常見的；不尋常的

◆ I wonder where she is. It's **unusual** for her to be late.
我想知道她在哪裡。她很少遲到。

16. **upset**
[ʌpˋsɛt]

adjective 苦惱的；難過的

◆ He's still **upset** about losing one of his most important customers. 他仍然對失去其中一個最重要的客戶而感到苦惱。

17. **use**
[juz]

verb 利用

◆ Do you want to **use** plastic or cardboard for the packaging? 你想要用塑膠還是硬紙板來包裝嗎？

noun 用途；用處

◆ It's a simple product, but it has many **uses**.
這是個簡單的產品，但是它有許多用途。

no use

phrase 沒用

◆ It's **no use** asking her for help. She doesn't know what to do either. 向她求助是沒用的。她也不知道該怎麼辦。

use-by date

noun (英式) 有效期限

同 (英式) **expiry date**、(美式) **expiration date**

◆ Can you check to make sure it's not past its **use-by date**? 你能檢查確保它沒超過有效期限嗎？

18. **useful**
[ˋjusfəl]

adjective 有用的；有幫助的

◆ Thank you for the **useful** information you sent me.
謝謝你寄給我有用的資訊。

19. **user**

[`juzɚ]

noun 使用者

◆ To log in the system, **users** must enter their usernames and passwords.

登入系統時，使用者一定要輸入自己的用戶名和密碼。

20. **usually**

[`juʒʊəlɪ]

adverb 通常地

◆ What do you **usually** do on weekends?

你在週末時通常都在做什麼呢？

21. **vacation**

[ve`keʃən]

noun 休假；度假

◆ Where are you going for your **vacation**?

你要去哪裡度假呢？

補 **on vacation** 度假中

I need to check my email every day, even when I'm **on vacation**.

我需要每天檢查我的電子郵件，即使我在度假中也一樣。

22. **valuable**

[`væljuəbl̩]

adjective 有價值的

◆ Our staff are our most **valuable** resources.

我們的員工是我們最有價值的資源。

23. **value**

[`vælju]

noun 價值；重要性

◆ We decided to have someone come in and work out the **value** of the company.

我們決定找人進來並計算公司的價值。

24. **variety**

[və`raɪətɪ]

noun 多樣化；變化

◆ Las Vegas offers a wide **variety** of shopping, dining, and entertainment choices.

拉斯維加斯提供各式各樣的購物、餐飲和娛樂選擇。

25. **vendor**

[`vɛndɚ]

noun 賣方；小販；廠商

◆ We try to communicate clearly with our **vendors** to let them know how much we expect to buy.

我們嘗試與賣方溝通清楚，以讓他們知道我們預計買多少。

Unit 30

1. visa
[ˋvizə]

noun 簽證

◆ I don't need a **visa** if I'm going to Korea, but I do if I'm going to China.

若我去韓國就不需要簽證，但如果我要去中國就需要。

2. wage
[wedʒ]

noun 薪水；工資

◆ The starting **wage** here is US$14 an hour.

這裡的起薪為每小時十四美元。

3. wait
[wet]

verb 等；等待

◆ Please **wait** a moment. I'll see if she's available.

請等一下。我看看她是否有空。

can't wait

phrase 等不及

◆ I **can't wait** for my vacation. I really need a break.

我等不及放假了。我真的需要休息一下。

4. warehouse
[ˋwɛrˌhaʊs]

noun 倉庫

◆ We need to decide whether to find a **warehouse** close to the airport or close to the city.

我們需要決定是否找一個靠近機場或者靠近城市的倉庫。

5. waste
[west]

verb 浪費

◆ Please don't **waste** paper. Think before you print.

請不要浪費紙張。影印之前請先三思。

6. way
[we]

noun 方法；方式

◆ We need to find a **way** to increase production without hiring more staff.

我們需要找個不僱用更多員工就能提升產量的方法。

no way

phrase 不可能

◆ There's **no way** we can offer a price lower than this.

我們不可能再提供比這個更低的價格了。

7. **weak**
[wik]

> *adjective* (身體上) 弱的；無力的
> ◆ We can use larger writing for people with **weak** eyesight.
> 對於視力弱的人我們可以使用更大的文字。

8. **weigh**
[we]

> *verb* 稱…重量
> ◆ You need to **weigh** the package first.
> 你需要先稱此包裹的重量。

9. **welcome**
[ˋwɛlkəm]

> *exclamation* 歡迎
> ◆ It's nice to meet you. **Welcome** to our office.
> 很高興見到你。歡迎來到我們的辦公室。

10. **while**
[hwaɪl]

> *conjunction* 當…的時候
> ◆ We need to wait **while** the file downloads.
> 當文件下載時我們需要等一下。

11. **whole**
[hol]

> *adjective* 整個的；全部的
> ◆ I spent the **whole** afternoon tidying my apartment.
> 我花了整個下午整理我的公寓。

12. **wide**
[waɪd]

> *adjective* 寬敞的
> ◆ The building has **wide** corridors and a lot of natural light.
> 這棟大樓有寬敞的走廊和大量的自然光線。

13. **wireless internet**
[ˌwaɪrlɪs ˋɪntɚˌnɛt]

> *noun* 無線網路 同 **Wi-Fi**
> ◆ All our meeting rooms have projectors, screens, and **wireless internet**.
> 我們所有會議室都有投影機、螢幕和無線網路。
> 補 **wireless** 無線的

14. **wish**
[wɪʃ]

> *verb* 希望；渴望
> ◆ I **wish** we had more people to help with this.
> 我希望我們有更多人來幫忙這事。

15. **without**
[wɪˋðaut]

> *preposition* 沒有
> ◆ You can't drive **without** a driver's license.
> 你沒有駕照就不能開車。

16. wonder

[`wʌndɚ]

verb 想知道⋯

◆ I **wonder** how much it costs to rent a car.

我想知道租車要花多少錢。

補 **wonder if/whether/what/when/who/why/how**

想知道是否 / 是否 / 何事 / 何時 / 誰 / 為何 / 如何

17. wonderful

[`wʌndɚfəl]

adjective 美好的

◆ On the last night of our visit, we had a **wonderful** meal at a local restaurant.

在我們拜訪的最後一晚，我們在當地餐廳享用美好的一餐。

18. work

[wɝk]

work on sth

work overtime

verb 工作

◆ Where do you **work**?　你在哪裡工作？

phrasal verb 著手；從事

◆ At the moment, we're **working on** the installation of the new machinery.　目前，我們正著手新機械裝置的安裝。

phrase 加班

◆ We often need to **work overtime**, and we get paid for it.

我們經常要加班，且我們有加班費。

19. workplace

[`wɝk,ples]

noun 工作場所；職場

◆ We do everything we can to make sure there are no accidents in the **workplace**.

我們盡我們所能做的以確保工作場所沒有任何意外發生。

20. worried

[`wɝɪd]

adjective 擔心的

◆ A: Are you **worried** about not being able to meet your target?　A：你擔心無法達成你的目標嗎？

B: Yeah, I'm really **worried**. I didn't reach it last month either.　B：對，我真的很擔心。我上個月也沒達到。

21. worse

[wɝs]

adjective 更糟的；更差的

◆ I started feeling a little sick yesterday, but today it's **worse**.　昨天我開始覺得有點不舒服，但今天變得更糟了。

22. **worst**
[wɝst]

adjective 最嚴重的；最糟的

◆ It was the **worst** headache I've ever had.
這是我經歷過最嚴重的頭痛。

23. **yet**
[jɛt]

adverb 已經；尚；迄今

◆ Have you sent out all the invitations **yet**?
你已經發出所有邀請函了嗎？

24. **zero**
[ˋzɪro]

noun 零

◆ A billion is one followed by nine **zeros**.
十億是一後面加上九個零。

25. **zipper**
[ˋzɪpɚ]

noun 拉鍊

◆ I just bought a pair of boots with a **zipper** instead of laces. 我剛買了一雙拉鍊式而不是綁鞋帶的靴子。

NOTE

Unit 1

🎧 B1 Unit 1

---

1. **be about to do sth**

phrase 正要；即將

◆ We got to the platform just as the train **was about to** depart. 我們到達月臺時火車正要離開。

---

2. **absent**

[`æbsn̩t]

adjective 缺席的

◆ A: Okay, let's start the meeting. Is everyone here?
　A：好的，讓我們開始會議。每個人都到了嗎？
　B: Sophia and James are **absent**.
　B：Sophia 和 James 缺席。

---

3. **absolutely**

[`æbsə,lutlɪ]

adverb 極其地；完全地

◆ The view from the hotel room is **absolutely** amazing.
從飯店房間看出去的景色是極棒的。

---

4. **acceptable**

[ək`sɛptəbl̩]

adjective 可接受的

◆ Do you think their requirements are **acceptable**?
你認為他們的要求是可以被接受的嗎？

---

5. **access**

[`æksɛs]

noun 使用權限；途徑

◆ The auditors will be here next week, and we need to give them **access** to the financial records.
審計人員下禮拜會來，且我們需要給他們財務紀錄的使用權限。

---

6. **accompanying**

[ə`kʌmpənɪɪŋ]

adjective 隨附的；偕同的

◆ You can find more information regarding our policy on diversity and equal opportunity in the **accompanying** documents. 你可以在隨附的文件裡找到更多有關我們在多元化和平等機會政策的資訊。

---

7. **according to**

preposition 據⋯所載

◆ **According to** a recent report, there will be more plastic in the oceans than fish by 2050. 根據一份最近的報告，2050 年海洋中的塑膠將超過魚類的數量。

---

8. **go according to plan**

phrase 按照計劃進行

◆ Everything **went according to plan**, and we were able to keep to the schedule.

一切都按照計劃進行，且我們能夠如期完成任務。

---

9. **account**

[ə`kaʊnt]

noun 帳目

◆ My main job is taking care of the business **accounts** and preparing financial statements.

我主要的工作是處理公司帳目及編制財務報表。

on account of

phrase 因為；由於

◆ The event was canceled **on account of** bad weather.

活動因為天氣不好所以被取消了。

---

10. **accounting**

[ə`kaʊntɪŋ]

noun 會計

◆ We now use the **accounting** software that even has an app. This makes it very convenient.

我們現在所使用的會計軟體甚至有應用程式。讓使用上很便利。

---

11. **accurate**

[`ækjərɪt]

adjective 準確的；精準的

◆ She was able to draw a detailed and **accurate** map of the area from memory.

她能夠從記憶中繪製出該地區詳細且準確的地圖。

---

12. **achieve**

[ə`tʃiv]

verb 達成

◆ We are able to **achieve** a good result this year.

我們能在今年達成好的成果。

---

13. **acquire**

[ə`kwaɪr]

verb 收購

◆ Our company **acquired** a small chain of coffee shops last year. 我們公司在去年收購了一個小型連鎖咖啡店。

---

14. **activate**

[`æktə,vet]

verb 啟動

◆ Before you log in, you must **activate** your account with the code sent to your mailbox. 在你登入之前，你必須使用寄到你電子郵件信箱的密碼來啟動你的帳戶。

15. **actual**
[`æktʃʊəl]

adjective 實際的
◆ A: How many people are following us on social media?
A：有多少人在社群媒體上關注我們？
B: There were quite a few before, but I'll need to check the **actual** number.
B：之前有不少，但我需要確認一下實際數字。

---

16. **adapt**
[ə`dæpt]

verb 使適應；改變；改編
◆ It's very different living here, so I need some time to **adapt** to the new environment.
住在這裡很不一樣，所以我需要一些時間來適應新環境。

---

17. **addition**
[ə`dɪʃən]

noun 額外；增加的人或物
◆ This lower-cost model will be an important **addition** to our range of products.
這款低成本的型號將會成為我們額外一項重要的系列產品。

in addition

phrase 除了；此外
◆ **In addition** to the cheap price, living in the dorm was also a good opportunity for me to make friends in my freshman year.
除了便宜的價格，住在宿舍也是我大一時交朋友的好機會。

---

18. **additional**
[ə`dɪʃənl]

adjective 額外的
◆ Just let us know if there are any **additional** costs involved. 如果有任何額外費用請讓我們知道。

---

19. **adjust**
[ə`dʒʌst]

verb 調整
◆ Use this button here to **adjust** the brightness.
使用這裡的按鈕來調整亮度。

---

20. **administrator**
[əd`mɪnə‚stretə]

noun 行政人員；管理人
◆ I work here in the hospital, but I'm an **administrator**, not medical staff.
我在這醫院工作，但我是個行政人員，不是醫務人員。

21. **admit**

[əd`mɪt]

verb 承認

◆ She **admitted** that she had copied the assignment from a classmate. 她承認自己抄襲了一位同學的作業。

22. **adopt**

[ə`dɑpt]

verb 採取；採納；領養

◆ We **adopt** a more aggressive approach to marketing. 我們採取更積極的方式去行銷。

23. **advance**

[əd`væns]

noun 發展；進步

◆ There have been big **advances** in wireless technology recently. 最近在無線技術上有很大的發展。

in advance

phrase 預先；事先

◆ Please pay **in advance**. 請預先付款。

24. **take advantage of**

phrase 利用

◆ I **took advantage of** the opportunity to learn the local language. 我利用這次的機會學習當地語言。

25. **advise**

[əd`vaɪz]

verb 勸告；給…出主意

◆ The bank **advised** us not to purchase the building. 銀行勸告我們不要買這棟大樓。

Unit 2　🎧 B1 Unit 2

1. **affect**

[ə`fɛkt]

verb 影響

◆ It is important to consider how your eating choices are likely to **affect** your health. 考慮你的飲食選擇可能如何影響你的健康是重要的。

2. **agenda**

[ə`dʒɛndə]

noun 議程

◆ The **agenda** will be sent to all participants three days before the meeting. 議程將在會議的三天前寄給所有與會者。

3. **aggressive**
[əˋgrɛsɪv]

adjective 積極的；激進的

◆ The company has been told that it needs to make some **aggressive** cost cuts.

這間公司被告知它必須要進行一些積極的成本削減。

4. **agree**
[əˋgri]

verb 同意；贊同

◆ I **agree** with what she wants to achieve, but I don't **agree** with the way she is trying to do it.

我同意她想要實現的目標，但我不同意她試圖去達成的方式。

補 **agree to do sth** 同意做某事

My parents have **agreed to** loan me the money I need for a deposit on a house. 我父母已經同意借給我我買房子所需的訂金。

5. **ahead**
[əˋhɛd]

adverb 將來

◆ Things are okay at the moment, but it's hard to predict what will happen in the year **ahead**.

事情目前都還行，但很難去預測將來的一年會發生什麼事。

6. **go ahead**

phrasal verb 請便

◆ A: Do you mind if I sit here? A：你介意我坐在這裡嗎？
B: No, **go ahead**. B：不介意，請便。

7. **ahead of schedule**

phrase 提前；提早

◆ Things are going very smoothly, and we are about three days **ahead of schedule**.

事情進行得很順利，且我們大概比原訂計劃提前了三天。

8. **allow**
[əˋlaʊ]

verb 使有可能；允許

◆ The new plant will **allow** us to increase production by more than seventy percent.

新工廠將使我們增加超過百分之七十的產量。

9. **allowed**
[əˋlaʊd]

adjective 允許的

◆ In some companies, visible tattoos are not **allowed** for front-line staff.

在有些公司中，顯眼的刺青對第一線員工而言是不被允許的。

10. **alternative**
[ɔl`tɝnətɪv]

adjective 替代的；可供選擇的

◆ We can't use the Pacific Hotel for the event this time. We'll need to find an **alternative** venue. 這次我們不能使用太平洋酒店來辦理活動。我們會需要找到一個替代的會場。

---

11. **ambitious**
[æm`bɪʃəs]

adjective 有抱負的；野心勃勃的

◆ To succeed in this business, you need to be smart and **ambitious**.
為了要在這個行業成功，你需要是聰明和有抱負的。

---

12. **analyze**
[`ænḷˌaɪz]

verb 分析

◆ Part of my job is **analyzing** business trends and reporting the results to management.
我一部分的工作是分析商業趨勢並把結果向管理部門報告。

---

13. **annoy**
[ə`nɔɪ]

verb 惹惱

◆ Their frequent parties, loud music, and the piles of trash they left on the street really **annoyed** their neighbors.
他們的頻繁聚會、嘈雜音樂，以及他們留在街上的成堆垃圾真的惹惱了他們的鄰居。

annoying
[ə`nɔɪɪŋ]

adjective 討厭的；惱人的

◆ He keeps asking the same questions, and it's really **annoying**! 他老是一直問同樣的問題，真的很煩人！

---

14. **apologize**
[ə`pɑləˌdʒaɪz]

verb 道歉；認錯

◆ We **apologize** for the inconvenience caused by the late delivery. 我們為延遲送貨所造成的不便道歉。

---

15. **application**
[ˌæpləˈkeʃən]

noun 應用程式 同 (縮寫) **app**

◆ Before being able to join the conference call on your mobile device, you will first need to download the **application**. 在用你的手機加入電話會議之前，你會必須先下載這個應用程式。

---

16. **appearance**
[əˈpɪrəns]

noun 外表；外觀

◆ His **appearance** is always very neat and tidy.
他的外表總是非常乾淨整潔。

---

17. applicant
[ˋæpləkənt]

noun 應徵者；申請人

◆ We need to decide which **applicants** we want to interview. 我們必須決定要面試哪些應徵者。

18. appreciate
[əˋpriʃɪ,et]

verb 感謝；感激

◆ We just want to let you know that we really **appreciate** your warm hospitality.

我們只想讓你知道我們非常感謝你的熱情款待。

19. approach
[əˋprotʃ]

noun 方法

◆ We need to change our **approach** to managing staff.

我們需要改變管理員工的方法。

20. appropriate
[əˋproprɪ,et]

adjective 恰當的；適當的

◆ It is not **appropriate** to accept gifts from clients or vendors. 接受客戶或供應商的禮物是不恰當的。

21. approve
[əˋpruv]

verb 核准

◆ We're still waiting for the bank to **approve** the loan.

我們還在等銀行核准貸款。

補 **approve of** 贊成；贊許

My roommates don't **approve of** me feeding stray cats, but sometimes I can't stop myself.

我的室友不贊成我餵食流浪貓，但有時我無法阻止自己。

22. approximately
[əˋprɑksəmɪtlɪ]

adverb 大約地；大概地 同 (縮寫) **approx.**

◆ **Approximately** sixty percent of the raw materials we use are imported from Australia and Southeast Asia.

我們使用的原料大約百分之六十都是從澳洲和東南亞進口的。

23. argue
[ˋɑrgju]

verb 爭論；爭吵

◆ We need to make this very clear. I don't want anyone to **argue** over who should be doing what. 我們必須要說得非常清楚。我不想要任何人爭論誰應該做什麼事情。

24. **arrangement**
[ə`rendʒmənt]

noun 準備工作；安排

◆ You will be in charge of all the **arrangements** for the graduation ball.　你將負責畢業舞會的所有準備工作。

25. **aspect**
[`æspɛkt]

noun 方面；觀點

◆ The most difficult **aspect** of the job is managing people.
這份工作最困難的方面就是人的管理。

Unit 3 🎧 B1 Unit 3

1. **assembly**
[ə`sɛmblɪ]

noun 組裝

◆ Most of the **assembly** is done in our factory in Vietnam.
大部分的組裝工作是在我們在越南的工廠完成的。

2. **assign**
[ə`saɪn]

verb 指派；選派

◆ We have to **assign** someone to get feedback from everyone who participated in the event.
我們必須指派某人從參與活動的每個人那裡都獲得回饋。

3. **assist**
[ə`sɪst]

verb 協助；幫助

◆ Alex will **assist** you with any inquiries you may have.
Alex 將會對任何你可能會遇到的問題提供協助。

4. **assume**
[ə`sum]

verb 以為；假定為

◆ We **assume** that the price will be the same as it was last time.　我們以為價格會與上次相同。

5. **assure**
[ə`ʃʊr]

verb 向…保證；擔保

◆ We can **assure** you that this matter will receive our full attention.　我們可以跟你保證我們會充分重視這件事。

6. **atmosphere**
[`ætməs,fɪr]

noun 氣氛

◆ The **atmosphere** is always different when she isn't in the apartment. It feels much more relaxed.
當她不在公寓裡時氣氛總是不一樣。感覺輕鬆了許多。

7. **attempt**
[ə`tɛmpt]

verb 試圖

◆ We are going to **attempt** to win back a customer we lost last week.　我們會試圖贏回一個我們在上星期失去的客戶。

---

8. **attend**
[ə`tɛnd]

verb 出席；參加

◆ All of the administration must **attend** the morning meeting.　所有行政人員都必須出席早晨會議。

---

9. **attitude**
[`ætə,tjud]

noun 態度；意見

◆ She has a really positive **attitude**, so no matter what happens she's always able to deal with it.
她的態度非常積極，所以無論發生什麼事她總是有能力去處理。

---

10. **attract**
[ə`trækt]

verb 吸引

◆ She came up with a really smart idea to **attract** people to her exhibition.
她想出了一個非常聰明的主意來吸引人們參觀她的展覽。

---

11. **automatic**
[,ɔtə`mætɪk]

adjective 自動的；自動裝置的

◆ Once you set the function up, monthly payments will be **automatic**.　一旦你設定了這功能，每個月就會自動付款。

---

12. **avoid**
[ə`vɔɪd]

verb 避免；躲開

◆ Pay your credit card balance in full to **avoid** paying interest.　全額付清你的信用卡費就可完全避免支付利息。

---

13. **awful**
[`ɔful]

adjective 糟糕的；極壞的

◆ Cairo was a fascinating city, but I really didn't enjoy the **awful** traffic jams.
開羅是一個迷人的城市，但我真的不喜歡那裡糟糕的交通堵塞。

---

14. **background**
[`bæk,graund]

noun 學歷，(出身) 背景；背景 (聲音)

◆ His **background** is in supply chain management.
他的學歷是和管理供應鏈有關的。

◆ I'm sorry, I can't hear you very well. There's too much noise in the **background**.
我很抱歉，我無法聽清楚你說的話。背景有太多噪音了。

15. backward
[`bækwəd]

adverb 向後 同 (英式) **backwards**

◆ You need to focus on the future and don't look **backward**. 你需要著眼於未來，而不是向後回顧。

16. balance
[`bæləns]

noun 平衡；均衡

◆ It's important to find a **balance** between working life and personal life. 找到工作與個人生活的平衡是重要的。

17. base
[bes]

noun 總部；基礎

◆ We use Hong Kong as a **base** for all our East Asia business. 我們將香港當作我們在東亞區域所有業務的總部。

◆ We have worked hard over the last few years to create a solid **base** of customers.

我們在過去幾年裡努力建立穩固的基礎客戶群。

verb 以某處為生活或工作的地點

◆ I'm **based** in the Tokyo office.

我主要是在東京辦公室工作。

base on

phrasal verb 基於⋯

◆ This report is **based on** the results of a survey that was carried out in May of this year.

這個報告是基於我們今年五月進行的調查結果。

18. basically
[`besɪklɪ]

adverb 基本上

◆ The game is **basically** a first-person shooter and with some role-playing elements. 這遊戲基本上是以玩家視角為主的射擊遊戲，也有一些角色扮演元素。

19. can't bear

phrase 無法忍受

◆ I **can't bear** the thought of having to move back home and live with my parents.

我無法忍受不得不搬回家和父母住在一起的想法。

20. behavior
[bɪ`hevjə]

noun 行為

◆ That kind of **behavior** is not appropriate for customer-facing staff.

對於直接面對客戶的員工而言這種行為是不適當的。

21. **believe**
[bɪ`liv]

verb 相信

◆ We **believe** that our service and the facilities we offer will make your stay a special one. 我們相信我們所提供的服務和設施會讓你有個特別的住宿經驗。

believe in

phrasal verb 相信；信任

◆ If you don't really **believe in** the product yourself, it's hard to persuade other people to buy it.

如果你自己都不相信產品，就很難去說服別人來購買它了。

hard to believe (that)

phrase 很難相信

◆ It's **hard to believe that** he's almost fifty. He looks at least ten years younger.

很難相信他幾乎快五十歲了。他看起來至少年輕十歲。

22. **beneficial**
[ˌbɛnə`fɪʃəl]

adjective 有益的；有幫助的

◆ Your interesting ideas will be highly **beneficial** for anyone trying to get started as a YouTuber. 你的有趣想法對任何嘗試成為 YouTuber 的人都是非常有益的。

23. **besides**
[bɪ`saɪdz]

preposition 除…之外還有；在…之外還有

◆ **Besides** the tent and gas cooker, is there anything else you want me to bring?

除了帳篷和瓦斯爐之外，你還有什麼要我帶的嗎？

adverb 此外；而且

◆ I'll take a taxi because I don't feel like walking. **Besides**, the weather isn't looking too good. 因為我不想要走路所以我會搭計程車。而且，天氣看起來不太好。

24. **bill**
[bɪl]

verb 記帳

◆ You will be **billed** extra for room service or in-room telephone calls.

客房服務或客房內電話將會額外記在你的帳上。

25. **blame**
[blem]

verb 責備；指責

◆ Don't **blame** me. I didn't do it. 別責備我。我沒做這件事。

Unit 4

🎧 B1 Unit 4

1. blank

[blæŋk]

adjective 空白的

◆ If your mailing address is the same as your home address, then just leave this part **blank**.

如果你的郵件地址跟你家住址一樣，那這部分空白就好。

2. on board

phrase 參與

◆ I'd like to welcome our three new team members **on board**. We're really looking forward to working with you.

我想歡迎參與我們團隊的三位新成員。我們很期待與你們一起工作。

3. bonus

[`bonəs]

noun 獎金，額外津貼；額外的優點

◆ We can't get good sales staff unless we increase the **bonuses**.

除非我們增加獎金否則我們不會找到好的銷售員。

◆ You don't need to have experience in this area, but it's a **bonus** if you do.

你不需要有這方面的經驗，但如果有的話會是個額外的優點。

4. booking

[`bʊkɪŋ]

noun 預約

◆ Hello, I'm just calling to cancel a **booking** I made earlier. It's under the name Kim.

你好，我打電話來是想取消我先前的預約。預約名字是 Kim。

5. booth

[buθ]

noun 亭；攤子

◆ The ticket **booth** is just over there. 售票亭就在那裡。

6. border

[`bɔrdɚ]

noun 邊緣；邊界

◆ The brochure is looking good, but I think the **border** should be a darker color.

這本小冊子看起來不錯，但我認為它的邊緣應該用更深的顏色。

7. brainstorm
[ˋbrenˌstɔrm]

verb 集思廣益；腦力激盪

◆ Let's spend five minutes, **brainstorming** some ideas for the visit schedule.
讓我們花五分鐘的時間，集思廣益關於參訪行程的想法。

8. brand-new
[brænd nju]

adjective 全新的；嶄新的

◆ I guess he must be earning quite a bit. He drives a **brand-new** series of Tesla.
我猜他一定賺了相當多的錢。他開著全新的 Tesla 系列車。

9. brief
[brif]

adjective 簡要的；簡略的

◆ If you click on each item, you will hear a **brief** description of what it is and how to use it.　如果你點擊各項目，你將聽到關於它是什麼以及如何使用它的簡要說明。

10. briefing
[ˋbrifɪŋ]

noun 簡報

◆ In the **briefing** this morning, we'll go over the details of the event. Then, I'll let you know your roles and what will be expected.　在早上的簡報中，我們會解釋活動的細節。再來，我會讓你知道你的角色和該角色預期要做的事。

11. bright
[braɪt]

adjective 明亮的

◆ I'd prefer this room. It's smaller than my old one, but it's much **brighter**, and it has a good view.　我更喜歡這個房間。它比我的舊房間小，但它更明亮，且視野也很好。

12. on the bright side

phrase 好的一面；光明面

◆ A: I can't believe they want us to do so much overtime.
A：我不敢相信他們要我們加那麼多班。
B: Well, look **on the bright side**. At least you're going to earn a lot this month.
B：嗯，往好的一面看。至少這個月你會賺很多錢。

13. broad
[brɔd]

adjective 廣泛的

◆ I have quite a **broad** set of responsibilities, so I need to deal with many types of issues.
我的職責範圍很廣泛，所以我需要處理很多類型的問題。

14. **broad range (of)**	*phrase* 範圍廣泛的 ◆ The government is trying to deal with a **broad range of** environmental issues. 政府正在努力解決範圍廣泛的環境問題。
15. **broke** [brok]	*adjective* 破產的 ◆ I'm **broke**. I really have no money left at all. 我破產了。我窮到連一毛錢也不剩。
16. **budget** [ˋbʌdʒɪt]	*noun* 預算；經費 ◆ We need to decide on a **budget** for the project. 我們必須決定這個計劃的預算。
17. **build up**	*phrasal verb* 建立 ◆ Over the years, we've **built up** a reputation for friendly and reliable service. 這些年來，我們已經建立了友善跟可靠服務的名聲。
18. **bulk** [bʌlk]	*noun* (量、規模) 人 ◆ We receive the **bulk** of our orders from domestic customers.　我們收到的大部分訂單是來自國內的客戶。 補 **the bulk of sth** 大部分
19. **in bulk**	*phrase* 大量 ◆ Find out what kind of discount they offer if we buy **in bulk**. 查一下如果我們大量購買的話他們可以提供什麼樣的折扣。
20. **button** [ˋbʌtn]	*noun* 按鈕 ◆ Which **button** do I push to pause it? 我要按哪個按鈕來暫停它？
21. **cabinet** [ˋkæbənɪt]	*noun* 櫃子 ◆ You'll find it in that **cabinet** there, by the window. 你會在靠近窗戶的那個櫃子找到。

155

22. **cable**

[`kebḷ]

noun 線路；纜線

◆ We need to get the right **cables** to connect the computer to the projector and sound system.

我們要使用正確的線路將電腦連接到投影機跟擴音系統。

23. **calculate**

[`kælkjə,let]

verb 計算

◆ We still need to **calculate** how much we'll need to pay in interest. 我們仍然要計算需要支付多少利息。

24. **calm**

[kɑm]

adjective 冷靜的

◆ If the alarm sounds, remain **calm** and move toward the nearest exit. 如果警報器響了，保持冷靜並往最近的出口移動。

25. **calm down**

phrasal verb 冷靜下來

◆ Everyone, please **calm down**. We'll have the power back on in a moment. 請大家冷靜下來。我們馬上就會恢復供電。

Unit 5 🎧 B1 Unit 5

1. **campaign**

[kæm`pen]

noun 活動

◆ The marketing **campaign** that accompanies the launch of the L750 will be our biggest ever and involves TV advertising as well as online and public events.

隨著 L750 上市的行銷活動將會是我們有史以來規模最大的活動，其中包含了電視廣告以及線上和公開的活動。

2. **cancellation**

[,kænsḷ`eʃən]

noun 取消

◆ If there are no **cancellations**, our meeting rooms will be fully booked all week.

如果沒有任何取消的話，我們的會議室整個星期都被預約滿了。

3. **candidate**

[`kændə,det]

noun 應徵者；候選人

◆ How many **candidates** are we going to interview for the Production Manager?

我們要面試幾個生產部經理的應徵者？

4. **capable**

[ˋkepəbḷ]

adjective 有能力的；能幹的

◆ I always feel confident leaving her in charge. She's very **capable**, and I know she'll deal well with everything that happens when I'm not there. 我總是很信任的讓她負責。她非常有能力，且我知道當我不在時她每件事情都處理得很好。

5. **capital**

[ˋkæpətḷ]

noun 資金；資本；首都；大寫字母

◆ We need to find investors, so that we can raise enough **capital** to start the business.
我們需要尋找投資者，這樣我們就可以籌到足夠的資金創業。

6. **careless**

[ˋkɛrlɪs]

adjcctive 粗心的；疏忽的

◆ If they hadn't been so **careless**, the fire would never have started. 要不是他們這麼粗心，根本就不會起火。

7. **cargo**

[ˋkɑrgo]

noun 貨物

◆ We'll receive a notification once our **cargo** arrives at the airport. 一旦貨物抵達機場我們將會收到通知。

8. **carry-on**

[ˋkærɪ ˏɑn]

adjective 手提的；可隨身攜帶的

◆ What is the size limit on **carry-on** baggage?
手提行李的大小限制為何？

carry on

phrasal verb 繼續

◆ Sorry to interrupt. **Carry on** with what you were doing.
抱歉打擾。繼續做你正在做的事情吧。

9. **carry out**

phrasal verb 執行；進行

◆ This week we will be **carrying out** a series of tests on the system. 這星期我們將會對此系統執行一系列的測試。

10. **case**

[kes]

noun 案件

◆ We're currently working on a very big **case**, which means we need to get the management and production teams to work very closely together. 我們目前正在處理一個非常大的案件，這意味著我們需要讓管理和製作團隊緊密合作。

noun 箱

◆ How many **cases** of canned goods did we order this month? 這個月我們訂了幾箱罐頭食品呢？

---

11. **(just) in case**

phrase 以防萬一

◆ I'll bring extra sunscreen **in case** other people forget to bring it. 我會帶另外的防曬乳以防有些人忘記帶它。

---

12. **in that case**

phrase 既然這樣

◆ A: The meeting in Beijing is canceled because of the pandemic. A：北京的會議因為疾病流行而被取消了。

B: Well, **in that case**, I'd better cancel the flights and hotel. B：嗯，既然這樣，我最好取消航班和飯店。

---

13. **catch**

[kætʃ]

verb 及時趕上；搭乘

◆ A: Is Lisa still here? A：Lisa 還在這嗎？

B: She just went out. If you hurry, you can still **catch** her. B：她剛出去。如果你快點，你還可以及時趕上她。

◆ I can stay longer, and I'll just **catch** a later train. 我還可以留久一點，而且我會搭較晚的火車。

---

14. **category**

[ˈkætəˌgorɪ]

noun 種類；範疇

◆ Please specify the **category** of work you are interested in: marketing, event management, MICE, or public relations. 請明確說明你有興趣的工作種類：行銷、活動管理、會展，或者公關。

補 MICE 統稱為會展，包含：meeting, incentive, convention, event 或 exhibition。

---

15. **cause**

[kɔz]

verb 導致

◆ Delays from suppliers **caused** the production line to shut down for three days. 供應商的延遲導致生產線停擺了三天。

---

16. **cautious**

[ˋkɔʃəs]

adjective 謹慎的

◆ It is always good to be **cautious** about sharing any personal information online.

在線上分享任何個人資料時保持謹慎總是好的。

---

17. **cease**

[sis]

verb 停止；終止

◆ The company will **cease** production of canned seafood due to poor sales.

因為銷售不佳，這間公司將會停止生產海鮮罐頭。

---

18. **celebrate**

[ˋsɛlə‚bret]

verb 慶祝

◆ This year, I'm going to **celebrate** Thanksgiving with a big group of friends.　今年，我要和一大群朋友一起慶祝感恩節。

---

19. **centralize**

[ˋsɛntrəl‚aɪz]

verb 使集中；集權於中央

◆ We are planning to **centralize** all our purchasing, so that in future all purchases will be made through our head office.　我們計劃將所有的購買集中，這樣未來所有採購都將由我們的總部負責。

---

20. **ceremony**

[ˋsɛrə‚monɪ]

noun 儀式；典禮

◆ There will be a formal **ceremony** on Friday afternoon to welcome our guests from Canada.

週五下午將有一個歡迎來自加拿大賓客的正式儀式。

---

21. **certain**

[ˋsɝtən]

adjective 確信的；無疑的

◆ I'm **certain** that we've already paid for our orders. Can you check again?

我確信我們已經支付我們的訂單了。你可以再檢查一次嗎？

---

22. **certificate**

[səˋtɪfəkɪt]

noun 證照；執照

◆ Here's our ISO 9001 **certificate**. Can you get it framed and hang it on the wall in the reception area? Thanks.

這是我們的 ISO 9001 證照。你可以把它裱框然後掛在接待區的牆上嗎？謝謝。

23. chair
[tʃɛr]

verb 主持 (會議)

◆ I usually **chair** the monthly meeting. However, I'll be away for the next one. Could you **chair** it instead?

我通常會主持每月會議。但是，下一場我將會離開。你可以代替我主持會議嗎？

24. challenging
[ˋtʃælɪndʒɪŋ]

adjective 具有挑戰性的

◆ Preparing for the competition will be extremely **challenging**, but you will see a huge improvement in the team's performance.

準備比賽將極具挑戰性，但你會看到團隊表現的巨大進步。

25. character
[ˋkærəktɚ]

noun 性格；特質

◆ The aspect of her **character** I most respect is her honesty.　我最尊敬她性格的方面是她的誠實。

Unit 6
🎧 B1 Unit 6

1. charge
[tʃɑrdʒ]

verb 收費

◆ We don't **charge** for shipping on large orders.

我們的大訂單都不會收運費。

2. free of charge

adverb 免費

◆ Light refreshments, including tea and coffee, will be provided **free of charge**.

小茶點，包含茶和咖啡將會免費提供。

3. checklist
[ˋtʃɛkˏlɪst]

noun 清單

◆ After you have completed the set-up, remember to go through the **checklist**.　你完成安裝之後，記得仔細核對清單。

4. chief
[tʃif]

adjective 主要的

◆ Our **chief** concern is that you seem to lack the experience needed to deal with this.

我們主要擔心你似乎缺乏處理這件事的相關經驗。

5. **civil servant**
[ˌsɪvḷ ˋsɝvənt]

noun 公務員

◆ I'm a **civil servant**, and I work in the Ministry of Transport.　我是公務員，且我在交通部工作。

6. **claim**
[klem]

verb 聲稱；主張

◆ They **claim** that their cosmetics will make your skin look younger, but I don't believe it.　他們聲稱他們的化妝品會讓你的皮膚看起來更年輕，但我不相信這番話。

7. **clarify**
[ˋklærəˌfaɪ]

verb 闡明；澄清

◆ I'm still not sure exactly what it is they want us to do. Can you get them to **clarify** their request?　我仍然不太確定他們想要我們做什麼。你可以請他們闡明他們的要求嗎？

8. **climb**
[klaɪm]

verb 上升；攀升

◆ Advertising revenue has **climbed** steadily over the past five years.　廣告收入在這五年來已穩定地上升。

9. **coincidence**
[koˋɪnsɪdəns]

noun 巧合

◆ It's just a **coincidence** that we both happen to be in Taipei at the same time.　我們倆剛好同時在臺北只是巧合。

10. **combine**
[kəmˋbaɪn]

verb 結合

◆ As in a face-to-face meeting, video conferencing **combines** the convenience of conference calls with the advantage of being able to see other participants.

就像在面對面的會議一樣，視訊會議結合了電話會議的便利性以及可以看到其他與會者的好處。

11. **come up with**

phrasal verb 想出

◆ We need to **come up with** a solution quickly if we're going to avoid a serious problem.

如果我們要避免嚴重的問題，我們就需要盡快想出解決辦法。

12. **comment**
[ˋkɑmɛnt]

noun 評論；意見

◆ We would appreciate your **comments** or suggestions.
我們感謝你的評論或建議。

13. **commerce**

[`kɑmɝs]

noun 貿易；商務

◆ After studying **commerce** at university, I took a job in retail. Now, our company is starting to develop an e-**commerce** platform.　在大學研讀貿易之後，我找到了一個零售業的工作。現在，我們公司正開始發展電商平臺。

14. **commitment**

[kə`mɪtmənt]

noun 投入；承諾；保證

◆ I have to write one game review a week for a gaming website, which is a big **commitment** for me.　我必須每週為一個遊戲網站寫一篇遊戲評論，這對我來說是個很大的投入。

15. **commodity**

[kə`mɑdətɪ]

noun 商品

◆ We import a range of **commodities**, including soybeans, corn, sugar, and coffee.

我們進口各種商品，包括大豆、玉米、糖和咖啡。

16. **compatible**

[kəm`pætəbl̩]

adjective 相容的

◆ Some functions of this website are not **compatible** with the web browser you are using.

本網站的某些功能與你現在使用的網路瀏覽器是不相容的。

17. **compensation**

[ˌkɑmpən`seʃən]

noun 賠償金；補償金

◆ The customer is claiming that our delay caused them to lose business, so they want us to pay **compensation**.

客戶聲稱我們的延遲導致他們失去生意，所以他們要我們支付賠償金。

18. **competence**

[`kɑmpətəns]

noun 能力

◆ She hopes that her **competence** in foreign languages can help her to get a job abroad.

她希望她的外語能力能幫助她在國外找到一份工作。

19. **competitive**

[kəm`pɛtətɪv]

adjective 具競爭性的；好勝的

◆ We believe we have a very **competitive** offer and that other companies would find it difficult to beat.　我們相信我們的報價非常具有競爭力，並且其他公司很難擊敗我們。

20. **complaint**

[kəm`plent]

noun 投訴；抱怨；抗議

◆ We received a number of **complaints** about the new advertisement. 我們收到許多有關新廣告的投訴。

---

21. **complex**

[`kɑmplɛks]

adjective (組成) 複雜的

◆ The causes of the rising level of carbon dioxide in the atmosphere are **complex** and difficult to address.
大氣中二氧化碳濃度上升的原因組成複雜且難以處理。

---

22. **complicated**

[`kɑmplə‚ketɪd]

adjective 複雜的；難懂的

◆ These instructions are too **complicated**, and they're making me so confused!
這些說明太複雜了，而且它們讓我很困惑！

---

23. **component**

[kəm`ponənt]

noun 零件

◆ We manufacture **components** for computers and cell phones. 我們生產電腦和手機的零件。

---

24. **compromise**

[`kɑmprə‚maɪz]

noun 讓步；妥協

◆ If we want to reach an agreement, we're going to need to make a **compromise**.
如果我們想達成協議，就需要做出妥協。

---

25. **compulsory**

[kəm`pʌlsərɪ]

adjective 強制的；強迫的

◆ Attendance at this meeting is **compulsory**. Please see your line manager if you have a problem with the schedule. 這個會議是強制出席的。如果你有行程上的問題請與會你的部門經理。

 ◆

Unit 7
🎧 B1 Unit 7

1. **concentrate**

[`kɑnsn̩‚tret]

verb 專注；專心

◆ If it's too noisy in the office, I find it difficult to **concentrate** on my work.
如果辦公室太吵的話，我感到很難專注在工作上。

2. concept

[`kɑnsɛpt]

noun 概念；觀念

◆ The idea of doing all their banking online is a difficult **concept** for some of our older customers.
在線上處理所有銀行業務的想法，對我們一些較年長的客戶來說是個難以理解的概念。

3. concern

[kən`sɝn]

noun 疑慮；擔心

◆ We were going to try bungee jumping there, but we had some **concerns** about safety. 我們原本打算在那裡嘗試高空彈跳，但我們對高空彈跳有些安全疑慮。

4. concerning

[kən`sɝnɪŋ]

preposition 關於

◆ The number of complaints **concerning** online scams has increased by three hundred percent.
關於網路詐騙的投訴數量增加了百分之三百。

5. conduct

[kən`dʌkt]

verb 進行；執行

◆ We're planning to **conduct** a survey to find out how users feel about the functionality of our website.
我們計劃進行調查，以得知使用者對於我們網站功能性的看法。

conduct

[`kɑndʌkt]

noun 行為；品行

◆ Please familiarize yourself with the company code of **conduct**. 請自行熟悉公司的行為規範。

6. confidential

[ˌkɑnfə`dɛnʃəl]

adjective 機密的；祕密的

◆ We guarantee that no student information will be shared with third parties, and it will remain private and **confidential**. 我們保證不會與第三方共享任何學生資訊，而且這些資訊將維持其隱私與機密。

7. confront

[kən`frʌnt]

verb 使對質；面對

◆ Several members of staff saw him steal items from the company, so the manager decided to **confront** him about it. 一些員工看到他從公司偷東西，所以經理決定針對這件事跟他對質。

8. confusing
[kən`fjuzɪŋ]

adjective 令人困惑的

◆ The directions they gave us were quite **confusing**, so we got lost on the way here.
他們給的指示令人非常困惑，所以我們在來這裡的路上迷路了。

9. consequence
[`kɑnsə,kwɛns]

noun 結果；後果

◆ Rising sea levels are a **consequence** of climate change.
海平面上升是氣候變遷的一種結果。

10. considering
[kən`sɪdərɪŋ]

preposition 考量到；就…而言

◆ We managed to get the order sent on time, which was a good result **considering** the short time frame. 我們順利將訂單準時出貨，考量到時限很短，這是個很好的成果。

11. consignment
[kən`saɪnmənt]

noun 託運貨物

◆ If your **consignment** is not ready for pickup at the arranged time, we cannot guarantee it can be delivered without delay. 如果你的託運貨物無法在安排的時間內備好，我們無法保證它不會延遲運送。

12. consist of

phrasal verb 由…組成

◆ Our management team **consists of** twenty highly skilled professionals from eight countries. 我們的管理團隊由八個國家的二十位具有高技術的專業人才所組成。

13. constantly
[`kɑnstəntlɪ]

adverb 不斷地；時常地

◆ No culture stays the same forever. In fact, each culture is **constantly** changing.
沒有一種文化是永遠不變的。事實上，每種文化都在不斷變化。

14. construct
[kən`strʌkt]

verb 建造；構成

◆ The company has decided to **construct** a new showroom in the area that used to be the parking lot.
公司決定要在之前的停車場建造一間新的展示廳。

15. consult
[kən`sʌlt]

verb 諮詢

◆ We need to **consult** with our lawyers before deciding what to do about the problems with the contract. 在決定要如何處理該合約的問題之前，我們必須先諮詢我們的律師。

16. consume
[kən`sum]

verb (尤指大量地) 喝；吃；消耗；消費

◆ People in this market are **consuming** more coffee than ever before. 在此市場上的人們比以往喝更多咖啡。

17. content
[`kɑntɛnt]

noun 內容

◆ Students complained that the **content** of the exam was not closely related to the **content** of the course. 學生抱怨考試內容與課程內容沒有密切關係。

18. continent
[`kɑntənənt]

noun 洲；陸地

◆ Antarctica is the coldest **continent**, while Australia is the smallest one. 南極洲是最冷的洲，而澳洲是最小的洲。

19. continuous
[kən`tɪnjʊəs]

adjective 持續的

◆ With our quality management system, we are trying to achieve **continuous** improvement. 藉著我們的品質管理系統，我們正努力達到持續改善的目標。

20. contractor
[`kɑntræktɚ]

noun 承包商；承包人

◆ To keep costs low, we use independent **contractors** to write most of our computer programs. 為了維持低成本，我們請獨立的承包商來編寫大部分的電腦程式。

21. contribute
[kən`trɪbjʊt]

verb 貢獻；捐 (款)；捐獻

◆ One way our university **contributes** to the local community is by providing free tutoring for children from low-income families. 我們的大學為當地社區做出貢獻的一種方式是：為低收入家庭的孩子提供免費輔導。

22. convert
[kən`vɝt]

verb 轉換

◆ You need to **convert** your PPT file to a PDF before sending it. 你需要在發送前把你的 PPT 檔案轉換成 PDF。

23. **convince**

[kən`vɪns]

verb 說服

◆ She was able to **convince** her parents to pay for her trip overseas.　她能夠說服她父母支付她出國旅行的費用。

24. **cooperate**

[ko`ɑpə,ret]

verb 合作

◆ We'll need to **cooperate** with the sales team for the product launch.

為了產品發表會，我們必須跟銷售團隊合作。

25. **coordinate**

[ko`ɔrdn̩,et]

verb 協調；調節

◆ The project manager will need to **coordinate** with all the different contractors and make sure everyone knows what to do.　專案經理需要跟所有不同的承包商協調並確保每個人都知道該做什麼。

Unit 8

🎧 B1 Unit 8

1. **cope**

[kop]

verb 應對

◆ Several students found it difficult to **cope** with the stress of both study and interpersonal relationships.

一些學生覺得很難應對課業和人際關係的雙重壓力。

2. **core**

[kor]

adjective 核心的

◆ Our company culture is shaped by its **core** values: a commitment to excellence, respect for others, and a desire to innovate.　我們的公司文化是由其核心價值塑造而成：對卓越的投入、對他人的尊重，及對創新的渴望。

3. **correct**

[kə`rɛkt]

adjective 正確的；對的

◆ I believe I chose the **correct** way to deal with the problem.　我相信我選擇了正確的方法來解決問題。

verb 更正

◆ I noticed some mistakes in the PPT. We need to **correct** them before the presentation this afternoon!　我注意到 PPT 中有一些錯誤。我們需要在今天下午的發表前更正它們！

4. **correspondence**   *noun* 通信；信件

[ˌkɔrə`spɑndəns]

◆ As we are an international bank, all our **correspondence** is in English.

因為我們是一家國際銀行，所以我們所有的通信都是用英文。

---

5. **costly**   *adjective* 高代價的；昂貴的

[`kɔstlɪ]

◆ In our kind of business, mistakes are **costly** in terms of time and money.

在我們這樣的行業若是犯錯，要付出很高的時間和金錢代價。

---

6. **course**   *noun* 場地

[kors]

◆ The hotel has a swimming pool and a nine-hole golf **course**.   該飯店設有一個游泳池跟一個九洞的高爾夫球場。

---

7. **cover**   *verb* 包含；代班

[`kʌvɚ]

◆ We need to make sure the record **cover** all the points on the agenda.   我們要確保紀錄上包含了所有議程上的要點。

◆ I need you to **cover** for Vicky today because she's got some personal business to deal with.

因為 Vicky 有些私事要處理，我需要你今天幫她代班。

noun 蓋子

◆ When you are finished with the machine, please replace the **cover**.   當你使用完機器，請把蓋子放回原處。

---

8. **cramped**   *adjective* 狹窄的

[`kræmpt]

◆ Traveling that island by boat is fun and cheap, but you need to be able to accept the **cramped** accommodation.

乘船前往那座島既有趣又便宜，但你需要能接受狹窄的住宿。

---

9. **crash**   *verb* 崩潰；崩盤

[kræʃ]

◆ Raising interest rates caused the market to **crash**.

利息的調升導致該市場崩潰。

---

10. **creative**   *adjective* 有創意的；有創造力的

[krɪ`etɪv]

◆ Our advertising campaigns are always **creative** and eye-catching.   我們的廣告活動總是富有創意且引人注目。

11. **crime**

[kraɪm]

noun 犯罪行為；罪行

◆ It might seem great to get cheap designer handbags online, but don't forget that it is a **crime** to buy counterfeit products.　在網上買便宜的名牌手提包看起來很不錯，但別忘記購買仿冒產品是犯罪行為。

12. **crisis**

[`kraɪsɪs]

noun 危機；緊急關頭 (*plural* **crises**)

◆ The pandemic has caused serious economic problems in rich countries, but that is nothing compared with the **crises** faced by many developing countries.

這場疫情給富裕國家帶來了嚴重經濟問題，但這與許多發展中國家面臨的危機相比卻微不足道。

13. **criterion**

[kraɪ`tɪrɪən]

noun 條件；準則 (*plural* **criteria**)

◆ Candidates for this position must meet all of the following **criteria**: good communication skills, excellent customer service skills, and above-average organizational skills.

這個職位的應徵者必須符合以下所有條件：良好的溝通技巧、傑出的客戶服務技能和高於一般水準的組織能力。

14. **critical**

[`krɪtɪkl]

adjective 對…表示不滿的；關鍵的

◆ Shareholders are **critical** of the way the CEO has run the company.　股東對於執行長經營公司的方式表示不滿。

◆ Adolescence is a **critical** time in a young person's development.　青春期是青少年發展的關鍵時期。

15. **criticize**

[`krɪtə,saɪz]

verb 批評；批判

◆ She **criticized** the supermarket for its excessive use of plastic in packaging.

她批評這間超市在包裝中過度的使用塑膠。

16. **crucial**

[`kruʃəl]

adjective 重要的；決定性的

◆ It's **crucial** for new companies to have a clear strategy for growth.

對新公司來說，有一個明確的成長策略是很重要的。

17. **currency**

[`kɝ·ənsɪ]

noun 貨幣

◆ A: What **currency** do they use in Japan?

A：他們在日本使用的貨幣是什麼？

B: I think it's the Yen.　B：我想是日圓。

---

18. **current**

[`kɝ·ənt]

adjective 當前的；現時的

◆ The students enrolled in courses in the **current** semester will not be affected by these policy changes.

當學期註冊課程的學生將不受這些政策改變的影響。

---

19. **currently**

[kɝ·əntlɪ]

adverb 現在；目前

◆ I am **currently** staying with a friend while I look for my own place.

在尋找自己住所的同時，我現在和一個朋友一起住。

---

20. **cycle**

[`saɪkl]

noun 循環；週期

◆ Through this program, we hope to help people who are trying to break a **cycle** of negative thoughts and behaviors.　透過這個計劃，我們希望幫助那些試圖打破在負面思考與行為循環的人。

---

21. **damage**

[`dæmɪdʒ]

verb 毀損；損害

◆ We are in a dispute with the shipping company over who should pay for the **damage** to our last shipment of goods.

我們正與貨運公司爭執有關於誰該賠償我們最後這批貨物運送毀損問題的糾紛。

---

22. **database**

[`detə,bes]

noun 資料庫

◆ Our customer **database** helps us to focus our marketing more effectively.

我們的客戶資料庫幫助我們更有效地聚焦在行銷上。

---

23. **deadline**

[`dɛd,laɪn]

noun 截止期限

◆ The project **deadline** is the last day of June.

計劃的截止日是六月的最後一天。

24. **deal**
[dil]

noun 交易 (的價格)；交易

◆ We were able to get a very good **deal** on some land by the river. 我們用非常好的價格在河邊買到一些土地。

25. **deceive**
[dɪ`siv]

verb 欺騙；詐騙

◆ Some people were **deceived** into providing their account passwords in an online scam.
在網路詐騙中，有些人因受騙而提供他們的帳戶密碼。

Unit 9

🎧 B1 Unit 9

1. **decent**
[`disn̩t]

adjective 還不錯的；體面的

◆ I'm on a **decent** salary, but I don't really enjoy my job.
雖然我的薪水還不錯，但我真的不喜歡我的工作。

2. **deduct**
[dɪ`dʌkt]

verb 扣除；減除

◆ Income tax is automatically **deducted** from your paycheck. 所得稅會自動從你的薪水中扣除。

3. **define**
[dɪ`faɪn]

verb 解釋；給…下定義

◆ In order to achieve the objectives of the project, you need to **define** them clearly.
為了達到此計劃的目標，你需要明確地解釋它們。

4. **definite**
[`dɛfənɪt]

adjective 確定的；肯定的

◆ The project might win me a prize, but that's not **definite**. I'm still waiting for final confirmation. 此專案可能會為我贏得獎項，但並不確定。我還在等待最終確認。

5. **delegate**
[`dɛlə,get]

verb 委派 (某人) 做

◆ You can't do everything yourself! You need to **delegate** some of your responsibilities to your team.
你不能一切都自己做！你需要把一些責任委派給你的團隊。

noun 代表；會議代表

◆ Would all conference **delegates** please take your seats? The session is about to begin.

可以請所有的會議代表入座嗎？會議即將開始。

6. **deliberate**
[dɪˋlɪbərɪt]

adjective 故意的；蓄意的

◆ A: Perhaps he gave us the wrong information by mistake.

A：也許他是不小心給了我們錯誤的資訊。

B: No, it was **deliberate**. I don't think he wants to cooperate with us on this project.

B：不對，這是故意的。我不認為他想與我們合作這專案。

7. **delighted**
[dɪˋlaɪtɪd]

adjective 高興的；快樂的

◆ We're **delighted** that you're able to join us here today.

我們很高興你今天能在這裡加入我們。

8. **demand**
[dɪˋmænd]

verb 要求；請求

◆ Shareholders are **demanding** access to the company accounts. 股東正要求使用公司帳目的權限。

noun 需求

◆ They made it clear that if their **demands** were not met, they would take legal action.

他們明確表示如果達不到他們的需求，他們就會採取法律行動。

9. **demonstrate**
[ˋdɛmənˏstret]

verb 示範操作

◆ First, I'd like to **demonstrate** several key features of this product. 首先，我想示範操作此產品的幾個重要特點。

10. **deny**
[dɪˋnaɪ]

verb 否認；否定

◆ She **denied** she had been drinking before the accident.

她否認在事故發生前曾喝過酒。

11. **depend**
[dɪˋpɛnd]

verb 依⋯而定；取決於

◆ A: Do you charge for delivery? A：你有收運費嗎？

B: It **depends** on where you live. It's free if you live locally.

B：依你住的地點而定。如果你住在本地就免運費。

12. **depend on** — *phrasal verb* 取決於
◆ How long it takes me to get to the gym from here **depends on** the volume of traffic.
我從這裡到健身房需要多長時間取決於交通狀況。

13. **deserve**
[dɪ`zɝv] — *verb* 應該得到
◆ Our staff have worked hard, so they **deserve** to be rewarded. 我們的員工都盡力工作，所以他們應該得到獎勵。

14. **desire**
[dɪ`zaɪr] — *noun* 渴望
◆ Watching K-pop videos online gave her the **desire** to make music and dance. 在網路上觀看韓國流行音樂影片讓她對製作音樂和跳舞產生了渴望。

15. **destroy**
[dɪ`strɔɪ] — *verb* 破壞；毀壞
◆ The fire was brought under control, but not before it **destroyed** a large section of the storeroom.
這場火災已受到控制，但在此之前儲藏室已被破壞了一大部分。

16. **details**
[`ditels] — *noun* 詳情；細節
◆ If you are interested in participating in this event, please leave your name and email address. Then, we will send you the **details**. 如果你對參與此活動有興趣，請留下你的名字和電子郵件地址。然後，我們將會寄詳情給你。

17. **developed**
[dɪ`vɛləpt] — *adjective* 發達的；先進的
◆ The country is less **developed** and relies heavily on agriculture. 這個國家是較不發達的且十分依賴農業。

18. **device**
[dɪ`vaɪs] — *noun* 設備
◆ All electronic **devices** must be switched off during take-off. 所有電子設備在飛機起飛時都必須關機。

19. **dialog**
[`daɪə,lɑg] — *noun* (美式) 對話 同 (英式) **dialogue**
◆ There is a need for **dialog** between staff and management. 員工和管理層之間有必要進行對話。

20. differ
[ˋdɪfɚ]

verb 不同
◆ Views **differ** on whether the company should outsource the production of its electronic devices.
關於公司是否外包生產電子設備這事有不同的看法。

---

21. make a difference

phrase 帶來轉變
◆ Even a small donation can really **make a difference** to families in need this Christmas. 即使是一小筆捐款也能真正為這個聖誕節有需要的家庭帶來轉變。

---

22. diligent
[ˋdɪlədʒənt]

adjective 勤奮的；勤勉的
◆ We have selected him because he is **diligent** and hardworking, and he needs little supervision.
我們選擇他是因為他很勤奮又努力，且他幾乎不需要監督。

---

23. diploma
[dɪˋplomə]

noun 學位證書；文憑
◆ I got a part-time **diploma** in company law at a local business school.
我在本地一所商業學校拿到公司法的在職學位證書。

---

24. disappear
[ˌdɪsəˋpɪr]

verb 消失；不見
◆ As big chains have taken over, small and privately-owned convenience stores have almost **disappeared**.
隨著大型連鎖店的接管，小型和私營的便利商店幾乎消失了。

---

25. disappointed
[ˌdɪsəˋpɔɪntɪd]

adjective 失望的；沮喪的
◆ She was really **disappointed** with her performance in the competition. 她對自己在比賽中的表現感到非常失望。

Unit 10 🎧 B1 Unit 10

1. disaster
[dɪ`zæstɚ]

noun 災難;不幸

◆ The event was a complete **disaster**. No one knew what they were supposed to be doing, and it was a total mess.
這個活動完全是個災難。沒有人知道自己該做什麼,而且現場一片混亂。

---

2. dispatch
[dɪ`spætʃ]

verb 發送

◆ Once your order has been **dispatched**, you will receive an SMS informing you of the sender, your shipment number, and the expected delivery time.
一旦你的訂單已經發送了,你將收到一封簡訊通知你:寄件人、貨運號碼和預期交貨時間。

---

3. dispute
[dɪ`spjut]

noun 糾紛;爭論

◆ We are in an intellectual property **dispute** with another company because its name and logo are too similar to ours. 我們正與另一家公司有智慧財產權的糾紛,因為該公司的名稱與標誌和我們的太相像了。

---

4. dissatisfied
[dɪs`sætɪs,faɪd]

adjective 不滿意的

◆ It was an expensive meal, but we were completely **dissatisfied** with the quality of the food.
這是一頓昂貴的餐點,但我們對食物的品質完全不滿意。

---

5. distribute
[dɪ`strɪbjut]

verb 配銷;分發

◆ We are negotiating with a foreign beverage manufacturer to **distribute** its products in Korea.
我們正與一個國外的飲料製造商協商,要在韓國配銷它的商品。

---

6. disturb
[dɪs`tɝb]

verb 打擾;妨礙

◆ I hope I'm not **disturbing** you, but I was wondering if you could help me.
我希望我沒有打擾到你,但我想知道你是否能協助我。

7. **diverse**
[daɪ`vɝs]

adjective 不同的；互異的

◆ The staff in our organization come from **diverse** backgrounds. 我們組織的員工來自不同的背景。

8. **divide**
[dɪ`vaɪd]

verb 除以…

◆ **Divide** the total by seven to get the amount per person.
全部除以七等分就是每個人分到的數量。

補 **divide into** 把…分成
I have **divided** my presentation **into** three sections.
我將我的簡報分成三個部分。

9. **domestic**
[də`mɛstɪk]

adjective 國內的

◆ **Domestic** sales were almost double international sales.
國內銷售量幾乎是國際銷售量的兩倍。

10. **donate**
[`donet]

verb 捐獻；捐贈

◆ I want to **donate** blood, but I'm afraid of needles.
我想捐血，但我害怕打針。

11. **doubt**
[daʊt]

verb 懷疑；不相信

◆ I really **doubt** that he'll be able to get up and go for a run at 5:00 am three times a week.
我真的懷疑他是否能夠一週三次早上五點起床跑步。

12. **dramatic**
[drə`mætɪk]

adjective 急遽的

◆ There has been a **dramatic** increase in the number of businesses adopting green policies.
採取環保政策的公司數量已有急遽的增加。

13. **drawback**
[`drɔ,bæk]

noun 缺點

◆ One possible **drawback** of self-employment is that you sometimes have periods with no income.
自己當老闆的一個可能的缺點是有些時期會沒有收入。

14. **drop**
[drɑp]

verb 下降

◆ House prices have **dropped** a lot in recent months.
最近幾個月房價下降了不少。

15. **due**

[dju]

adjective 應支付的；預計的

◆ My rent is **due** on the thirtieth of April.

我的租金應在四月三十日支付。

due date

[ˋdju ˏdet]

noun 必須完成的日期；到期日

◆ We need to set **due dates** for all the tasks on the list.

我們需要將表單上所有的任務設定必須完成的日期。

due to

preposition 由於

◆ Everything went better than expected **due to** the high number of volunteers who turned up to help.

由於大量志願者前來提供幫助所以一切都比預期的要好。

---

16. **duration**

[djuˋreʃən]

noun 時間長度；持續時間

◆ With regard to the **duration** of the tour, it usually takes around three hours.

關於參觀的時間長度，通常需要大約三個小時。

---

17. **duty**

[ˋdjutɪ]

noun 責任；義務

◆ It is my **duty** to remind you that smoking on the premises is strictly forbidden.

我有責任提醒你在本場域抽菸是嚴格禁止的。

---

18. **earnings**

[ˋɝnɪŋz]

noun 收入；薪水

◆ Average monthly **earnings** of the factory workers here are US$8,000.　這裡的工廠工人平均月收入為八千美元。

---

19. **easygoing**

[ˋizɪˏgoɪŋ]

adjective 隨和的

◆ She's great to live with because she's really positive and **easygoing**.　和她一起生活很棒，因為她非常積極又隨和。

---

20. **economic**

[ˏikəˋnɑmɪk]

adjective 經濟的

◆ The **economic** situation has improved after the new governor took office.

在新政府接管後現在的經濟情況已經改善。

---

21. **edge**

[ɛdʒ]

noun 邊緣

◆ Never put the glass on the **edge** of the table.

切勿將玻璃杯放在桌子邊緣。

22. effective
[ɪˈfɛktɪv]

adjective 有效的

◆ I've tried many kinds of exercise, but, for me, the most **effective** way of losing weight is definitely swimming.
我嘗試了很多種運動，但對我來說，最有效的減重方法無疑是游泳。

23. efficient
[ɪˈfɪʃənt]

adjective 效率高的；有效的

◆ The company's internal systems are very **efficient**. Everything gets done quickly, and there are seldom any mistakes. 這間公司的內部系統非常有效率。每件事都很快地完成，而且很少出現錯誤。

24. effort
[ˈɛfɚt]

noun 努力

◆ It takes a lot more **effort** to bring in a new customer than to retain an existing one.
吸引新客戶比留住既有客戶需要付出更多努力。

25. make an effort

phrase 做出努力

◆ To expand its marketing team, the company has **made an effort** to recruit new staff.
為了擴編它的行銷團隊，該公司已努力招募新職員。

Unit 11  B1 Unit 11

1. electronics
[ɪlɛkˈtrɑnɪks]

noun 電子產品

◆ On our website, you can purchase a wide range of home and office **electronics** at discount prices. 在我們的網站上，你可以用折扣價購買各種家用和辦公用的電子產品。

2. consumer electronics
[kənˌsumɚ ɪlɛkˈtrɑnɪks]

noun 消費性電子產品

◆ We will be attending this year's CES **consumer electronics** trade show to see what new technologies are available. 我們將參加今年的 CES 消費性電子產品展覽去看看有什麼可用的新科技。

3. **embarrassed**
[ɪmˋbærəst]

adjective 尷尬的

◆ I fell off my bike on a busy street, so I felt so **embarrassed** that I didn't even notice my knee was bleeding quite badly.
我在一條繁忙的街道上從自行車上摔下來所以我感到非常尷尬，我甚至沒注意到我的膝蓋流了很多血。

4. **emergency**
[ɪˋmɝdʒənsɪ]

noun 緊急情況

◆ The door will only be used in the event of an **emergency**.
這個門只有緊急情況才能使用。

5. **emphasize**
[ˋɛmfəˌsaɪz]

verb 強調；著重

◆ She **emphasized** the importance of eating healthily for our bodies and eating locally for the good of the environment. 她強調健康飲食對我們身體的重要性以及食用在地食物對環境有益的重要性。

6. **employment**
[ɪmˋplɔɪmənt]

noun 職業；工作

◆ Job fairs provide an ideal opportunity for those seeking **employment** to find out important information about what kind of positions are available. 求職博覽會提供好機會給那些求職者以讓他們知道有哪些職缺的重要資訊。

7. **enable**
[ɪnˋebl̩]

verb 使能夠；使可能

◆ The information you provide will **enable** us to process your payments, supply the goods you purchase, and provide you with a more personal service.
你提供的資訊使我們可以處理你的付款、供應你所購買的商品，以及提供你更多個人服務。

8. **encourage**
[ɪnˋkɝɪdʒ]

verb 鼓勵

◆ I **encouraged** her to take up martial arts to help make her more confident. 我鼓勵她學習武術以幫助她更有自信。

9. **engineering**
[ˌɛndʒəˈnɪrɪŋ]

noun 工程；工程學
◆ As a project manager, I need to manage **engineering** projects from the planning stage right through to completion. 作為一個專案經理，我必須從規劃階段管理工程計劃到完工為止。

10. **enormous**
[ɪˈnɔrməs]

adjective 巨大的；龐大的
◆ Finishing the marathon required an **enormous** effort. 完成馬拉松需要巨大的精力。

11. **enroll**
[ɪnˈrol]

verb 註冊；登記
◆ If you wish to join the six-week baking course, you must **enroll** by the fourteenth of March. 如果你想參加為期六週的烘焙課程，你必須在三月十四日之前註冊。

12. **enterprise**
[ˈɛntɚˌpraɪz]

noun 企業；公司
◆ Small to medium **enterprises** are often able to adapt to new trends more quickly than large firms. 中小企業往往能比大公司更快地適應新的趨勢。

13. **entertainment**
[ˌɛntɚˈtenmənt]

noun 餘興節目；娛樂表演
◆ The evening **entertainment** will include a harbor cruise and show. 傍晚的餘興節目將會包括海港航遊以及表演。

14. **entire**
[ɪnˈtaɪr]

adjective 整個的；全部的
◆ We have booked the **entire** hotel for the conference. 我們已經為了這場會議預定了整間飯店。

15. **entrepreneur**
[ˌɑntrəprəˈnɝ]

noun 企業家
◆ Most successful **entrepreneurs** have a strong belief in what they are doing. 大部分成功的企業家對於自己所做的事都持有強烈的信念。

16. **entry**
[ˈɛntrɪ]

noun 進入；入場
◆ Our workers are concerned about the **entry** of several large foreign firms into the local market. 我們的員工對於一些外國大公司進入當地市場而感到擔憂。

17. envy
[ˈɛnvɪ]

verb 羨慕；妒忌

◆ I have always **envied** people who wake up early in the morning feeling full of energy.

我一直很羨慕那些早上早起感覺精力充沛的人。

18. equal
[ˈikwəl]

adjective 同等的

◆ We believe in **equal** pay for **equal** work.

我們相信同工同酬。

19. error
[ˈɛrɚ]

noun 錯誤

◆ The whole essay was not just full of grammatical **errors**, but spelling **errors** too.

這整篇文章不僅充滿了文法錯誤，也充滿了拼寫錯誤。

20. error message
[ˈɛrɚ ˌmɛsɪdʒ]

noun (電腦顯示的) 錯誤訊息

◆ Every time I try to open the file, I get an **error message** saying that the file may be corrupt. 每次我試圖打開這個檔案，我就會得到一個錯誤訊息顯示該文件可能已經損壞了。

21. essential
[ɪˈsɛnʃəl]

adjective 必要的

◆ Drinking enough water and getting enough rest are **essential** for a quick recovery.

喝足夠的水並獲得足夠的休息，對於快速康復是很必要的。

22. the essentials
[ði ɪˈsɛnʃəls]

noun 最重要的 (事)；要領

◆ We only have one day for training, so I'll just go over **the essentials**.

我們只有一天的時間訓練，所以我只會針對最重要的來做。

23. establish
[əˈstæblɪʃ]

verb 成立；創辦

◆ The Department of Research and Development was only **established** two years ago. 研發部門兩年前才成立。

24. evaluate
[ɪˈvæljuˌet]

verb 評估

◆ My coach can **evaluate** my strengths and weaknesses and let me know where I need to improve. 我的教練可以評估我的長處和短處，且讓我知道我需要改進的地方。

25. eventually
[ɪ`vɛntʃʊəlɪ]

adverb 最後；終於

◆ We **eventually** worked out what the problem was, but it took a long time.

我們最後找出問題是什麼了，但花了很長的時間。

 Unit 12 B1 Unit 12

1. exact
[ɪg`zækt]

adjective 確切的；精確的

◆ Once you know the **exact** number of people who will attend the dinner, you can go ahead and book the restaurant.

一旦你知道出席晚餐的確切人數，你就可以直接去訂餐廳了。

---

2. examine
[ɪg`zæmɪn]

verb 檢查；細查

◆ It is necessary to **examine** the samples and make sure the quality meets our standards.

檢查樣本並且確保品質符合我們的標準是必須的。

---

3. exception
[ɪk`sɛpʃən]

noun 例外的人 (或事物)

◆ Our products have been selling well in most markets, but the US market is an **exception**.

我們的產品在大部分的市場一直都很暢銷，但在美國市場例外。

**make an
exception**

phrase 破例

◆ I don't usually post pictures of myself on social media, but I **made an exception** on my wedding day. 我通常不會在社群媒體上發布自己的照片，但我在婚禮當天破例了。

---

4. excess
[`ɛksɛs]

adjective 過量的；過剩的

◆ We do our best to avoid **excess** inventory.

我們竭盡所能地避免庫存過量。

---

5. exclude
[ɪk`sklud]

verb 不包括

◆ All prices on this website are in US dollars and **exclude** the cost of delivery.

本網站上的所有價格均以美元為單位，且不包括運費。

6. **excuse**
   [ɪk`skjuz]

   verb 原諒

   ◆ Please **excuse** him for the mess. He's just got back from his vacation and hasn't had time to tidy up.
   請原諒他的雜亂。他剛休完假回來，還沒來得及收拾。

   excuse
   [ɪk`skjus]

   noun 理由；藉口

   ◆ There is no **excuse** for missing a meeting with a client.
   錯過與客戶的會議是不能有任何理由的。

7. **make excuses**

   phrase 找藉口

   ◆ There's no point in asking the parents. They always **make excuses** for their kids.
   詢問父母沒有什麼用。他們總是為孩子找藉口。

8. **executive**
   [ɪg`zɛkjʊtɪv]

   noun 主管 同 (非正式) **exec**

   ◆ Some of the company's top **executives** will be visiting our office tomorrow and talking with some of you about what you do.　一些公司的高層主管將在明天視察我們的辦公室，並會與你們之中的一些人談論你們的工作。

9. **exhausted**
   [ɪg`zɔstɪd]

   adjective 筋疲力盡的

   ◆ It was a really tough game, and both teams were completely **exhausted** by the end.
   這真是場艱難的比賽，而且兩支球隊到最後都筋疲力盡。

10. **existing**
    [ɪg`zɪstɪŋ]

    adjective 現有的；現行的

    ◆ The new boss doesn't think the way we do things is efficient. We need to look carefully at our **existing** procedures and see if we can improve them.
    新老闆不認為我們做事的方法是有效率的。我們需要仔細審視現有的程序，並看看我們是否能夠改善。

11. **exotic**
    [ɪg`zɑtɪk]

    adjective 奇特的；異國風情的

    ◆ The best thing about this type of photography is that I'm often sent to **exotic** locations to take pictures.　關於這類的攝影工作，最棒的事是我經常會被派到奇特的地點拍照。

12. **expectation**

[ˌɛkspɛkˈteʃən]

noun 期望

◆ I had quite high **expectations** for the movie because I've seen several of the director's films, but this one was really disappointing. 因為我看過這個導演的幾部電影，所以我對這部電影抱有相當高的期望，但這部真的很令人失望。

13. **expense**

[ɪkˈspɛns]

noun 支出

◆ In this type of industry, labor is usually the biggest **expense**. 在這類型的產業裡，勞工通常是最大的支出。

expenses

[ɪkˈspɛnsɪz]

noun 開支；經費

◆ You must keep receipts for all your **expenses** and fill in an expense report when you get back to the office. 你一定要將所有開支的收據保存下來，然後回辦公室時再填寫開支報告。

14. **expert**

[ˈɛkspɝt]

noun 專家

◆ Our professor arranged for an **expert** on cyber security to come to our class and give a talk. 我們教授安排了一位網路安全專家來我們班演講。

15. **express**

[ɪkˈsprɛs]

verb 表達

◆ We would like to **express** our thanks for all your wonderful hospitality. 我們想對你的盛情款待表達我們的感謝。

補 **express an opinion** 發表意見

Please remember to be respectful when someone is **expressing their opinions**. 當有人發表他們的意見時，請記得尊重他人。

express delivery

[ɪkˈsprɛs dɪˈlɪvərɪ]

noun 快遞

◆ If we send it by **express delivery**, it can be there tomorrow. 如果我們用快遞寄送，它明天就可以到了。

16. **extend**

[ɪkˈstɛnd]

verb 延長；延伸

◆ It is necessary to **extend** the deadline for applications. 延長申請的截止日是必要的。

17. **external**
[ɪk`stɝnl]

adjective 外部的

◆ The company is bringing in an **external** consultant to help improve its public relations.
公司正在請一位外部顧問來幫助改善公共關係。

---

18. **extreme**
[ɪk`strim]

adjective 極端的

◆ If you are going skiing, then this jacket is designed to deal with **extreme** cold.
如果你要去滑雪，那麼這款夾克是專為應對極寒而設計的。

---

19. **eye**
[aɪ]

verb 注視

◆ As we talked, he **eyed** the money on the table.
在我們談話時，他一直注視著桌上的錢。

keep an eye on

phrase 留意

◆ If you're going out in the boat, remember to **keep an eye on** the weather. 如果你要乘船外出，記得要留意天氣。

---

20. **face**
[fes]

verb 面臨

◆ They made a documentary about the big challenges **faced** by the city.
他們製作了一部關於這座城市所面臨的重大挑戰的紀錄片。

---

21. **factor**
[`fæktɚ]

noun 因素

◆ When we were trying to decide where to build the factory, one of the main **factors** was the distance from our suppliers. 當我們試圖決定要將工廠建造在哪裡時，其中一個主要因素是供應商離我們的距離。

---

22. **failure**
[`feljɚ]

noun 未能…；失敗；失敗的人 (或事)

◆ The company apologized for its **failure** to follow government regulations.
該公司為了未能遵守政府規定而道歉。

---

23. **fake**
[fek]

adjective 假的

◆ He claimed it was a real Rolex, but it was clearly **fake**.
他聲稱這是一個真的勞力士手錶，但它很明顯是假的。

24. fare
[fɛr]

noun 票價

◆ How much money will I need for the bus **fare**?
搭乘巴士的票價是多少呢？

25. fascinating
[`fæsə,netɪŋ]

adjective 有極大吸引力的

◆ Some people might find law boring, but to me it's **fascinating**. 有些人可能會覺得法律很枯燥，但對我來說卻是有極大吸引力的。

Unit 13 B1 Unit 13

1. fault
[fɔlt]

noun 過失；缺陷

◆ It's not important whose **fault** it is. Right now, we just need to deal with the situation and make sure the customers don't complain. 是誰的過失並不重要。現在，我們只需要先處理狀況，並確保顧客不再抱怨。

◆ What should we do if we find a **fault** in any of the products? 如果我們發現產品出現缺陷該怎麼做？

2. favor
[`fevɚ]

noun 幫忙

◆ We don't need to pay them. They did it as a **favor**.
我們不需要付錢給他們。他們是來幫忙的。

3. do someone a favor

phrase 幫助某人

◆ Could you **do me a favor** and hold this for a moment while I go to get my jacket?
當我去拿我的外套時，你能不能幫我拿一下這個東西呢？

4. feasible
[`fizəbḷ]

adjective 可行的

◆ The plan isn't **feasible** because it's too costly, and the company does not have sufficient manpower to carry it out. 這項計劃之所以不可行是因為它成本太高，且該公司沒有足夠的人力執行它。

5. **field**

[fild]

noun 領域；專業

◆ She's one of the best analysts in the **field** of medicine.
她是醫學領域中最好的分析師之一。

---

6. **figure**

[`fɪgjɚ]

noun 數字

◆ Our reputation is worth a lot, but it is impossible to put an exact **figure** on it.
我們的商譽很值錢，但無法換算成確切的數字。

figures

[`fɪgjɚz]

noun 金額

◆ We won't know if it's a good deal until we sit down and look carefully at the **figures**.
我們必須要坐下來細看金額後，才會知道這是否是個好交易。

figure out

phrasal verb 釐清

◆ Everyone is saying different things, so it's hard to **figure out** what really happened.
每個人的說法都不同，所以很難釐清到底發生了什麼事。

---

7. **finalize**

[`faɪnḷˌaɪz]

verb 完成

◆ We need to **finalize** the project schedule so we can move forward with it.
我們需要完成計劃進度，這樣才可以往下一步前進。

---

8. **finding**

[`faɪndɪŋ]

noun 研究結果

◆ These changes are based on the **findings** reported by our external consultant.
這些改變是以外部顧問提出的研究結果作為基礎。

---

9. **fine**

[faɪn]

verb 罰款

◆ This is the second time this month that she's been **fined** for parking illegally.　這是她本月第二次因違規停車被罰款。

---

10. **fix**

[fɪks]

verb 修理

◆ I think I'll try to **fix** my scooter myself.
我想我會嘗試自己修理我的輕型機車。

11. **fixed**

[fɪkst]

adjective 確定的

◆ The dates for the seminar have been **fixed**, but we are still not certain of the venues.

研討會日期已經確定了，但是我們仍不確定場地在哪裡。

12. **flaw**

[flɔ]

noun 瑕疵

◆ All our products are checked for **flaws** or defects before they are sent out to the distributor.　我們所有的產品送去給經銷商前，都已經檢查過是否有瑕疵或缺陷了。

13. **flexibility**

[ˌflɛksəˋbɪlətɪ]

noun 彈性

◆ Doing your degree online gives you **flexibility** about when and where you study.

線上攻讀學位可讓你彈性選擇學習時間和地點。

14. **focus**

[ˋfokəs]

verb 專注

◆ I've decided to give up my position on the swimming team so that I can **focus** on my final exams.　我決定放棄我在游泳隊隊中的職位，以便我可以專注於我的期末考。

15. **follow up**

phrasal verb 對…採取進一步行動

◆ It's my responsibility to **follow up** on the things that were decided at the meeting.

我的責任是將會議上所決定的事情做進一步追蹤。

16. **forbid**

[fɚˋbɪd]

verb 禁止

◆ Local laws **forbid** the sale of certain drugs directly to the public.　當地律法禁止直接銷售某些藥物給大眾。

17. **force**

[fors]

verb 強迫

◆ I cannot **force** my staff to take health checks.

我不能強迫我的員工進行健康檢查。

noun 力量

◆ A box of materials fell from the shelf and hit the computer with such **force** that it broke the monitor.

一箱子的材料從貨架上掉下來大力地砸到電腦，導致螢幕壞掉。

18. **former**

[`fɔrmɚ]

adjective 過往的

◆ Our instructor is a **former** child actor, and she used to be quite famous.

我們的教練曾經是一位童星，且她以前相當知名。

19. **fortunate**

[`fɔrtʃənɪt]

adjective 幸運的

◆ It's **fortunate** that my friends were there when it happened. I don't think I could have dealt with it by myself. 幸運的是，我的朋友們在發生這件事時在場。我不認為自己可以處理得來。

20. **fortune**

[`fɔrtʃən]

noun 錢財

◆ Recovering from a cyberattack could cost us a **fortune**.

從網路攻擊中恢復正常可能會讓我們花了不少錢。

make a fortune

phrase 致富

◆ Elon Musk **made a fortune** when he sold his shares in his Internet business PayPal.

Elon Musk 因為賣掉網路生意 PayPal 的股份而致富。

21. **forward**

[`fɔrwɚd]

adverb 向前地

◆ I won't let this problem stop me. I need to keep moving **forward**. 我不會讓這個問題阻止我。我必須繼續向前進。

verb 轉寄

◆ Please **forward** me the email we were discussing.

請把我們當時在討論的電子郵件轉寄給我。

22. **founder**

[`faʊndɚ]

noun 創辦人

◆ Travis Kalanick was one of the **founders** of Uber, which started as a ride-hailing service. Travis Kalanick 是 Uber 的創辦人之一，而該公司起初是提供叫車服務。

23. **franchise**

[`fræn,tʃaɪz]

noun 經銷權

◆ We are hoping to get the **franchise** for an international cleaning service.

我們希望取得一家國際清潔服務公司的經銷權。

24. **freelance**
['fri,læns]

adverb 自由職業地

◆ I used to work in an advertising agency, but then I decided to go **freelance** and pick up design work from different companies. 我之前在廣告代理商工作，但後來我決定成為自由職業者，並從不同公司接設計工作。

25. **freight**
[fret]

noun 貨運；貨物

◆ Our **freight** costs will be higher if we need same-day delivery. 如果我們要當天配送，貨運成本就會比較高。

Unit 14

🎧 B1 Unit 14

1. **frequent**
['frikwənt]

adjective 頻繁的

◆ There are **frequent** buses between the old town and the train station. 舊城區和火車站之間有班次頻繁的巴士。

2. **frightening**
['fraɪtənɪŋ]

adjective 令人恐懼的

◆ We got lost in Spain and ended up in a bad area. It was quite a **frightening** experience. 我們在西班牙迷路，且最後到了個很糟的地方。那實在是個令人恐懼的經歷。

3. **frustrated**
['frʌstretɪd]

adjective 沮喪的

◆ I got so **frustrated** learning to surf because every time I tried to stand up, I just fell straight off the surfboard.
每次我試圖站起來時，都會直接從衝浪板上摔下來，讓我在學習衝浪時感到非常沮喪。

4. **fulfill**
[fʊl`fɪl]

verb 達到

◆ I have **fulfilled** all the requirements, so now I'm applying for a promotion.
我達到所有的要求了，所以現在我要申請升遷。

5. **function**
['fʌŋkʃən]

verb 運轉

◆ We've looked at the production line, and everything is **functioning** well. 我們觀察了生產線，一切都運轉得很順利。

noun 功能

◆ This model has several **functions** that the previous model didn't.　這個款式有幾項功能是上一款沒有的。

---

6. **fund**
[fʌnd]

verb 提供 (事業，活動等的) 資金

◆ Foreign investors have agreed to **fund** the project.
國外投資者同意資助這項計劃。

funds
[fʌndz]

noun 資金

◆ Please make arrangements to transfer these **funds** to our Singapore office.
請安排將這些資金轉移至我們新加坡的辦事處。

---

7. **furious**
[ˋfjʊrɪəs]

adjective 憤怒的

◆ Fans who had traveled for hours were **furious** after the singer failed to turn up for the performance.　該歌手沒有出席演出，已經舟車勞頓幾個小時的歌迷們感到憤怒。

---

8. **furthermore**
[ˋfɝðə‚mor]

adverb 此外

◆ Singapore is located close to Asia's largest markets. **Furthermore**, it has a stable business environment and efficient government.　新加坡靠近亞洲各大市場。此外，它還擁有穩定的商業環境和高效率的政府。

---

9. **gap**
[gæp]

noun 差距；間隔；缺口

◆ I'm not satisfied with the work the contractors have done. There is a big **gap** between what we paid them to do and what they actually did.　我不滿意承包商所做的工作。我們花錢請他們做的和他們實際上做的有很大的差距。

---

10. **gather**
[ˋgæðə]

verb 搜集

◆ We need to **gather** all the information we can on places to go, and then start to make a plan.
我們需要盡量搜集目的地的資訊，然後再開始訂定計劃。

---

11. **generate**

[ˋdʒɛnəˌret]

verb 創造；產生

◆ We **generated** enough revenue in the first two years of business to pay off our start-up loan.

我們在剛營業的前兩年創造了足夠的收益來還清創業的貸款。

12. **generation**

[ˌdʒɛnəˋreʃən]

noun (物品) 一代；世代 同 **G/gen**

◆ The company announced that its third-**generation** tablet would go on sale in the second quarter.

該公司宣布其第三代的平板電腦將在第二季上市。

13. **genuine**

[ˋdʒɛnjʊɪn]

adjective 真誠的；真正的

◆ They weren't just being polite. It was a **genuine** offer.

他們並不只是在客套。這是一個真誠的提議。

14. **gesture**

[ˋdʒɛstʃɚ]

noun 手勢；姿勢

◆ When in other cultures, it can be difficult to understand the different **gestures** people use.

當處於不同文化時，可能很難理解人們使用的不同手勢。

15. **get in touch**

phrase 聯繫

◆ Please **get in touch** with us if you would like to talk more about working together in the future.

如果你想進一步討論未來的合作，請與我們聯繫。

16. **get rid of**

phrase 丟棄；清除

◆ My room is so full of stuff. I really need to **get rid of** my old clothing.

我的房間裡堆滿了東西。我真的需要丟棄我的舊衣服。

17. **gossip**

[ˋgɑsəp]

noun 閒聊；閒話

◆ **Gossip** is a normal part of office life, but if there is too much **gossip**, it can have a negative effect on the working environment. 閒聊是辦公室生活中平常的一部分，但如果有太多閒話，就會對工作環境有負面影響。

18. **gradual**

[ˋgrædʒʊəl]

adjective 逐漸的

◆ The company has noted a **gradual** decline in the number of customers in their brick-and-mortar stores, while online sales continue to increase.　公司已經注意到實體店面的顧客數量在逐漸下降，而線上銷售則持續增加。

19. **grateful**

[ˋgretfəl]

adjective 感謝的

◆ We are so **grateful** for all the help you've given us.　我們非常感謝你給予我們的一切幫助。

20. **a great deal**

phrase 相當多的

◆ The company has gone to **a great deal** of effort to rebrand itself as hip, stylish, and sporty.　該公司已經盡了相當多的努力來為自己的品牌重新塑造時尚、格調高雅與亮麗休閒的形象。

21. **greed**

[grid]

noun 貪婪

◆ What they did was successful, but their motivation is **greed** rather than a desire to help.　他們所做的是成功的，但他們的動機是貪婪而非出於想幫忙的慾望。

22. **gross**

[grɔs]

adjective 總共的

◆ Our **gross** income for the last year was 4.5 million dollars. However, we won't know our net profit until we deduct our costs and expenses.　我們去年的總收入為四百五十萬美元。然而，我們要扣掉成本和支出後才會知道我們的淨利潤是多少。

23. **growth**

[groθ]

noun 成長；發展

◆ The company is seeing slow **growth** in its retail business.　公司觀察到其在零售業務上有在慢慢成長。

24. **guarantee**

[ˌgærənˋti]

verb 保證

◆ I'm afraid I can't **guarantee** that I'll be available to help you move house this weekend.　恐怕我不能保證這個週末我能幫你搬家。

25. **guideline**

[ˋgaɪdˌlaɪn]

noun 準則

◆ It is essential that company **guidelines** are followed in all transactions. 所有交易都務必要遵守公司的準則。

Unit 15 B1 Unit 15

1. **handle**

[ˋhændl̩]

verb 處理

◆ The online system enables us to **handle** the huge number of requests for information we receive each month.
線上系統使我們能夠處理每個月收到的龐大資訊要求。

---

2. **handy**

[ˋhændɪ]

adjective 便利的

◆ This app is quite **handy**. It saves a lot of time, and it's quite easy to use.
這個應用程式很便利。它節省了很多時間,而且很容易使用。

---

3. **hang on**

phrasal verb 稍等

◆ Can you tell him to **hang on** for five minutes? I'll be there soon. 你可以告訴他稍等五分鐘嗎?我會盡快到那裡。

---

4. **hardly**

[ˋhɑrdlɪ]

adverb 幾乎不

◆ A: How was the concert yesterday?
A:昨天的演唱會怎麼樣?
B: Not bad, but I was right at the back, so I could **hardly** see anything.
B:還不錯,但是我坐在最後面,所以幾乎什麼都看不到。

---

5. **head**

[hɛd]

noun 負責人

◆ You'll need to discuss with Emi Horiba. She's the **head** of marketing.
你需要與 Emi Horiba 討論。她是行銷部的負責人。

verb 往⋯的方向行進

◆ I saw him turn right and **head** towards the train station.
我看到他右轉並往火車站的方向走去。

6. **high technology**
[haɪ tɛkˋnɑlədʒɪ]

adjective 高科技的 同 **high-tech/hi-tech**

◆ The **high technology** industry in this country leads the world in the design and production of industrial computers.

這個國家的高科技產業領導著世界工業電腦的設計與生產。

7. **highlight**
[ˋhaɪˌlaɪt]

verb 突顯

◆ Worsening traffic jams **highlight** the need for improvements to the city's public transportation system.

日益惡化的交通壅塞，突顯了改善城市大眾運輸系統的必要性。

8. **highly**
[ˋhaɪlɪ]

adverb 非常

◆ It is **highly** likely that habits developed in childhood will be continued into adult life.

童年養成的習慣非常可能會延續到成年生活。

9. **hold-up**
[holdˌʌp]

noun 耽擱

◆ We are currently experiencing a **hold-up** due to some technical issues at the factory.

我們目前正因為一些工廠技術上的問題而耽擱進度。

10. **honesty**
[ˋɑnɪstɪ]

noun 誠實

◆ People appreciate his **honesty**, but sometimes he is far too direct.　人們欣賞他的誠實，但有時他太直率了。

11. **honor**
[ˋɑnɚ]

noun 榮幸；榮譽；敬意

◆ It is my **honor** to be here today and to have this opportunity to share with you the progress we have made over the last year.　我很榮幸今天能夠來到這裡，有這個機會跟你們分享我們過去一年來的進展。

verb 履行；向…致敬

◆ They will be fined if they do not **honor** their agreement.

他們如果不履行協議的話將會被罰款。

12. **hopeful**
[`hopfəl]

adjective 有信心的；充滿希望的

◆ It has been a really tough year so far, but I'm **hopeful** that things will improve.

目前為止今年是很艱難的一年，但我有信心情況會有所改善。

13. **hopefully**
[`hopfəlɪ]

adverb 但願

◆ I know you've been busy. **Hopefully**, you'll be able to join us for a drink on Friday night.

我知道你很忙。但願你能在週五晚上和我們一起喝一杯。

14. **hospitable**
[`hɑspɪtəbl]

adjective 好客的

◆ People here are generous and **hospitable**. It is quite common to be invited for lunch or dinner by people you have only just met.　這裡的人們慷慨且好客。被剛認識的人邀請共進午餐或晚餐是很常見的事。

15. **huge**
[hjudʒ]

adjective 龐大的

◆ Constructing new plants will require a **huge** investment. We are not sure that it is worth it.　建設新工廠將會需要一筆龐大的投資。我們不確定這是否值得。

16. **ideal**
[aɪ`diəl]

adjective 理想的

◆ Our beach resort is the **ideal** holiday destination for surfers, sightseers, and families.

我們的海灘度假村是衝浪者、觀光客和家庭的理想度假勝地。

17. **identification**
[aɪˌdɛntəfə`keʃən]

noun 身分證明

◆ The only forms of **identification** accepted are the national identity card and passport.

唯一可被接受的身分證明是國民身分證和護照。

18. **identify**
[aɪ`dɛntəˌfaɪ]

verb 找到；發現

◆ We have been able to **identify** several new opportunities for growth and improvement.

我們一直有辦法找到一些成長和進步的新機會。

19. ignore
[ɪgˋnor]

verb 忽略

◆ The people behind us were making noise all through the movie, but I decided to **ignore** it. 我們身後的人在整部電影播放時一直製造噪音，但我決定忽略它。

20. illustrate
[ˋɪləstret]

verb 說明

◆ This story **illustrates** how a small action can make a big difference.

這故事說明了一個小動作如何可以產生很大的不同。

21. image
[ˋɪmɪdʒ]

noun 形象

◆ The bank has been taking steps to improve its **image** since the scandal broke.

自醜聞爆發以來，該銀行就不斷採取措施以改善形象。

22. imagine
[ɪˋmædʒɪn]

verb 想像

◆ Can you **imagine** what your life would be like without the internet? 你能想像沒有網路你的生活會是什麼樣子嗎？

23. immediate
[ɪˋmidɪət]

adjective 直接的

◆ The announcement of the merger had an **immediate** impact on the share price.

這個合併的公告已對股價產生直接的影響。

24. impatient
[ɪmˋpeʃənt]

adjective 不耐煩的

◆ You need to be prepared for customers who are **impatient**, unreasonable, and pushy.

你需要準備好面對不耐煩、不講理，以及咄咄逼人的顧客。

25. impolite
[ˏɪmpəˋlaɪt]

adjective 不禮貌的

◆ I hope it's not **impolite** to ask, but how old are you?

我希望這樣問不會不禮貌，但你幾歲了呢？

Unit 16 🎧 B1 Unit 16

1. **impression**
[ɪm`prɛʃən]

noun 印象

◆ I've never been there, but my **impression** is that the pace of life there is much slower and more relaxed than here.　我沒去過那裡，但我的印象是那裡的生活節奏比這裡慢很多，也輕鬆很多。

2. **improvement**
[ɪm`pruvmənt]

noun 進步

◆ I've been practicing the guitar every day, and I'm really starting to notice some **improvement** in my playing.　我每天都在練習吉他，而且我真的開始察覺我的演奏有了一些進步。

3. **in charge of**

phrase 負責

◆ I am **in charge of** the day-to-day running of the company.　我負責公司的例行事務管理。

4. **in connection with**

phrase 關於

◆ I am writing **in connection with** the recent record of the purchase of office stationery.　我正在寫有關於我們最近所採購的辦公文具的紀錄。

5. **inconvenient**
[ˌɪnkən`vinjənt]

adjective 不方便的

◆ Not only is the venue too expensive, but also the location is **inconvenient**, and there is little public transport.　這個場所不僅過於昂貴，且它的地理位置既不方便，大眾運輸工具又少。

6. **indeed**
[ɪn`did]

adverb 確實地

◆ This is **indeed** a very special opportunity, so we intend to make the most of it.　這確實是個非常特別的機會，所以我們打算充分利用它。

7. **indirect**
[͵ɪndə`rɛkt]

adjective 間接的

◆ Hiring the wrong staff is expensive. Apart from the obvious costs, it also results in **indirect** costs such as lower productivity, administration costs, and a negative impact on the team.　聘用不合適的員工的代價是高的。除了明顯的成本之外，也會導致像是較低的生產率、管理成本，以及對團隊產生負面影響等等間接成本。

8. **individual**
[͵ɪndə`vɪdʒʊəl]

adjective 個別的

◆ Due to the huge amount of feedback we received, we are not able to respond to **individual** comments.
由於我們收到了大量回饋意見，我們無法對個別評論做出回應。

noun 個人

◆ We focus on providing a range of private banking services, especially for wealthy **individuals**.
我們著重於專為富人提供一系列的私人銀行服務。

9. **industrial**
[ɪn`dʌstrɪəl]

adjective 工業的

◆ **Industrial** production has increased slightly due to the fall in oil prices.　工業生產量因為油價下跌而略有增加。

10. **influence**
[`ɪnflʊəns]

verb 影響

◆ Her music was unlike anything else, and it **influenced** a whole generation of young singers and musicians.　她的音樂與眾不同，而且影響了一整個世代的年輕歌手和音樂家。

11. **inform**
[ɪn`fɔrm]

verb 告知

◆ Please **inform** everyone involved in the project that the deadline has been brought forward two days.
請告知每一個參與計劃的人截止日期已經提前了兩天。

12. **informal**
[ɪn`fɔrml̩]

adjective 非正式的

◆ There will be an **informal** gathering to welcome colleagues from our other offices.
將會有一個非正式的聚會以歡迎來自其他辦公室的同事。

13. **infrastructure**

[`ɪnfrə,strʌktʃɚ]

noun 基礎建設

◆ The building of the new town allowed the city to introduce **infrastructure** such as energy and transportation systems, green space, and waste management in a planned way. 新城的建設使該城市能夠有計劃地引入能源與運輸系統、綠地，與廢棄物管理等基礎建設。

14. **initial**

[ɪ`nɪʃəl]

adjective 初始的；最初的

◆ The contract will run for the **initial** period of one year, with the option to renew if both parties agree.

合約的初始期限是一年，如果雙方都同意就可以選擇續約。

15. **in order to**

phrase 為了

◆ We are changing our incentive program **in order to** recruit the best staff.

為了招募到最優秀的員工，我們正在改變我們的獎勵計劃。

16. **inspect**

[ɪn`spɛkt]

verb 檢查

◆ Several shareholders have asked to **inspect** the company accounts. 已經有一些股東要求檢查公司的帳目。

17. **inspire**

[ɪn`spaɪr]

verb 激勵

◆ The best leaders **inspire** others to achieve more than they believed they were capable of.

最好的領導者會激勵他人達到超出他們認為自己能力的成就。

18. **instant**

[`ɪnstənt]

adjective 立即的

◆ It is a simple and cheap solution with **instant** results.

這是一種簡單又便宜且可立即產生效果的解決方案。

19. **instead**

[ɪn`stɛd]

adverb 反而；作為…的替代

◆ Don't just criticize. We need to look at what was successful **instead**.

別只是批評。我們需要看看成功的地方作為只是批評的替代。

20. **institution**

[ˌɪnstəˈtjuʃən]

noun 機構

◆ This bank is one of the largest financial **institutions** in the whole country. 這家銀行是全國最大的金融機構之一。

補 **institute** (學術的) 機構；學院

---

21. **instruct**

[ɪnˈstrʌkt]

verb 指示

◆ We have **instructed** the finance department to transfer the funds immediately.

我們已經指示財務部門立即轉匯資金。

---

22. **intend**

[ɪnˈtɛnd]

verb 打算

◆ I **intend** to do a postgraduate course in the UK after I finish my degree.

我打算在完成學位後在英國攻讀研究所課程。

---

23. **interact**

[ˌɪntəˈækt]

verb 互動

◆ It is important that we make an effort to **interact** with the local community. 我們努力與當地社區互動是很重要的。

---

24. **interactive**

[ˌɪntəˈæktɪv]

adjective 互動的

◆ The training is practical and highly **interactive**, allowing staff to simulate potential work situations. 此次訓練是實用且具高度互動性的，讓員工能模擬可能的工作情境。

---

25. **internship**

[ˈɪntɝnˌʃɪp]

noun 實習

◆ I'm going to do an **internship** in an accounting firm to gain experience and improve my practical skills.

我將在會計事務所實習以獲得經驗並提高我的實用技能。

Unit 17 B1 Unit 17

1. **interpret**

[ɪnˈtɝprɪt]

verb 口譯；闡釋

◆ If their foreign managers join the meeting, we'll need someone to **interpret** for us.

假如他們的外籍經理參加會議，我們就需要有人來為我們口譯。

2. **interviewer**

[`ɪntəˌvjuə]

noun 面試官 反 **interviewee** 面試者

◆ The **interviewer** asked questions about the industry, but the interviewee was not able to answer any of them.

面試官詢問有關該產業的問題，但面試者一題都答不出來。

3. **invent**

[ɪn`vɛnt]

verb 發明

◆ Actually, I'm not sure who **invented** the internet.

實際上，我不確定誰發明了網路。

4. **invest**

[ɪn`vɛst]

verb 投入 (時間，金錢等)

◆ Our staff are our greatest asset. That's why we are willing to **invest** so much in training and development.

我們的員工就是我們最棒的資產。這就是為什麼我們願意在培訓和發展上投入這麼多。

5. **invite**

[ɪn`vaɪt]

verb 邀請

◆ We have **invited** an expert on e-recycling to speak at the conference.

我們邀請了一位電子回收領域的專家在會議上發表演說。

6. **invoice**

[`ɪnvɔɪs]

noun 發票

◆ The customer has thirty days from the date of the **invoice** to dispute any charges.

顧客可在發票上日期的三十天內對任何收費提出異議。

7. **involve**

[ɪn`vɑlv]

verb 涉及

◆ All extreme sports **involve** a high level of risk.

所有極限運動都涉及高風險。

8. **itinerary**

[aɪ`tɪnəˌrɛrɪ]

noun 旅行計劃

◆ You will receive an **itinerary** once all details for the trip have been confirmed.

一旦所有的旅程的細節都確定了你將會收到一份旅行計劃。

9. judge
[dʒʌdʒ]

verb 判斷

◆ It is always hard for me to **judge** whether a place is safe or not when traveling alone.

獨自旅行時，我總是很難判斷一個地方是否安全。

10. junior
[`dʒunjə]

adjective 地位 (或等級) 較低者

◆ I don't want to apply for that job. The salary might be better, but it's a more **junior** position than the one I'm in now. 我不想申請那份工作。薪水可能是比較好的，但卻比我目前工作的職等更低。

11. keen
[kin]

adjective 熱衷的

◆ The program was a success because students from both cultures were so **keen** to learn from each other's lifestyles and cultures. 這個計劃會成功是因為來自兩種文化的學生都非常熱衷於相互學習彼此的生活方式和文化。

12. keep on

phrasal verb 繼續

◆ Even though it started raining, we **kept on** playing soccer. 儘管開始下雨，我們還是繼續踢足球。

13. key
[ki]

adjective 關鍵的

◆ She has played a **key** role in the development of our strategy. 她在我們的策略發展中扮演關鍵的角色。

14. kindly
[`kaɪndlɪ]

adverb 懇請

◆ **Kindly** complete the attached application form and return it before the deadline.

懇請填完附上的申請表並於截止日期前交回。

15. laborer
[`lebərə]

noun 勞工

◆ **Laborers** working in the oil and gas industry might earn more than many professionals in other fields.

在石油和天然氣產業工作的勞工所賺的錢可能比許多其他領域的專業人士賺得還多。

16. lack
[læk]

verb 缺乏

◆ Although he **lacks** confidence, his job performance has been outstanding.
雖然他缺乏信心，但他的工作表現一直是相當傑出的。

---

17. largely
[`lɑrdʒlɪ]

adverb 主要地；大部分地

◆ The drop in illness was **largely** due to better access to clean water.
疾病的減少主要是因為有更好取得乾淨水源的方法。

---

18. lately
[`letlɪ]

adverb 最近

◆ We have been having some issues with the stability of our servers **lately**.
最近我們的伺服器穩定性一直有些問題。

---

19. launch
[lɔntʃ]

verb 推出；開始

◆ We are about to **launch** a travel service online that allows users to book into small, high-quality hotels at discount prices.　我們在線上推出旅遊服務，讓使用者可以用折扣價格預定小型又高品質的飯店。

---

20. lawsuit
[`lɔ,sut]

noun 訴訟

◆ The company is facing a **lawsuit** from a former employee who claims he was improperly fired.
公司正面臨一位聲稱被不當解僱的前員工提出的訴訟。

---

21. lay off

phrasal verb 解僱

◆ Budget cuts mean we will need to **lay off** almost fifty staff.　預算縮減就意味著我們會需要解僱將近五十名員工。

---

22. leave out

phrasal verb 遺漏

◆ When they made the movie version, they **left out** some of the best bits of the book.
當他們製作電影版時，他們遺漏了書中一些最好的部分。

23. **leave (sb) alone**

phrasal verb 不打擾…

◆ I just hope everyone **leaves** me **alone**, and lets me make my own decisions.
我只希望每個人都不要打擾我，讓我獨自一人做決定。

24. **liaise**

[lɪ`ez]

verb 接洽

◆ I need to **liaise** with all the groups involved in the project to make sure that the right things are done at the right time. 我需要跟所有參與計劃的團隊接洽，以確保該做的事情都能適時地完成。

25. **likely**

[`laɪklɪ]

adjective 很可能的

◆ According to the weather forecast, the typhoon is not **likely** to hit Taiwan directly.
根據天氣預報，此颱風不太可能直接襲擊臺灣。

Unit 18 🎧 B1 Unit 18

1. **limited**

[`lɪmɪtɪd]

adjective 有限的

◆ Please book early for the performance because there is a **limited** number of seats.
由於座位數量有限，請儘早預定表演。

2. **link**

[lɪŋk]

noun (網路上的) 連結；聯繫

◆ To access the site, please click on the **link** below.
要進入這個網站，請點擊下方的連結。

◆ The customer service team provides an important **link** between the company and its customers.
客服團隊是提供公司與客戶之間的重要聯繫。

3. **list**

[lɪst]

verb 把…列出

◆ We have asked applicants to **list** their three main reasons for wanting to be a summer camp counselor.
我們要求應徵者列出他們想當暑期營輔導員的三個主要原因。

4. **lively**

[ˋlaɪvlɪ]

adjective 有活力的

◆ The hotel is in a **lively** area full of cafés, bars, and fashionable restaurants. 這家飯店位於一個充滿活力的地方，有很多的咖啡廳、酒吧及時尚餐廳。

---

5. **living**

[ˋlɪvɪŋ]

noun 生計；生活；收入

◆ Mr. Wang makes a **living** as an interior designer. 王先生以室內設計師這份工作維持生計。

---

6. **earn a living**

phrase 謀生

◆ I'm lucky to **earn a living** by doing what I love. 我很幸運能做我喜歡的事來謀生。

---

7. **load**

[lod]

noun 負重

◆ Please make sure that their trucks can carry such a heavy **load** of goods. 請確保他們的貨車可以負載如此重的貨物。

---

8. **located**

[ˋloketɪd]

adjective 坐落於

◆ The convention center is **located** in the heart of the city. 這會議中心坐落於市中心。

---

9. **look like**

phrase 看起來像

◆ Do you think that dogs really **look like** their owners? 你認為狗真的會看起來像牠們的主人嗎？

---

10. **loss**

[lɔs]

noun 損失

◆ Our poor performance in the first half of the year was due to the **loss** of a large contract. 因為損失一份大契約導致我們前半年的業績表現不佳。

---

11. **lower**

[ˋloɚ]

adjective 較低的

◆ E-businesses tend to have much **lower** overheads than traditional companies. 電商的營運費用往往比傳統公司還要低得多。

12. loyal
[ˋlɔɪəl]

adjective 忠誠的；忠心的

◆ To be successful, we not only need **loyal** customers, but also **loyal** staff and suppliers.　為了成功，我們不只需要忠誠的客戶，也需要忠心的員工和供應商。

13. luxury
[ˋlʌkʃərɪ]

noun 奢華

◆ Glamping, which is camping in **luxury**, has become increasingly popular in recent years.
Glamping，一種奢華露營，近年來變得越來越受大眾喜愛。

14. maintain
[menˋten]

verb 維持

◆ You need to exercise regularly to **maintain** your current level of physical fitness.
你必須規律運動以維持你目前的體能水準。

15. major
[ˋmedʒɚ]

adjective 重大的

◆ The successful completion of the project is a **major** achievement for this company.
這項專案圓滿完成對這家公司而言是重大的成就。

16. make it

phrase 及時趕上；成功做到

◆ Something urgent has come up. I'm afraid I can't **make it** to the meeting this afternoon.
有急事發生。我恐怕不能及時趕上今天下午的會議。

17. management
[ˋmænɪdʒmənt]

noun 管理部門；管理

◆ **Management** needs reliable data and information in order to develop effective strategies.
管理部門需要可靠的數據和資料以制訂有效的策略。

◆ The CEO was criticized for her **management** of the situation.　執行長因為她對於此情況的管理而受到批評。

18. manual
[ˋmænjʊəl]

noun 說明書

◆ Please consult the **manual** for step-by-step instructions on how to set up the equipment.
請參閱此說明書內教你如何安裝設備的逐步使用說明。

adjective 人工的

◆ **Manual** operation can lead to errors, so we plan to automatize data collection and processing. 人工操作可能導致錯誤，所以我們計劃將資料收集和處理自動化。

---

19. **manufacturing**
[ˌmænjəˈfæktʃərɪŋ]

noun 製造

◆ We use high-quality raw materials in the **manufacturing** of all our products.
我們使用高品質原料製造我們所有的產品。

---

20. **margin**
[ˈmɑrdʒɪn]

noun 頁邊空白處

◆ Check the notes I made in the **margin**.
看一下我在頁邊空白處寫的筆記。

---

21. **mass**
[mæs]

adjective 大規模的；大量的

◆ There is a lot of debate about whether AI will cause **mass** unemployment.
對於人工智慧是否將造成大規模的失業有很多的辯論。

---

22. **material**
[məˈtɪriəl]

noun 材料

◆ These items are reusable and made from a heat-resistant **material** that will neither melt nor burn.
這些物品可重複使用且由不會熔化也不會燃燒起來的一種耐熱材料製成。

---

23. **maximum**
[ˈmæksəməm]

noun 最多的 同 max

◆ For this writing assignment, the minimum number of words is 180 and the **maximum** is 250.
寫作作業最少字數為一百八十字，最多為兩百五十字。

---

24. **meant to**

phrase 原本預計；應該

◆ I don't think you were **meant to** tell anyone that they are planning a party.
我不認為你原本預計告訴任何人他們正在計劃一個派對。

25. **meanwhile**

[`min,hwaɪl]

adverb 同時

◆ We are trying to negotiate better deals with our local suppliers at the moment. **Meanwhile**, we are also looking for overseas suppliers to see what options are available.

我們此刻正試圖與當地供應商談判以取得更好的交易。同時，我們也在尋找海外供應商看看有哪些不錯的選擇。

 B1 Unit 19

1. **measure**

[`mɛʒɚ]

verb 衡量；估量

◆ The school is conducting a survey to **measure** the level of satisfaction of students living in school dormitories.

學校正在進行一項調查以衡量住在學校宿舍學生的滿意度。

noun 措施

◆ Management has taken **measures** to improve the performance of the production process.

管理部門已經採取措施以改進生產過程的工作情況。

2. **mechanical**

[mə`kænɪkl]

adjective 機械的

◆ Production has been slowed by **mechanical** problems and staffing issues. 產量因機械問題及員工爭議而減緩。

3. **media**

[`midɪə]

noun 媒體

◆ Although the government has been criticized a lot in the **media**, their decision was a good one.

儘管政府在媒體上受到了很多批評，但他們的決定是好的。

4. **mention**

[`mɛnʃən]

verb 提到

◆ In her speech, she **mentioned** that she was currently recording a new album.

在她的演講中，她提到了她目前正在錄製一張新專輯。

5. **merchandise**
[`mɝtʃən،daɪz]

noun 商品

◆ We display our **merchandise** in the way that is most likely to ensure our customers actually make a purchase.
我們以最有可能確保我們的顧客實際進行購買的方式展示我們的商品。

6. **merge**
[mɝdʒ]

verb 使 (公司等) 合併

◆ The main reason we should **merge** with SunX is that it will almost double our market share.　我們應該與 SunX 合併的最主要的原因是我們的市占率將會增加幾乎一倍。

7. **mess**
[mɛs]

noun 一團亂

◆ At that time, I'd made some mistakes that caused some serious problems, and I felt my life was really a **mess**.
那時，我犯了一些錯誤導致了一些嚴重的問題，因此我覺得我的生活真是一團亂。

8. **method**
[`mɛθəd]

noun 方法

◆ One **method** we use to increase efficiency is making sure staff are informed not just what needs to be done, but also why it is necessary.
我們增加效率的一個方法是要確保員工不僅是知道需要完成什麼，並知道完成相關事情的重要性。

9. **minimum**
[`mɪnəməm]

adjective 最低的；最小的

◆ In some states, twenty-one is the **minimum** age at which you can enter a bar.
在某些州，二十一歲是你可以進入酒吧的最低年齡。

10. **minor**
[`maɪnɚ]

adjective 輕微的

◆ The company is being sued by an employee who suffered a **minor** injury while in the workplace.
這家公司被一位在工作場所受到輕傷的員工提告。

11. **minority**
[maɪˋnɔrətɪ]

noun 少數

◆ Only a small **minority** of those surveyed said they were not satisfied with our current service.
只有少數的受訪者表示他們對我們目前的服務不滿意。

12. **miss**
[mɪs]

verb 錯過

◆ There was a long delay with the first flight, which caused us to **miss** the connecting flight.
第一個航班的長時間誤點造成我們錯過要轉接的班機。

13.
misunderstanding
[ˋmɪsʌndəˋstændɪŋ]

noun 誤解

◆ In different cultures, gestures can have different meanings, so it can be easy to cause a **misunderstanding**.
在不同文化中，手勢可能具有不同含意，因此很容易引起誤解。

14. **mixed**
[mɪksd]

adjective 混合的

◆ You will be talking to quite a **mixed** group with different backgrounds and professions.
你將與一群混合不同背景與專業的團體談話。

15. **mostly**
[ˋmostlɪ]

adverb 大部分

◆ The north of the country is **mostly** mountainous, while the south is **mostly** farmland.
該國北部大部分為山區，而南部多為農田。

16. **multinational**
[ˌmʌltɪˋnæʃənl̩]

adjective 跨國的

◆ We advise **multinational** companies on legal issues in the local market.
我們就當地市場的法律問題為跨國公司提供建議。

17. **multiply**
[ˋmʌltəplaɪ]

verb 乘；使相乘

◆ To work out the price including tax, just **multiply** the original price by 1.15.
要計算出含稅的價格，只要以原價乘以一點一五即可。

18. **narrow**

[`næro]

adjective 狹窄的

◆ You can spend the afternoon walking through the **narrow** streets of the old city and looking at the wonderful architecture.

你可以利用下午漫步在舊城區的狹窄街道並看看美麗的建築。

19. **national**

[`næʃənl̩]

adjective 國家的；國民的

◆ He achieved **national** fame after posting a video of himself imitating the president singing a song.

他在發布自己模仿總統唱歌的影片後享譽全國。

20. **negotiate**

[nɪ`goʃɪ,et]

verb 談判；協商

◆ We need to **negotiate** with the suppliers and see if we can get them to extend their payment terms from thirty days to forty-five days.　我們需要與供應商進行協商並看看我們是否能說服他們將三十天的付款期限延長至四十五天。

21. **network**

[`nɛt,wɝk]

noun 網路系統

◆ We have built a **network** in China of more than thirty outlets.

我們已經在中國建立了一個超過三十家專賣店的網路系統。

22. **never mind**

phrase 沒關係

◆ A: Lily isn't here right now.　A：Lily 現在不在這裡。

B: **Never mind**. I'll come back again after lunch.

B：沒關係。我午餐過後再過來。

23. **normally**

[`nɔrml̩ɪ]

adverb 通常

◆ The agenda is **normally** sent out a week before the meeting.　議程通常是在會議前一個星期寄出的。

24. **notice**

[`notɪs]

verb 注意

◆ I **noticed** that they don't hang out together anymore.

我注意到他們不再一起出去玩了。

noun 預先通知

◆ If you intend to leave your job, you are required to give thirty days' **notice**.

如果你打算辭職，你必須在三十天前預先通知。

25. **nowadays**
[`nauə,dez`]

adverb 現今

◆ **Nowadays**, computer skills are considered to be a basic requirement for employment.

現今，電腦技能被視為是就業的一個基本條件。

Unit 20  B1 Unit 20

1. **object**
[`abdʒɪkt`]

noun 物體

◆ Do not place any heavy **objects** on this machine.

不要放任何重物在這臺機器上。

2. **objective**
[əb`dʒɛktɪv`]

noun 目的

◆ The **objective** of the event is to raise money for people whose homes were damaged in the flooding.

此活動的目的是為房屋在洪水中受損的人們籌募資金。

3. **observe**
[əb`zɝv`]

verb 觀察

◆ A manager from another branch will be here to **observe**. She will not participate in any of the discussions or activities. 從另一個分公司來的經理將會來這裡觀察。她不會參與任何討論或活動。

4. **obtain**
[əb`ten`]

verb 得到

◆ I'm not sure how he did it, but he was able to **obtain** the new PlayStation a month before it was available in stores. 我不確定他是怎麼做到的，但他能夠在新的 PlayStation 在店內上架前一個月得到它。

5. **obvious**
[`abvɪəs`]

adjective 明顯的

◆ It is **obvious** that she put a lot of time and thought into the design of her website.

很明顯她在網站設計上投入了大量的時間和心思。

6. occasion
[ə`keʒən]

noun 時刻

◆ Inspectors from the labor department have visited the plant on more than one **occasion**.
勞動部門的稽察員已經不只一次訪查這間工廠。

7. special occasion
[ˌspɛʃəl ə`keʒən]

noun 特殊時刻；特殊場合

◆ Every time there is a **special occasion**, such as a birthday or work achievement, we take the whole team to a nice restaurant to celebrate. 每逢特殊時刻，像是生日或工作績效達成時，我們都會帶整個團隊去一間不錯的餐廳慶祝。

8. occur
[ə`kɝ]

verb 發生

◆ The company must do everything in its power to ensure that accidents do not **occur**.
該公司必須盡一切的力量以確保意外不會發生。

9. offer
[`ɔfɚ]

verb 提供

◆ We **offer** a wide range of outdoor activities that include whitewater rafting, horse riding, rock climbing, plus many more.
我們提供廣泛的戶外活動，包括急流泛舟、騎馬、攀岩等等。

10. offering
[`ɔfərɪŋ]

noun 出售物

◆ We need to look again at our **offering** to decide how well it suits the needs of the local market. 我們必須再檢查一次我們的出售物以決定它在當地市場需求的合適度。

11. official
[ə`fɪʃəl]

adjective 正式的

◆ Before signing the contract, they want to see certain **official** documents including our company's business license. 在簽合約之前，他們想看包括我們公司營業執照在內的一些正式文件。

12. operate
[`ɑpəˌret]

verb 操作

◆ The machine is easy to **operate**, but you must follow all recommended safety procedures.
這機器很容易操作，但你必須遵守所有建議的安全程序。

13. **optimistic**

[,ɑptə`mɪstɪk]

adjective 樂觀的；看好的

◆ We are really **optimistic** about the chances of our team making the finals this season.

我們對於我們球隊本賽季進入決賽的機會非常看好。

---

14. **option**

[`ɑpʃən]

noun 選擇

◆ Before making a decision on which university you will attend, you need to look carefully at all the **options**.

在決定就讀哪所大學之前，你需要仔細考慮所有選項。

---

15. **ordinary**

[`ɔrdn͵ɛrɪ]

adjective 普通的

◆ It is just an **ordinary** town, but it is an amazing place.

這是一個普通的小鎮，但卻是一個令人驚嘆的地方。

---

16. **organization**

[͵ɔrgənaɪ`zeʃən]

noun 機構

◆ This **organization** is the leading provider of medical products and services in the country.

這個機構是該國醫療產品和服務的主要供應商。

---

17. **organize**

[`ɔrgən͵aɪz]

verb 安排

◆ The local government will **organize** a series of events and activities to attract more visitors to the city.

當地政府將安排一系列的活動以吸引更多觀光客到這座城市。

---

18. **original**

[ə`rɪdʒənl]

adjective 原本的

◆ The **original** price was US$5.80, but we managed to get it down to US$3.99.

它的原價是五點八零美元，但我們設法讓它降到三點九九美元。

---

19. **outlet**

[`aʊt͵lɛt]

noun 經銷店；專賣店

◆ In the last five years, we have increased our number of retail **outlets** in the country from twelve to twenty-seven.

過去五年中，我們在國內零售經銷店的數量已經從十二家增加到二十七家。

20. oversee
[ˌovəˋsi]

verb 監督

◆ As the team leader, you will **oversee** the whole project and make sure it is completed on time.
作為團隊負責人，你將監督整個專案並確保它準時完成。

21. owe
[o]

verb 欠 (債等)

◆ I still **owe** my roommate US$200, but I can pay him back at the end of the week when I get paid for my part-time job.　我仍然欠我的室友兩百美元，但我可以在週末領取我打工的薪水時還給他。

22. own
[on]

verb 擁有

◆ We don't **own** the building, but we do have a long-term lease.
我們並不擁有這棟大樓，但我們確實有個長期的租賃合約。

23. part
[part]

noun 零件

◆ Once the **parts** arrive, we can have the machine operational in a few hours.
一旦零件抵達，我們就可以在幾個小時內讓機器運作。

24. take part

phrase 參加

◆ Almost all my classmates **took part** in last week's beach cleanup.　我所有的同學幾乎都參加了上週的淨灘活動。

25. participate
[parˋtɪsəˌpet]

verb 參加；參與

◆ I **participated** in several art competitions when I was a kid, and once won a prize given by the mayor.　我小時候參加過幾次美術比賽，且有一次還獲得市長授予的獎項。

Unit 21　B1 Unit 21

1. particular
[pəˋtɪkjələ]

adjective 特定的

◆ I've played a lot of online games, but that **particular** game really sticks in my memory.
我玩過很多網路遊戲，但那款特定的遊戲真的讓我記憶猶新。

2. **in particular**

phrase 特別；尤其

◆ We are looking at ways to reduce costs. We **in particular** hope to reduce transportation costs by buying from local producers. 我們正在尋找方法來降低成本。我們特別希望能透過向當地生產商採購以降低運輸成本。

3. **pass**
[pæs]

verb (時間) 流逝

◆ I've been here ten years already. Time has really **passed** quickly. 我來這裡已經十年了。時間過得真快。

4. **pass on (sth) to sb**

phrasal verb 傳遞

◆ It's a family recipe that my grandmother **passed on to** my mother, and my mother **passed on to** me. 這是我祖母傳給我媽媽的家族食譜，且我媽媽也傳給了我。

5. **passive**
[`pæsɪv]

adjective 被動的

◆ They have a good-quality product, yet surprisingly, their marketing has been so **passive**. 他們有品質良好的產品，但令人驚訝地是，他們的行銷是如此地被動。

6. **patient**
[`peʃənt]

adjective 有耐心的

◆ My favorite teacher is Ms. Ryan, because she is kind and **patient**, and she fills each day with fun. 我最喜歡的老師是 Ryan 女士，因為她善良又有耐心，且她讓每一天都充滿歡樂。

7. **pattern**
[`pætɚn]

noun 模式

◆ The next stage is to look through our data and analyze buying **patterns**. 下一個階段是要檢視我們的數據並分析購買模式。

8. **payment**
[`pemənt]

noun 款項

◆ Please note that **payment** must be made in full by the end of the month. 請注意：款項必須在月底前全面付清。

9. **payroll**

[`pe,rol]

noun (公司的) 薪資發放總額

◆ In this position, you will be responsible for overseeing **payroll** and benefits for all staff in the company.

在此職位上，你將負責監督公司裡所有員工的薪資與津貼。

---

10. **peak**

[pik]

noun 高峰

◆ Sales reached a **peak** in July before dropping steadily until the end of the year.

銷售額在七月份達到高峰，然後逐步下降至年底。

---

11. **peer**

[pɪr]

noun 同輩；同儕

◆ Students then will have the opportunity to teach their **peers** skills they have learned in their work experience.

學生到時將會有機會向同輩傳授他們在工作經驗中學到的技能。

---

12. **percentage**

[pɚ`sɛntɪdʒ]

noun 比例；百分比

◆ These LED lights use only a small **percentage** of the energy consumed by other types of light.

這些 LED 燈相較其他類型的燈只消耗少比例的能源。

---

13. **perform**

[pɚ`fɔrm]

verb 執行；表演

◆ She has **performed** all her duties effectively and reliably since she started.

自從她入職以來她便有效並可靠地履行所有職責。

◆ The city government has invited several local artists to **perform** at the end-of-year party.

市政府邀請了幾位當地藝術家在年終晚會上表演。

---

14. **period**

[`pɪrɪəd]

noun 期間

◆ Can you check whether the payment **period** is thirty days or forty-five days?

你可以檢查一下付款期間是三十天還是四十五天嗎？

---

15. **personality**

[,pɝsṇ`ælətɪ]

noun 性格；個性

◆ He has a dynamic **personality**, and it makes him a very inspiring leader.

他的性格充滿活力，這使得他成為鼓舞人心的領導者。

16. **personally**

[ˋpɝsnəlɪ]

adverb 就個人而言

◆ **Personally** speaking, I don't think the food they serve there is worth the money.

就個人而言,我不認為他們在那裡提供的食物值那個錢。

17. **perspective**

[pəˋspɛktɪv]

noun 觀點

◆ We need to look at the situation from the client's **perspective**. 我們需從客戶的觀點來檢視這個情況。

18. **persuade**

[pəˋswed]

verb 說服;勸服

◆ Perhaps I can **persuade** my brother to let me use his scooter. 也許我可以說服我哥哥讓我使用他的輕型機車。

19. **pessimistic**

[ˌpɛsəˋmɪstɪk]

adjective 悲觀的

◆ Unfortunately, most predictions for the economy are quite **pessimistic**. 不幸地,大多數的經濟預測都相當悲觀。

20. **phase**

[fez]

noun 階段

◆ The initial **phase** of the project will involve information gathering and research.

該專案的初始階段將會包含資訊搜集和研究。

21. **pick**

[pɪk]

verb 挑選

◆ There are three separate design concepts to choose from. We need to **pick** the best.

有三個不同的設計理念可供選擇。我們要挑選最好的。

22. **pile**

[paɪl]

noun 堆

◆ If any of the bags are damaged in any way, just put them in a **pile** over there.

如果任何袋子有損壞,就把它們堆成一堆放在那邊。

23. **placement**

[ˋplesmənt]

noun 職業介紹

◆ This university offers job **placement** assistance to help students find suitable employment after they graduate.

這間大學提供職業介紹的協助,幫助他們的學生在畢業之後找到適宜的工作。

24. **plain**

[plen]

adjective 明顯的；樸素的

◆ It was **plain** to see that they had spent a lot of time outside in the sun during the vacation.
很明顯他們在假期中花了很多時間在外面曬太陽。

◆ The office design is quite **plain**, but at least it's clean and bright. 這辦公室的設計十分樸素，但至少是乾淨且明亮的。

25. **plant**

[plænt]

noun 工廠

◆ Our company is investing heavily in manufacturing **plants** in China and Vietnam.
我們的公司大力投資中國和越南的製造工廠。

Unit 22

 B1 Unit 22

1. **policy**

[`pɑləsɪ]

noun 政策

◆ The government has recently brought in several **policies** aimed at making it easier for start-up companies.
最近政府為了讓新創立的企業更容易運作提出了一些政策。

2. **politics**

[`pɑlə,tɪks]

noun 政治事業

◆ After her children had grown up, she decided to go into **politics**. 在她的孩子長大後，她決定要從政。

3. **portfolio**

[port`folɪ,o]

noun (投資) 組合

◆ We have a wide range of products in our **portfolio**, and it's expanding all the time.
我們的投資組合中有種類廣泛的商品，而且一直在擴增中。

4. **position**

[pə`zɪʃən]

noun 職位；職務

◆ What qualifications are required for this **position**?
這個職位需要什麼資格？

5. **in a difficult position**

phrase 陷入困境

◆ Some parents feel they are **in a difficult position** because they want a good relationship with their children, but they still need to be strict with them sometimes.

有些父母因為想和孩子建立良好的關係，但有時仍需要對他們嚴格而覺得自己陷入困境。

6. **possess**

[pə`zɛs]

verb 擁有

◆ All animals **possess** the ability to defend themselves in some way.　所有動物都擁有以某些方式保護自己的能力。

7. **possibility**

[ˌpɑsə`bɪlətɪ]

noun 可能性

◆ There's a **possibility** that I will need to move back and live with my parents.

我有可能需要搬回去和父母住在一起。

8. **postpone**

[post`pon]

verb 延遲

◆ All games this week have been **postponed** to next week due to the approaching typhoon.

本週所有比賽都因為颱風逼近而延遲到下週進行。

9. **potential**

[pə`tɛnʃəl]

adjective 潛在的

◆ We see some **potential** problems with the project.

我們認為這個計劃有一些潛在的問題。

noun 潛力

◆ We see Southeast Asia as a market with a lot of **potential** for our products.　我們將東南亞視為一個對我們的產品來說具有很大潛力的市場。

10. **powerful**

[`pauə-fəl]

adjective 強大的

◆ The internet is the most **powerful** communication tool ever invented.

網路是有史以來的發明中最強大的通訊工具。

11. **practical**
[`præktɪkl̩]

adjective 實用的

◆ Work experience is valuable for students, as it helps them develop **practical** skills.

工作經驗對學生來說很寶貴，因其可幫助他們發展實際技能。

---

12. **precious**
[`prɛʃəs]

adjective 珍貴的

◆ My experience here at this camp will always be a very **precious** memory for me.

對我來說在這個營隊的經歷永遠都會是非常珍貴的記憶。

---

13. **predict**
[prɪ`dɪkt]

verb 預計

◆ We **predict** that the US dollar will rise in value very soon after the election.   我們預計美元在大選後很快就會升值。

---

14. **preference**
[`prɛfərəns]

noun 喜歡

◆ I can book you a window seat or an aisle seat. What is your **preference**?

我可以為你預定靠窗的或靠走道的座位。你喜歡哪一個？

---

15. **preparation**
[ˌprɛpə`reʃən]

noun 準備 (工作)

◆ **Preparation** is the key to a good presentation.

準備工作是做好報告的關鍵。

---

16. **preparations**
[ˌprɛpə`reʃənz]

noun 準備；預備

◆ We are still making **preparations** for our graduation trip next month.   我們還在為下個月的畢業旅行做準備。

---

17. **prevent**
[prɪ`vɛnt]

verb 防止；預防

◆ These rules have been made to **prevent** accidents on the school grounds.

這些規則被制定是為了避免在校園內的意外。

---

18. **previous**
[`privɪəs]

adjective 以前的；先前的

◆ I do have references from my **previous** employers.

我確實有前僱主幫我寫的推薦函。

19. **pricey**

[ˋpraɪsɪ]

adjective 貴的

◆ The food here is a little **pricey**, but it's delicious.
這裡的食物有點貴，但是很美味。

20. **prior**

[ˋpraɪə]

adjective 先前的

◆ Have you had any **prior** experience in this field?
你在這個領域有任何先前的經驗嗎？

21. **prior to**

phrase 在⋯之前

◆ He is now the chief technical officer, but, **prior to** that, he managed the company server and network. 他現在是首席技術總監，但是，在那之前，他負責公司伺服器和網路。

22. **priority**

[praɪˋɔrətɪ]

noun 首要任務

◆ My top **priority** right now is to get my degree and get into a good university.
我現在的首要任務是獲得學位並進入一所好大學。

23. **privacy**

[ˋpraɪvəsɪ]

noun 隱私

◆ The company takes the **privacy** of its customers very seriously. 公司非常重視客戶的隱私。

24. **procedure**

[prəˋsidʒə]

noun 步驟

◆ Please explain the **procedure** for transferring funds to overseas accounts.
請解釋一下有關轉移資金到海外帳戶的步驟。

25. **process**

[ˋprɑsɛs]

noun 過程

◆ We need more information on the application **process** before we go any further.
在我們進一步行動之前我們需要更多有關申請過程的資訊。

Unit 23  B1 Unit 23

1. **productivity**
   [ˌprɑdʌkˈtɪvətɪ]

   noun 生產力

   ◆ Modernization of the plant has enabled us to see big increases in **productivity**.
   工廠的現代化讓我們可以見證產量的大幅提高。

2. **profession**
   [prəˈfɛʃən]

   noun 職業

   ◆ We provide training and support for people hoping to enter the IT **profession**.
   我們提供希望進入資訊技術職業的人們訓練與協助。

3. **profile**
   [ˈprofaɪl]

   noun 形象

   ◆ These community events are good for our company **profile**. 這些社區活動有利於我們公司的形象。

4. **profitable**
   [ˈprɑfɪtəbl̩]

   adjective 有獲利的

   ◆ The most **profitable** part of our operation is the oil and gas division. 我們企業獲利最多的就是石油和天然氣部門。

5. **progress**
   [ˈprɑgrɛs]

   noun 進展

   ◆ It's a big project and it will take a lot of work, but so far we've been making good **progress**. 這是一個大專案且將需要做很多工作，但到目前為止我們都一直有好的進展。

6. **promote**
   [prəˈmot]

   verb 晉升

   ◆ If you meet all the criteria, the company will be able to **promote** you in three months' time.
   如果你達到所有標準，公司就會在三個月後將你晉升。

7. **prompt**
   [prɑmpt]

   adjective 迅速的

   ◆ Thank you for your **prompt** attention to this matter.
   謝謝你迅速的關注此事。

8. **properly**
[ˋprɑpɚlɪ]

adverb 恰當地

◆ You have to chew your food **properly** before you swallow it.　你必須要在吞下食物之前恰當地咀嚼它。

9. **property**
[ˋprɑpɚtɪ]

noun 財產

◆ We need to insure the plant and **property** against damage and theft.
我們需要將工廠和財產投保損壞和竊盜險。

10. **propose**
[prəˋpoz]

verb 提議

◆ One group member **proposed** that we get together face to face once a week instead of holding online meetings every day.
一位組員提議我們每週見面一次，而不是每天都舉行線上會議。

11. **protect**
[prəˋtɛkt]

verb 保護

◆ People complained that police have not been doing enough to **protect** the elderly.
人們抱怨警方在保護老年人方面做得不夠。

12. **proud**
[praʊd]

adjective 自豪的

◆ We are **proud** to announce that we will be the national distributor for the US's number one sports drink producer.　我們自豪的宣布我們將成為美國頭號運動飲料製造者的全國經銷商。

13. **prove**
[pruv]

verb 證明

◆ If we don't take pictures, how can we **prove** we really came here?　若我們不拍照，怎麼證明我們真的來過呢？

14. **proof**
[pruf]

noun 證明

◆ If you are unhappy with your purchase, you can return it with **proof** of purchase within thirty days.　如果你不滿意你所購買的東西，你可以在三十天內以購買證明退貨。

15. punctual
[`pʌŋktʃuəl]

adjective 準時的

◆ Training begins at 8:30 am, and participants are expected to be **punctual** and prepared at all times.
訓練於上午八點半開始，參與者被要求準時並隨時做好準備。

16. punish
[`pʌnɪʃ]

verb 懲罰

◆ There is pressure on the government to **punish** the company for the damage it has done to the environment.
政府感受到要懲罰該公司造成環境損害的壓力。

17. purchasing
[`pɝtʃesɪŋ]

noun 採購

◆ I oversee all aspects of **purchasing**, including researching products and suppliers, dealing with vendors, and processing payments. 我監管所有採購相關環節，包括調查產品和供應商、與賣方打交道和處理付款。

18. purpose
[`pɝpəs]

noun 目的；意圖

◆ The **purpose** of this report is to evaluate the effectiveness of the program and to make recommendations on how it can be improved.
報告的目的是要評估這計劃的成效並且提供如何改善的建議。

19. qualified
[`kwɑlə‚faɪd]

adjective 合格的；具備必要條件的

◆ Mary is a **qualified** architect, and she is now working in a small firm in Tokyo. Mary 是一位合格的建築師，且她現在在東京的一家小事務所工作。

20. quantity
[`kwɑntətɪ]

noun 數量

◆ By ordering in large **quantities**, we are able to negotiate very good prices for our raw materials.
透過大量訂購，我們能夠談到很好的價格來購買我們的原料。

21. quarterly
[`kwɔrtɚlɪ]

adjective 按季的

◆ In this position, you will be responsible for preparing **quarterly** reports for your department.
在這個職位上，你會必須負責為你的部門製作季報。

22. **query**
[ˋkwɪrɪ]

noun 疑問

◆ If you have any further **queries**, please do not hesitate to contact me. 如果你有任何疑問，請立即與我聯繫。

23. **questionnaire**
[ˌkwɛstʃənˋɛr]

noun 調查表

◆ Please complete the attached **questionnaire** and return it at your earliest convenience.
請填寫附件的調查表並在你方便時儘早繳回。

24. **queue**
[kju]

noun 行列

◆ There is no way to avoid the long **queues** at immigration.
在入境檢查處根本沒有任何避免大排長龍的辦法。

verb 排隊等候

◆ Once you have filled in the application form, please **queue** here to pay the application fee.
一旦你填完申請表，請在此排隊等候繳納申請費。

25. **quit**
[kwɪt]

verb 辭職

◆ If we keep pushing staff to work overtime, some of them are going to **quit**.
如果我們繼續強迫員工加班，他們有些人將會辭職。

Unit 24 🎧 B1 Unit 24

1. **quotation**
[kwoˋteʃən]

noun 報價 (單) 同 (非正式) **quote**

◆ All vendors must submit a **quotation**, which includes proof that their product meets the company's requirements. 所有賣家都必須提交報價單，其中包括他們的產品達到該公司要求的證明。

2. **raise**
[rez]

verb 增加

◆ I heard that eating an onion every day can **raise** the level of good cholesterol in your body.
我聽說每天吃一顆洋蔥可以增加體內有益膽固醇的數量。

3. **range**

[rendʒ]

noun 範圍

◆ He enjoys a very wide **range** of music, from hip-hop to classical and alternative to jazz.

他喜歡的音樂很廣泛，從嘻哈音樂到古典音樂再從另類音樂到爵士樂都是他喜歡的類型。

4. **rapid**

[`ræpɪd]

adjective 迅速的

◆ The world is changing at a **rapid** pace.

世界正在快速變化。

5. **rate**

[ret]

noun 比例；率

◆ One of the biggest problems faced by the current government is the high **rate** of unemployment.

高失業率是目前政府面臨的其中一個最大的問題。

6. **reach**

[ritʃ]

verb 達到

◆ We have managed to **reach** our targets every quarter this year.　我們已經順利達到今年每個季度的目標。

7. **react**

[rɪ`ækt]

verb 反應

◆ I'm not sure how my dog is going to **react** to the new environment here in the city.

我不確定我的狗對這城市的新環境會有什麼反應。

8. **realize**

[`rɪə,laɪz]

verb 意識到

◆ We didn't **realize** that the wrong date was printed on the posters until too late.

我們太晚才意識到海報上印了錯誤的日期。

9. **realistic**

[,rɪə`lɪstɪk]

adjective 可行的

◆ We do not think that the targets set by the company are **realistic**.　我們並不認為公司所設定的目標是可行的。

10. **reasonable**

[`riznəbl̩]

adjective 合理的

◆ The price is **reasonable**, but we just don't think there's a market for it here.

這個價格是合理的，但我們並不認為在這裡會有市場。

11. **recent**
['risṇt]

adjective 最近的

◆ In a **recent** interview, the band announced that this would be their final tour together. 在最近的一次採訪中，此樂團宣布這將是他們最後一次一起巡演。

12. **recognize**
['rɛkəɡ,naɪz]

verb 辨識；表揚

◆ Drink plenty of water when it is hot, and learn to **recognize** the symptoms of heat exhaustion.
天熱時多喝水，並學會辨識中暑的症狀。

◆ It is important for companies to **recognize** employees for their contributions.
對公司來說表揚員工的貢獻是很重要的。

13. **recommendation**
[,rɛkəmɛn'deʃən]

noun 建議

◆ We have been asked to look at the problem and come up with a set of **recommendations** for how best to resolve it. 我們被要求去檢視這個問題，並想出一些如何最有效解決的建議。

14. **recover**
[rɪ'kʌvɚ]

verb 康復

◆ I injured my back last year, but I've only begun to **recover** recently. 去年我的背受傷了，但最近才開始康復。

15. **recruit**
[rɪ'krut]

verb 招募

◆ We are looking to **recruit** someone who specializes in international taxation. 我們計劃去招募專攻國際稅制的人才。

16. **reduce**
[rɪ'djus]

verb 減少

◆ We need to **reduce** the amount of plastic in the ocean.
我們需要減少海洋中的塑膠數量。

17. **reference**
['rɛfərəns]

noun 推薦信

◆ We prefer recruits to present an academic **reference** as well as a letter of recommendation from their professor.
我們更希望新成員提供學術推薦信，即是他們教授的推薦信。

18. **refreshments**
[rɪ`frɛʃmənts]

noun 茶點

◆ The seminar begins at 9:00 am and there will be a break at 10:30 am. Light **refreshments** will be provided then.
研討會於早上九點開始，並會在十點半時有中場休息時間。到時會提供小茶點。

---

19. **refuse**
[rɪ`fjuz]

verb 拒絕

◆ Her parents asked her to move back home to save money, but she **refused**.
她的父母要求她搬回家以便省錢，但她拒絕了。

---

20. **regarding**
[rɪ`gɑrdɪŋ]

preposition 關於；至於

◆ The two companies are putting together an agreement **regarding** their future cooperation.
這兩家公司正在訂出一份關於未來合作的協議。

---

21. **regret**
[rɪ`grɛt]

verb 後悔

◆ I ate way too much at dinner, and now I **regret** it.
我晚餐吃得太多了，而現在我後悔了。

---

22. **reject**
[rɪ`dʒɛkt]

verb 駁回；拒絕

◆ Her proposal for the online marketing campaign was **rejected** by management.
她的線上行銷活動的提案被管理部門駁回了。

---

23. **related**
[rɪ`letɪd]

adjective 有關的

◆ Click on the link below to find out more about our hacking competition and **related** activities. 點擊下面的連結來了解更多有關我們的駭客競賽和相關活動的訊息。

---

24. **relaxed**
[rɪ`lækst]

adjective 輕鬆的

◆ The atmosphere in the town is **relaxed** and friendly.
這個城鎮的氣氛輕鬆且友善。
補 **relaxing** 令人放鬆的

25. **relevant**

[ˋrɛləvənt]

adjective 相關的

◆ When you prepare the report, you will need to refer to the **relevant** accounting regulations.

當你準備報告時，你會需要參考相關的會計法規。

 B1 Unit 25

1. **reliable**

[rɪˋlaɪəbl̩]

adjective 可靠的

◆ We need access to a **reliable** source of raw materials.

我們需要得到可靠的原料來源。

2. **rely on (sb / sth)**

phrasal verb 依賴 (某物；某人)

◆ In our holiday home at the beach, we **rely on** solar power for all our electricity.

在我們的海邊度假屋中，我們所有的電力都依賴太陽能。

3. **remain**

[rɪˋmen]

verb 保持

◆ The café will **remain** shut throughout the entire Christmas holiday period.

此咖啡廳在整個聖誕節假期期間將會保持關閉。

4. **repay**

[rɪˋpe]

verb 償還

◆ We expect to be able to **repay** the loan in six months.

我們期望能夠在六個月內償還貸款。

5. **replace**

[rɪˋples]

verb 取代

◆ She is the best player on the team and she would be almost impossible to **replace**.

她是球隊中最好的球員且幾乎不可能被取代。

6. **represent**

[ˌrɛprɪˋzɛnt]

verb 代表；作為⋯的代表

◆ The total value was thirty-seven million dollars, which **represents** an increase of more than twenty-five percent.

總價值為三千七百萬美元，這表示有超過百分之二十五的增值。

◆ Our group has been chosen to **represent** my university at the event.
在這場活動中我們的團隊被選為我所就讀的大學的代表。

---

7. **reputation**
[ˌrɛpjəˈteʃən]

noun 名聲
◆ The company has a **reputation** for quick, reliable service.　這公司的服務具有快速及可靠的名聲。

---

8. **requirement**
[rɪˈkwaɪrmənt]

noun 要求
◆ Working night shifts occasionally is a **requirement** of the job.　這份工作的其中一項要求是有時要輪值夜班。

---

9. **reschedule**
[riˈskɛdʒʊl]

verb 重新安排…的時間
◆ If there is a typhoon tomorrow, we will **reschedule** the interview to the next day at the same time.　如果明天有颱風，我們將重新安排面試時間到隔天的同一時段進行。

---

10. **reserve**
[rɪˈzɝv]

verb 預約；預定
◆ If you plan to take your family to that restaurant, you will definitely need to **reserve** a table several days in advance.　如果你打算帶你的家人去那家餐廳，你一定需要提前幾天預定座位。

---

11. **resident**
[ˈrɛzədənt]

noun 居民
◆ Local **residents** have complained about the lack of child-friendly spaces in the area.
當地居民抱怨了該地區缺乏適合兒童使用的空間。

---

12. **resource**
[rɪˈsors]

noun 資源
◆ The company does not have the **resources** required to modernize its plant.
該公司不具有讓其工廠現代化所需的資源。

---

13. **respect**
[rɪˈspɛkt]

noun 敬重；尊重
◆ In almost all cultures, it is important to treat the elderly with **respect**.　在幾乎所有文化中，敬重老年人是很重要的。

---

14. **respond**
[rɪˋspɑnd]

verb 回應

◆ These sensors **respond** to changes in temperature and light. 這些感測器對溫度和光線變化做出回應。

15. **responsibility**
[rɪ,spɑnsəˋbɪlətɪ]

noun 責任

◆ As the CEO, he needs to take **responsibility** for the company's poor performance.
身為執行長，他需要對公司業績欠佳負起責任。

16. **restriction**
[rɪˋstrɪkʃən]

noun 限制

◆ To protect river and lake ecosystems in the region, the government has introduced stricter **restrictions** on fishing. 為了保護該地區的河流和湖泊生態系統，政府對捕撈實行了更嚴格的限制。

17. **retire**
[rɪˋtaɪr]

verb 退休

◆ After I **retire**, I plan to get involved in charity work.
在我退休以後，我打算參與慈善工作。

18. **return**
[rɪˋtɝn]

noun 報酬

◆ The investment is low-risk, but it also has a low **return**.
這是一項低風險的投資，但它的報酬也很低。

19. **revenue**
[ˋrɛvə,nju]

noun 收益

◆ There is a danger that we may not generate enough **revenue** to cover costs.
我們可能無法產生足夠的收益來支付成本。

20. **review**
[rɪˋvju]

verb 回顧

◆ Could you **review** the plan before we get together to discuss it?
在我們一起討論之前，你能否先回顧一下這個計劃呢？

21. **revise**
[rɪˋvaɪz]

verb 修正

◆ The launch was so successful that we may need to **revise** our sales forecasts upwards. 這次的發表會很成功，以致於我們可能需要向上修正我們的銷售預估。

22. **reward**
[rɪ`wɔrd]

verb 獎勵

◆ It is essential to **reward** staff appropriately for their contribution. 適當地獎勵員工的貢獻是很重要的。

23. **right**
[raɪt]

noun 權利

◆ People here value the **right** to free speech and the **right** to protest when they feel something is unfair.
這裡的人們重視他們的言論自由權，以及在感到某事不公平時進行抗議的權利。

24. **rise**
[raɪz]

verb 上升

◆ Sometimes it is hard to work out what makes a video **rise** to the top of the rankings.
有時很難弄清楚是什麼讓一段影片上升到排名的首位。

25. **risk**
[rɪsk]

noun 風險

◆ There is considerably less **risk** investing in mutual funds than in the stock market.
投資共同基金的風險遠低於股票市場。

Unit 26 🎧 B1 Unit 26

1. **take a risk**

phrase 承擔風險

◆ Sometimes, if you want to win a game, you have to be willing to **take a risk**.
有時，如果你想贏得一場比賽，你就必須願意承擔風險。

2. **role**
[rol]

noun 角色；任務

◆ As a designer, my **role** is to work with the engineers to produce products that are easy for the user to understand and interact with. 作為一個設計師，我的角色是與工程師合作，生產讓使用者容易理解且可以互動的產品。

3. routine
[ru`tin]

noun 例行事務；常規

◆ Even if you're a very busy person, try to include at least twenty minutes of exercise in your daily **routine**.
即使你是一個非常忙碌的人，也要嘗試在你的日常例行事務中加入至少二十分鐘的運動。

4. row
[ro]

noun 行；排

◆ I don't want to see the movie if we have to sit in the first or second **row**.
如果我們必須坐在第一排或第二排的話，那我就不想看電影了。

5. rush
[rʌʃ]

verb 趕緊

◆ He had too many points in his presentation, so he had to **rush** at the end, which was a bit unfortunate. 他的演講有太多重點，所以他不得不在結尾時趕緊結束，有點可惜。

6. in a hurry

phrase 匆忙地；迅速地 同 **in a rush**

◆ They did it **in a hurry** and, as a result, there were a lot of mistakes in it. 他們匆忙了事，結果導致許多錯誤。

7. scale
[skel]

noun 級距；規模 (大型 / 小型)

◆ Our policy is to offer sufficient pay to attract top talent. Please see the pay **scale** below for details.
我們的政策是提供足夠的薪資以吸引頂尖人才。請參閱下方薪資級距表內的詳細資料。

◆ We are an international engineering firm that specializes in large-**scale** engineering projects.
我們是一家專門從事大型工程計劃的國際工程公司。

8. scare
[skɛr]

verb 嚇

◆ It is funny when little kids dress up in Halloween costumes and try to **scare** their parents or neighbors.
當小孩子穿著萬聖節服裝，並試圖嚇唬他們的父母或鄰居時很有趣。

9. **sector**

[`sɛktɚ]

noun 行業；產業

◆ The company is a leading player in the energy **sector**.
該公司是一家能源業的佼佼者。

10. **secure**

[sɪ`kjʊr]

adjective 安全

◆ You need to install updates to make sure your computer is **secure**. 你需要安裝更新以確保你的電腦是安全的。

11. **seek**

[sik]

verb 尋找

◆ I had to **seek** medical attention for a knee injury I received from falling down a set of steps.
我不得不因為我從臺階上摔下來而受傷的膝蓋去看醫生。

12. **seem**

[sim]

verb 似乎

◆ Most kids **seemed** to really enjoy the summer camp, but not my son. 大多數孩子似乎真的很喜歡夏令營，但我兒子不是。

13. **segment**

[`sɛgmənt]

noun 區塊

◆ We aim to improve our performance in the female market **segment**. 我們打算要改善我們在女性市場區隔的表現。

14. **select**

[sə`lɛkt]

verb 選擇

◆ The next step is to **select** the currency for your transaction. You can pay in US dollars, Euros, or the local currency. 下一步是要選擇你所交易的貨幣。你可以用美元、歐元或當地貨幣付款。

15. **senior**

[`sinjɚ]

adjective 高階的

◆ She has held several **senior** positions within the company, most recently as the Finance Director.
她已在公司內擔任過多個高階職位，最近是擔任財務主管。

16. **separate**

[`sɛpə,ret]

verb (使) 分開

◆ Let's begin by **separating** the feedback into three categories: positive, mixed, and negative.
讓我們先將回饋分為三類：正面、綜合和負面。

separate

[`sɛprɪt]

adjective 單獨的;分開的

◆ Are England, Ireland, Scotland, and Wales **separate** countries, or are they all part of the same country?

英格蘭、愛爾蘭、蘇格蘭和威爾斯是個別單獨的國家,還是它們都屬於同一個國家呢?

---

17. **session**

[`sɛʃən]

noun (從事某項活動的) 一段時間 (或集會);一場

◆ The conference will begin with a plenary **session**, which will be followed by a **session** on green business opportunities in East Asia.　本次會議會由一個全體集會作為開場,隨後是一場有關東亞綠色商機的演講。

---

18. **set**

[sɛt]

noun 一套;一組

◆ We need a new **set** of furniture for the living room.

我們需要　套新的客廳家具。

verb 確定;固定

◆ Have you **set** a time and day for the meeting?

你確定好會議時間跟日期了嗎?

---

19. **set up**

phrasal verb 成立

◆ After he quit his job as a CEO, he **set up** his own consulting firm.

他辭掉執行長一職後,就成立了自己的顧問公司。

---

20. **shift**

[ʃɪft]

verb 轉移

◆ The company has **shifted** its focus from products to services.　此公司已經將重點從產品轉移至服務領域。

noun 輪班

◆ We work nine-hour **shifts**, but that includes an hour for a break.　我們輪班工作九個小時,但是包括一小時的休息時間。

---

21. **shipping**

[`ʃɪpɪŋ]

noun 運輸

◆ For larger customers, we offer a customizable **shipping** and tracking system.

對較大型的客戶,我們提供了可客製化的運輸和追蹤系統。

22. shortage
['ʃɔrtɪdʒ]

noun 短缺

◆ A **shortage** of skilled workers is making it difficult for local manufacturers to compete.

技術工人的短缺使得當地製造商難以競爭。

23. shortly
['ʃɔrtlɪ]

adverb 很快地

◆ I'm afraid Peter's not here right now, but if you would like to wait, he'll be back **shortly**.

Peter 現在恐怕不在，但如果你想要等，他很快就會回來。

24. sign up

phrasal verb 報名；註冊

◆ If you are interested in any of the workshops, please **sign up** as soon as possible. We expect them to be popular and places are limited.

如果你對任何一場工作坊有興趣，請盡快報名。我們預期這些場次會很受歡迎，且名額有限。

25. significant
[sɪg`nɪfəkənt]

adjective 顯著的

◆ In the last month, we've seen a **significant** increase in the number of users on our site.

自上個月起，我們看到我們網站上的用戶數量顯著增加。

Unit 27 🎧 B1 Unit 27

1. silent
['saɪlənt]

adjective 寂靜的；安靜的

◆ As soon as she stood up to speak, the room became **silent**. 她一站起來說話，屋內就變得一片寂靜。

2. sincere
[sɪn`sɪr]

adjective 誠心的；真誠的

◆ There is no point in making an apology if it is not **sincere**.

如果不是誠心誠意，道歉就沒有任何意義。

3. site
[saɪt]

noun 場地；地點；位置

◆ Protective clothing, including helmets, must be worn at all times on this construction **site**.

在這個工地時，一定要隨時穿戴防護衣物，包含安全帽。

4. **situation**
[ˌsɪtʃʊˋeʃən]

noun 情況

◆ People need better training on what to do in emergency **situations**.

人們需要更好的訓練，以熟悉在緊急情況下該如何應對。

5. **skilled**
[skɪld]

adjective 有技術的；有技能的

◆ Naturally, we pay considerably more for **skilled** workers than for unskilled workers.

自然地，我們付給技術工人的薪資遠高於非技術工人。

6. **slight**
[slaɪt]

adjective 輕微的

◆ I felt exhausted, and I had a **slight** fever.

我感到筋疲力盡，並有輕微的發燒。

7. **smoothly**
[smuðlɪ]

adverb 順利地

◆ We have planned the food festival very carefully, and we expect it to go **smoothly**.

我們非常細心地規劃美食節，而且我們希望它能夠順利進行。

8. **socialize**
[ˋsoʃəˌlaɪz]

verb 交流；交際

◆ Regional meetings are not only a good way to keep up with what is going on in the company, but they are also a great opportunity to **socialize** with colleagues from other offices. 區域會議不僅是讓人跟上公司進度的好方法，也是個和其他辦公室的同事交流的大好機會。

9. **solve**
[sɑlv]

verb 解決

◆ We have to **solve** some technical problems before we can get our full website back online. 在網站能完全重新連上網路之前，我們必須先解決一些技術上的問題。

10. **spacious**
[ˋspeʃəs]

adjective 寬敞的

◆ The rooms in the dormitory are quite old, but at least they're clean and **spacious**.

宿舍的房間相當地舊，但至少是乾淨且寬敞的。

11. **spare**

[spɛr]

adjective 空閒的

◆ You should look around the city if you have some **spare** time while you are here.

如果你在這裡有些空閒時間，你應該參觀一下這個城市。

12. **specialize**

[ˋspɛʃəl͵aɪz]

verb 專門從事

◆ We **specialize** in the production of high-tech fabrics.

我們專門從事生產高科技織品。

13. **specific**

[spɪˋsɪfɪk]

adjective 具體的

◆ We understand you are dissatisfied with our service, but please take a moment to provide us with **specific** details of what occurred. 我們能理解你不滿意我們的服務，但請花點時間提供事情發生的具體細節給我們。

14. **spy**

[spaɪ]

noun 間諜

◆ We need to take measures to prevent enemy **spies** from accessing our plant.

我們需要採取措施以防止敵方的間諜進入我們的工廠。

15. **stable**

[ˋsteb!]

adjective 穩定的

◆ The problem is that we don't have a **stable** internet connection. 問題是我們沒有穩定的網路連線。

16. **stand**

[stænd]

noun 攤位

◆ We can assist you with the design of your trade fair **stand** and produce it to your specifications.

我們可以協助你設計你的商展攤位，並根據你的具體要求製作。

17. **standard**

[ˋstændəd]

noun 水準；標準

◆ People in this country have come to expect a high **standard** of medical care.

這個國家的人們已經開始期待高水準的醫療照護。

adjective 標準的

◆ We don't need anything fancy. The **standard** model will be fine. 我們不需要任何花俏的。標準款式就可以了。

18. **state**
[stet]

verb 陳述

◆ It began with each person **stating** their reasons for taking part in the activity.
首先是每個人陳述他們參加活動的原因。

19. **status**
[`stetəs]

noun 情形；狀況；身分地位

◆ We need a report on the **status** of the project as soon as possible. 我們必須盡快取得一份有關此計劃的情況報告。

20. **steady**
[`stɛdɪ]

adjective 持續的；穩定的

◆ Over the last six months, we have seen a **steady** increase in the number of companies laying off employees. 過去六個月間，我們已經觀察到實施裁員的公司數量持續的增加。

21. **stick**
[stɪk]

verb 堅守

◆ There arc so many things you can do or try when traveling, but you need to make sure you **stick** to your budget.
旅行時你可以做或嘗試很多事情，但你需要確保堅守預算。

22. **stingy**
[`stɪndʒɪ]

adjective 小氣的

◆ Do you think people will think we're **stingy** if we don't provide any refreshments at the exhibition? 如果我們在展覽會上不提供任何茶點，你認為人們會認為我們小氣嗎？

23. **stock**
[stɑk]

noun 股票

◆ The company decided to sell **stock** in order to get money for a new lab.
該公司決定要賣出股票，以取得設置新實驗室所需的資金。

24. **storage**
[`stɔrɪdʒ]

noun 儲存空間；電腦的儲存裝置；倉庫

◆ How much online **storage** do you get with the paid version of the app?
你使用該應用程式的付費版本可以獲得多少雲端儲存空間？

25. **straightforward**
[͵stret`fɔrwɚd]

adjective 簡單的；容易理解的

◆ The book offers a **straightforward** and effective program for overcoming anxiety and panic.

這本書提供了一個簡單而有效的方法來克服焦慮和恐慌。

Unit 28 B1 Unit 28

1. **strategy**
[`strætədʒɪ]

noun 策略

◆ We have been successful in Europe and the US, but it is simply not possible to apply the same **strategy** in Asia.

我們在歐洲和美國一向很成功，但在亞洲根本不可能用同一種策略。

2. **strength**
[strɛŋθ]

noun 優勢

◆ One of her main **strengths** is her ability to remain calm and focused under pressure.

她的一個主要優勢是在壓力下保持冷靜和專注的能力。

3. **stressful**
[`strɛsfəl]

adjective 壓力大的

◆ Working as a doctor in the intensive care unit is extremely **stressful**. 在加護病房當醫生的壓力是非常大的。

4. **strict**
[strɪkt]

adjective 嚴格的

◆ The country has **strict** laws regarding what you can say about the king or queen.

該國對關於國王或王后的言論有嚴格的法律規定。

5. **strike**
[straɪk]

noun 罷工

◆ The workers are threatening to go on **strike** if negotiations over working conditions do not go well.

工人們揚言，如果工作條件的協商不順利，就要罷工。

6. **stubborn**
[`stʌbɚn]

adjective 固執的

◆ We know it's the right idea, but he's just too **stubborn** and he refuses to listen to us. 我們知道這是正確的想法，

但他太固執了，且拒絕聽我們所說的話。

---

7. **stylish**

[ˋstaɪlɪʃ]

adjective 時髦的；流行的

◆ We import Scandinavian furniture, which is **stylish** yet functional.　我們進口的北歐家具不僅時髦且還兼具實用性。

---

8. **submit**

[səbˋmɪt]

verb 繳交

◆ Your assignments must be **submitted** by Friday at the latest.　你的作業最遲必須在週五之前繳交。

---

9. **subordinate**

[səˋbɔrdnɪt]

noun 下屬

◆ She's one of those managers who try to do everything themselves rather than delegate tasks to their **subordinates**.　她屬於那種每件事都盡量自己做而不願把工作交代給下屬的經理。

---

10. **substitute**

[ˋsʌbstə‚tjut]

noun 替代品；遞補人員 同 **sub**

◆ Our high-tech plastics are increasingly used as a **substitute** for metal in a wide range of products. 我們的高科技塑膠材料越來越常被當作金屬的替代品以製造廣泛的產品。

---

11. **sudden**

[ˋsʌdn]

adjective 突然的；意外的

◆ This story illustrates why humans have to pay attention to slowly changing trends in the environment, not just the **sudden** changes.　這個故事說明了人類為何必須注意環境中緩慢變化的趨勢，而不僅是注意突然的變化。

---

12. **sue**

[su]

verb 控告

◆ The consultant is threatening to **sue** us for loss of earnings over the delay.
這位顧問威脅要控告我們因延誤導致其利潤損失。

---

13. **suffer**

[ˋsʌfɚ]

verb 遭受

◆ The company has **suffered** heavy losses due to the falling price of oil.
該公司因為石油價格的下跌已經遭受了重大的損失。

---

14. **sum**

[sʌm]

noun 金額

◆ The company has agreed to invest a **sum** of five hundred thousand US dollars in the project.
此公司已同意在該專案上投資共五十萬美元。

15. **summarize**

[`sʌmə,raɪz]

verb 作總結；概述

◆ If you didn't have time to read all the information on the website, I can **summarize** the key points for you.
若你沒有時間閱讀網站上的所有資訊，我可以為你總結要點。

16. **supervise**

[,supɚ`vaɪz]

verb 監督；指導

◆ I have been asked to **supervise** our company's internal audit.　我被要求監督公司的內部審計。

17. **survey**

[`sɝve]

noun 調查

◆ We would love to hear your thoughts, so please click on the link below to complete our short **survey**.　我們很想聆聽你的想法，所以請點擊下方連結來完成我們的簡短調查。

18. **survive**

[sɚ`vaɪv]

verb 存活；倖存

◆ There was some concern that their language might not **survive** if young people did not have the chance to learn it in school.　有人擔憂若年輕人沒有機會在學校學習該語言，他們的語言可能無法存活。

19. **swap**

[swɑp]

verb 交換；以…作交換

◆ We have a job exchange program in which employees can **swap** jobs with someone in another department for one to three months.　我們有一個工作交換計劃，讓員工們可以跟別的部門的人交換彼此的工作一到三個月。

20. **swipe**

[swaɪp]

verb 刷 (卡)

◆ In order to gain access to the building, you can simply **swipe** your ID card at the turnstile in the main entrance.
要進入大樓，只需在大門口的旋轉門上刷識別證即可。

21. **take part**

phrase 參加；出席

◆ Almost all teachers and students **took part** in the different events organized for the sports day.

幾乎所有的師生都參加了為運動會舉辦的各種活動。

22. **take place**

phrase 舉行；發生

◆ The Asia Young Entrepreneurs Competition will **take place** in Singapore at the end of the year.

亞洲年輕企業家競賽今年年底將在新加坡舉行。

23. **take over**

phrasal verb 接管；繼任

◆ I have recently **taken over** from Sharon Yin as the head of the call center.

我最近從 Sharon Yin 那接手成為客戶服務中心的負責人。

24. **talent**

[ˋtælənt]

noun 天賦

◆ She has a **talent** for music, and she started learning to play music from a very early age.

她有音樂天賦，且她從很小的時候就開始學習演奏音樂。

25. **target**

[ˋtɑrgɪt]

noun 目標

◆ The most important thing is that you reach your **target** each month.　最重要的事情是你每個月要達到你的目標。

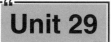 🎧 B1 Unit 29

1. **task**

[tæsk]

noun 任務；工作

◆ It's not an easy **task**, but we need to look through all the documents and find the error.

這不是件容易的任務，但我們必須查看所有文件並找出錯誤。

2. **teamwork**

[ˋtim͵wɝk]

noun 團隊合作

◆ Our trainee program develops employees' job skills and fosters **teamwork**.

我們的培訓計劃開發員工的工作技能也促進團隊合作。

3. **technical**
[ˋtɛknɪkl̩]

adjective 技術性的
◆ Upgrading our hardware will solve many of the **technical** issues the school has been facing lately.
升級我們的硬體將會解決學校最近面臨的許多技術問題。

4. **technique**
[tɛkˋnɪk]

noun 技術
◆ He uses a range of interesting **techniques** to create his unusual paintings.
他使用一系列有趣的技術來創作不同於一般的畫作。

5. **temporary**
[ˋtɛmpəˌrɛrɪ]

adjective 暫時的
◆ Our home is being renovated, so we are living in **temporary** accommodation.
我們的房子正在裝修，所以我們住在暫時住所。

6. **tend**
[tɛnd]

verb 往往會；傾向；易於
◆ The gold price **tends** to rise when economic conditions are less stable.
當經濟狀況不太穩定時，黃金的價格往往會上升。

7. **term**
[tɝm]

noun 期；期限
◆ While we may lose money initially, we expect the investment to pay off in the long **term**.
雖然我們在初期可能會虧錢，但我們預計長期投資後能夠獲利。

terms
[tɝmz]

noun (契約等的) 條件；條款
◆ We would like to discuss in more detail the **terms** of the contract. 我們希望能針對合約的條款進行更細部的討論。

8. **terminal**
[ˋtɝmən l̩]

noun 電腦終端機；航廈
◆ Each of these **terminals** is connected to a secure server.
這些電腦終端機每個都被連接到了一個安全的伺服器上。
◆ Your flight will depart from **Terminal** 1 at the international airport. 你的航班將從國際機場的一號航廈起飛。

9. **territory**
[ˋtɛrəˌtorɪ]

noun 區域；領域
◆ I am responsible for a new sales **territory** which has a high number of potential accounts.

我負責一個具有很多潛在客戶的新銷售區。

---

10. **tight**
[taɪt]

adjective (時間) 緊湊

◆ We'll only be in Germany for three days, but we have quite a few visits, so it's a very **tight** schedule. 我們只在德國待三天，但是我們有相當多的參訪行程，所以行程很緊湊。

---

11. **total**
[`totl]

noun 總數；合計

◆ Please be aware that the **total** weight of your baggage must not exceed twenty-five kilograms.
請注意你的行李總重量不得超過二十五公斤。

---

12. **trade**
[tred]

noun 貿易

◆ There has been an increase in **trade** between the two countries as a result of a recent **trade** agreement.
這兩個國家間的貿易往來因為最近的貿易協定而持續增加。

---

13. **traditional**
[trə`dɪʃənl]

adjective 傳統的

◆ The company is quite **traditional**, so it still does manually what most of its competitors do digitally.
這家公司相當傳統，因此它仍以人工完成大多數競爭對手以數位方式進行的工作。

---

14. **train**
[tren]

verb 訓練

◆ She has **trained** her dog to do some simple tricks, such as shaking hands and playing dead.
她訓練了她的狗做一些簡單的伎倆，比如握手和裝死。

---

15. **transaction**
[træns`ækʃən]

noun 交易

◆ It is very important that the office keeps an accurate record of all **transactions**.
公司保有所有交易的準確紀錄是非常重要的事。

---

16. **transfer**
[træns`fɚ]

verb 調動

◆ She was **transferred** to the finance department because of the need of someone with strong numeracy skills.
她因為財務部門需要有計算能力強的人而被調動過去。

17. trend
[trɛnd]

noun 趨勢

◆ It is an interest of mine, so I will do my best to keep up with **trends** in design and fashion. 這是我的興趣所在，所以我會盡最大的努力跟上設計和時尚的趨勢。

18. typical
[`tɪpɪkl̩]

adjective 平常的；典型的

◆ On a **typical** day, I get up early and go to the gym, and then I'm in class by 8:30 am. 在平常的一天中，我會早起去健身房然後在上午八點半開始上課。

19. unable
[ʌn`ebl̩]

adjective 無法做…；沒辦法的

◆ They informed us that they were **unable** to supply the goods as promised.
他們通知我們說他們無法依約提供商品。

20. unbelievable
[͵ʌnbɪ`livəbl̩]

adjective 令人難以置信的

◆ It's **unbelievable** that she would get so angry over such a small issue.
真想不到她竟然會因為這麼一個小問題就生氣。

21. unclear
[ʌn`klɪr]

adjective 不清楚的

◆ Most of those involved in the project are still **unclear** about many of the details.
大多數參與該專案的人仍不清楚許多細節。

22. underline
[͵ʌndɚ`laɪn]

verb 強調

◆ I would like to **underline** the importance of a healthy routine with good food, good sleep, and exercise. 我想強調健康作息的重要性，要有好的飲食、良好睡眠和鍛煉。

23. understanding
[͵ʌndɚ`stændɪŋ]

noun 了解；理解

◆ He has demonstrated a good **understanding** of the industry in general, and his job in particular.
他對整個行業，尤其是他的工作，展現出了很好的理解。

24. unexpected

[ˌʌnɪkˋspɛktɪd]

adjective 突如其來的；出乎意料的

◆ **Unexpected** cold weather has caused millions of dollars of damage to crops.

突如其來的寒冷天氣已導致數百萬元的農作物損失。

---

25. union

[ˋjunjən]

noun 工會

◆ Employer and labor **union** representatives will return to the negotiating table to try to reach an agreement on working conditions. 僱主和工會代表將重返談判桌前，以嘗試達成工作條件上的協議。

補 **labor union/trade union** (美式)/(英式)(勞動者) 工會

 B1 Unit 30

Unit 30

1. unique

[juˋnik]

adjective 獨特的

◆ Our diving adventures are **unique** experiences that you won't find anywhere else in the world. 我們的潛水探險，是你在世界其他任何地方都找不到的獨特體驗。

---

2. unit

[ˋjunɪt]

noun 單位

◆ We made an error when we calculated the cost per **unit**.

我們在計算每個單位的成本時出錯了。

---

3. unnecessary

[ʌnˋnɛsəˌsɛrɪ]

adjective 不必要的

◆ We are cutting out any **unnecessary** steps in order to improve the customer experience.

我們正在去除一切不必要的步驟以改善顧客體驗。

---

4. update

[ʌpˋdet]

verb 更新；升級

◆ You will need to **update** to the latest version of the software before you begin to use the program.

在你開始使用程式之前，你必須將軟體更新到最新版本。

5. **upgrade**
[ʌpˋgred]

verb 升級；提升

◆ We **upgraded** the factory to include more automation and robotics.
我們升級了工廠設備，以便加入更多自動化與機械化技術。

6. **urgent**
[ˋɝdʒənt]

adjective 密切的

◆ Please give this matter your **urgent** attention.
請你密切注意這件事。

7. **usage**
[ˋjusɪdʒ]

noun 使用

◆ Anyone who owns a car or motorcycle needs to pay a road **usage** fee every year.
任何擁有汽車或摩托車的人每年都需要支付道路使用費。

8. **useless**
[ˋjuslɪs]

adjective 無用的

◆ I don't want to waste my time reading through so much **useless** information.
我不想浪費時間閱讀這麼多無用的資訊。

9. **vacancy**
[ˋvekənsɪ]

noun 職缺

◆ We currently have a **vacancy** in our distribution center.
目前我們的配送中心有一個職缺。

10. **vary**
[ˋvɛrɪ]

verb 變動；使…有差異

◆ In a large and multinational company, wages for any type of job **vary** depending on the location. 在一個大型的跨國公司裡，各種工作的薪資都會因為工作的所在位置而變動。

11. **venue**
[ˋvɛnju]

noun 會場

◆ The **venue** for the conference is going to be the Lakeside Convention Center on account of its convenient location.
因為湖濱會議中心的位置便利，所以會議的場所會在那裡。

12. **version**
[`vɝʒən]

noun 版本

◆ A newer **version** of the software is now available, and it can be downloaded for free.
現在此軟體已有一個更新版本推出，且可以免費下載。

---

13. **via**
[`vaɪə]

preposition 經由；通過

◆ We are flying to London **via** Abu Dhabi.
我們會經由阿布達比飛往倫敦。

---

14. **vocational**
[vo`keʃənl]

adjective 職業的

◆ Most of our new recruits have graduated from local **vocational** schools.
我們大多數的新員工都是從各地的職業學校畢業的。

---

15. **volunteer**
[ˌvɑlən`tɪr]

verb 自願

◆ I've **volunteered** to pick up trash along the river as part of the company's community service project.
身為公司社區服務計劃的一員，我自願沿著河邊撿拾垃圾。

---

16. **weakness**
[`wiknɪs]

noun 弱點

◆ His greatest **weakness** is his inability to work effectively in a team.　他最大的弱點是無法在團隊中有效地工作。

---

17. **wealthy**
[`wɛlθɪ]

adjective 富裕的

◆ Every year, **wealthy** families donate significant amounts of money to the school.
每年，富裕家庭都會向學校捐贈大量資金。

---

18. **welfare**
[`wɛlˌfɛr]

noun 福利

◆ The company's **welfare** scheme includes maternity and paternity leave as well as a medical insurance plan.
該公司的福利計劃包括產假、陪產育嬰假，以及醫療保險方案。

---

19. **willing**
[`wɪlɪŋ]

adjective 願意

◆ If you are doing a homestay, it helps if you are **willing** to help out with chores around the home.　假如你正住在寄宿家庭，而你願意幫忙做家務，這會是有所幫助的。

20. **withdraw**

[wɪð`drɔ]

verb 提款

◆ What is the limit on how much you can **withdraw** from an ATM each day?

你每天可以從自動提款機提款的上限是多少？

21. **workforce**

[`wɝk͵fors]

noun 勞動力

◆ The company has focused on developing a competitive and efficient **workforce**.

公司一直專注於開發具競爭力和高效率的勞動力。

22. **worldwide**

[͵wɝld`waɪd]

adjective 全世界的 同 **world-wide**

◆ We are a financial services company with **worldwide** operations.　我們是一家營運遍布全世界的金融服務公司。

23. **worrying**

[`wɝɪɪŋ]

adjective 令人擔憂的

◆ We find it **worrying** that several clients have canceled their orders in the last few months.　我們覺得令人擔憂的是，在過去幾個月內有些客戶取消了他們的訂單。

24. **worth**

[wɝθ]

adjective 值得的

◆ The movie is funny but meaningful and really **worth** seeing.　這部電影很有趣但很有意義，非常值得一看。

25. **zone**

[zon]

noun 地帶；地區

◆ We have chosen to set up a plant in the industrial **zone** because it is close to warehousing, and it is also a logistics hub.　我們選擇在工業區設立工廠是因為它不僅靠近倉儲，也是物流樞紐中心。

NOTE

國家圖書館出版品預行編目資料

Linguaskill領思高頻字彙／睿言商英編輯團隊編著.
－－初版一刷.－－臺北市：三民，2023
面；　公分.－－

ISBN 978-957-14-7577-6　（平裝）
1. 英語 2. 詞彙

805.12　　　　　　　　　　　　　　111017984

Linguaskill 領思高頻字彙

編 著 者	睿言商英編輯團隊
審 　 閱	Chris Jordan
責任編輯	陳妍妍
美術編輯	黃霖珍

發 行 人	劉振強
出 版 者	三民書局股份有限公司
地 　 址	臺北市復興北路 386 號 (復北門市)
	臺北市重慶南路一段 61 號 (重南門市)
電 　 話	(02)25006600
網 　 址	三民網路書店 https://www.sanmin.com.tw

出版日期	初版一刷 2023 年 1 月
書籍編號	S872020
I S B N	978-957-14-7577-6

著作權所有，侵害必究
※ 本書如有缺頁、破損或裝訂錯誤，請寄回敝局更換。

三民書局